文学に映る歴史意識

現代ドイツ文学考

鷲山恭彦

共栄書房

文学に映る歴史意識——現代ドイツ文学考◆目次

第一章　ドイツ文学に現れた青春像の変貌

第二章　「時間の小説」と「時代の小説」のはざまで
――トーマス・マンの『魔の山』へのアプローチ――

第一章　ドイツ文学に現れた青春像の変貌

ゲーテ Johann Wolfgang von Goethe
1749年—1832年

フランクフルト・アム・マインの新興市民階級に生まれる。ライプチッヒ大学、シュトラースブルク大学で法律を学び、フランクフルトで弁護士を開業。研修に行ったヴェツラルで、シャルロッテ・ブーフとの恋愛から『若きヴェルテルの悩み』（1774年）が生まれ、シュトルム・ウント・ドランク文学運動の旗手となる。1775年、26歳の時ワイマール公国に招かれ、国政に参与、首相を務める。植物学、鉱物学、解剖学を研究。1786年、37歳の時、イタリアへ旅立ち、2年間滞在。帰国後、シラーとの交遊によってドイツ古典主義文学の時代を築く。『イフィゲーニエ』（1786年）、『ヴィルヘルム・マイスターの修業時代』（1796年）、『ヘルマンとドロテーア』（1797年）、『親和力』（1809年）、『詩と真実』（1813年）、『西東詩集』（1815年）、『イタリア紀行』（1817年）、『ヴィルヘルム・マイスターの遍歴時代』（1829年）、『ファウスト』（1831年）など。

シュトルム
Theodor Storm 1817年—1888年

ドイツ最北の北海に臨む「灰色の海辺の町」フーズムに生まれる。キール大学、ベルリン大学で法律を学び、1943年に故郷に戻り、弁護士を開業、作家活動も始める。1848年のドイツ3月革命の影響で、シュレースヴッヒ・ホルシュタイン州にデンマークからの独立運動が起きる。シュトルムは支持して政治詩を書き、1852年に国外追放になる。ドイツのポツダム、ハイリゲンシュタットで判事を務めるが、1864年に州の独立と共にフーズムに帰郷し、郡知事を3年務める。その後、判事をしつつ、創作活動に励み、エミール・クー、メーリケ、ハイゼ、ロシアの作家ツルゲーネフたちと交わる。『みずうみ』（1849年）、『遅咲きのバラ』（1859年）、『大学時代』（1862年）、『三色すみれ』（1874年）、『白馬の騎手』（1888年）など。

はじめに

どの時代も、その時代に固有の若者像を持つ。そして彼らの青春の姿の中に、その時代の特性と問題性は最も鮮やかに刻印される。ドイツにおいてはそれぞれの時代、若者たちはどのような課題を意識し、時代と格闘し、新しい時代精神を生み出したのだろうか。

ここでは試みに、一八世紀におけるゲーテの『若きヴェルテルの悩み』（一七七四年）、一九世紀中葉のシュトルムの『みずうみ』（一八四九年）、そして二〇世紀に入ってトーマス・マンの『トニオ・クレーガー』（一九〇二年）、ブレヒトの『バール』（一九一九年）、そしてゼーガースの『死んだ少女たちの遠足』（一九四三年）の五作品を取り上げて、それぞれの作品の主人公であるヴェルテル、ラインハルト、トニオ、バール、レーニーの人間像をたどりながら、三世紀に渡るその変貌が、それぞれの時代の課題や特質とどのように関わっているのかを探ってみたい。

一　若きヴェルテルにおける自然・社会・宗教

『若きヴェルテルの悩み』は、文学史にいうところの「疾風怒濤の時代」の最中、ゲーテ二五歳の時に書かれた、まさに青春の書である。一七七四年に出版されると、大きな反響を呼び、「黄色いチョッキとズボン、青いフロックと長靴」のヴェルテル・ルックは、流行となってヨーロッパ中を席巻した。世にいう「ヴェルテル・シンドローム」である。そして、この小説に共鳴して、ヴェルテルと同じ苦悩を抱いた若者たちの自殺まで多発したという。

現実のゲーテは、その二年ほど前、司法研修のためにヴェツラルに赴き、そこで既に婚約者のいるシャルロッテ・ブッフとの苦しい恋愛の体験をしていた。同じような状況におかれて自殺した友人イェルーザレムの場合と、自分の体験とを合わせて綴られたという成立事情をもつこの小説は、ヴェルテルが親友のヴィルヘルムに宛てた手紙によって構成された書簡体小説の形をとっている。

小説は三部構成になっている。「第一部」は、ロッテとの出会い、そして恋愛感情の高揚がヴェルテルの手紙によって報告される。しかしロッテの婚約者のアルベルトが旅行先から帰って登場することで、ヴェルテルは身をひく決心をする。そして他の町に去るまでが語られる。

「第二部」では、その町で意欲をもって始めた公使館勤めも、お役所仕事の瑣末《さまつ》主義、封建的人間関係の形式主義や身分差別の仕打ちのなかで傷ついて消耗し、そこを退くことになって、再度、あらがいがたくロッテに引き寄せられていく事情が、ヴェルテルの手紙によって日を追って綴られる。

「第三部」は、ヴェルテルが自殺に至るまでの経緯を、編者が読者に報告するという形がとられている。

ロッテとの出合い

小説は、一七七一年五月四日、親友ヴィルヘルム宛ての書簡で始まっている。五月の若々しく大地が沸き立つ季節を迎え、充溢する自然の生命力によって、それまで孤独に閉じこもりがちだったヴェルテルの魂全体が明るく輝きはじめ、何物かへの予感にふるえて、心がのびのびと解放されていく様子がまず報告されている。そして六月一六日、舞踏会に誘われたヴェルテルは、ロッテとの運命的な出会いをするのである。

次の場面は、ロッテと踊ったヴェルテルが、春雷で中断した舞踏会場を後にして、二人してバルコニーの窓辺に立った場面で、この小説のなかでも最も印象深い箇所であろう。

「ぼくらは窓辺に立った。遠くで名残の雷が響き、素晴らしい雨が大地に降りそそいでいた。そして、人々を蘇生させるさわやかな土と緑の匂いが、暖かな大気にいっぱいに含まれて、ぼくらの方へ立ちのぼってきた。彼女は肘をついて窓に寄りかかり、その視線をあたりに拡がる野や畑の風景へ投げかけていた。彼女は空を仰ぎ、そしてぼくを見た。ぼくは彼女の眼が涙に溢れそうになっているのを見た。彼女はその手をぼくの手にかさね、そしてそっと言った。クロップシュトック！　ぼくはすぐにクロップシュトックのあの素晴らしい頌歌を思い出した。彼女の脳裏にあるのは、あの詩なのだ。ぼくは、彼女がその一言の合言葉クロップシュトックの自然詩に含めてぼくにそそぎかけた烈しい情感の流れに身をさらわれた」。

　クロップシュトックの自然詩は、ゴットシェットの既成の道徳秩序を文学的に形象化していくことを説く文学理論とは対蹠的に、内面の自由と感性の解放をうたって、当時の多くの若者を魅了していた。感性の解放は、何よりもまず、みずみずしい自然を媒介にして遂行されたのである。

　自然によって解き放たれ、生き生きと高揚する魂、恋愛の戦慄、新たな生への予感といったこの小説の前半を構成する重要モチーフが、この箇所に集約的に込められていよう。以下、この小説の恋愛観、自然観、社会観を見てみよう。

恋愛の春夏秋冬

　ヴェルテルにとって、ロッテとの出会いは決定的であり、ロッテへの恋愛感情がヴェルテルを一気に押し流していく。

「ああ、ぼくの指が偶然彼女の指に触れたり、ぼくらの足がテーブルの下で互いに出会うことがあると、ぼくの全血管をわななき走り抜けるものがある！　ぼくは炎に触れたかのように身を引く。が、ある秘められた力がぼくを駆り立てて、また前へと押し出す——ぼくのすべての感覚が戦きに震え、ぼくはめまいのなかに落ち込む」（七月一六日）。

「彼女に会える！　朝がくると元気よく起き上がり、身も心も快活に美しい太陽を迎えて、心に叫ぶ。彼女に会える！」（七月一九日）。

「ぼくが今ほど仕合せだったことはなく、ぼくの自然に向けられる感覚が、ひとつの石、一本の草に対してさえ、今ほど充実し、親密になっていることはない」（七月二四日）。

こうした至福の日々は、しかし七月三〇日、ロッテの婚約者アルベルトの登場で暗転する。初めからわかっていたこととはいえ、ヴェルテルには大きな打撃だった。

「ぼくの活動力は軌道を踏み外して、苛立たしい無為のうちに落ち込んでしまった。ぼくはのんびりと怠惰を楽しむこともできず、といって、何ひとつ活動することもできない。表現への力もなく、自然への情感もなく、本を見てもただ吐き気をもよおすだけだ」（八月二二日）。

そして次第に、行き場のない情念が彼をさいなみ始める。「この終わることを知らず荒れ狂う情熱は、何なのか？　ぼくの祈りはすべて彼女に向かい、ぼくの空想に現れるのは彼女の姿ばかりであり、そしてぼくは自分を取り巻く世界のすべてのものを、彼女との関係においてしか見ることができない」（八月三〇日）。

不毛な愛と決別すべく、ヴェルテルは九月に入ると、ロッテのもとから去ることを決意する。そして別の町の公使館に勤めはじめる。しかし上流貴族たちから受けた屈辱と、世間の人々の口さがない言動にいたく傷つけられる。そして翌年三月にそこをやめると、再度、あらがいがたくロッテのもとに引き戻されていくのである。

「ぼくの心は掌をかえす間もなく揺れ動く。時折、生についての悦ばしい眺望が再び生き生きと心にきざす。が、ああ、ただの一瞬の間なのだ。ぼんやりと夢にも似た思いのなかへ迷い入れば、ぼくは思わずにはいられない、もしアルベルトが死んだら？」（八月二一日）。「彼女の黒い眼を見さえすれば、ぼくはもう気持が晴れる！　それだのに、腹立たしいのは、アルベルトが、それほど仕合せな様子にも見えないことだ」（一〇月一〇日）。

ヴェルテルの気持ちは虚ろになると同時に次第に追いつめられていく。「ああ、この空虚！　わが胸のうちに感ずるこの恐ろしき空虚！　ぼくはしばしば考える。もし彼女をただ一度、ただ一度だけでよい、この胸にひしと抱くことができたなら、この空虚はすべて充たされるだろうと」（一〇月一九日）。「時折は確かに、ぼくをじっと見つめる彼女の好意の眼差、ぼくの抑えようもない思いの現れを受けとめる時の彼女の拒みはせぬ態度、彼女の額に読み取られるぼくの苦悩への同情」（一一月二一日）。「その面影がぼくを追いつめる！　寝ても醒めても、ぼくの魂の隅々までもその面影が充たす！」（一二月六日）。

ヴェルテルの手紙は、しかし、この日付で途絶えている。そして読者に向かって、この書簡体小説の編者が、次のように報告している。

「憤懣と不快の情が、ヴェルテルの魂のうちにますます深く根をはり、互いに固くからみ合って次第次第に彼の存在のすべてを占め尽くしてしまいました。彼の精神の調和はまったく破壊され、内的な熱狂と固執が彼のうちにあるすべての力を徹底的に混乱させ、無惨なばかりの影響を彼の心身に及ぼして、終いに彼は、完全な消耗状態に落ち込みました」。

こうして彼から快活さは消えうせてしまい、不幸にうち沈むにつれて、日々ふるまいが身勝手になっていき、寛容なアルベルトも、ロッテのもとを訪れるヴェルテルに辟易し始める。

ロッテにとってヴェルテルは依然として魂の友であり続けているが、しかし、一二月二一日、訪れたヴェルテルがロッテにオシアンの歌を朗読しているうちに感極まってロッテを抱き締めて、口づけをするとロッテはヴェルテルに、「もう会わない」と言い渡す。

一日おいた一二月二三日、午前零時過ぎに、ヴェルテルは、ピストル自殺を遂げるのである。『若きヴェルテルの悩み』は、決して甘美な恋愛小説ではない。恋の進展がまさに生の讃歌として歌い上げられていると同時に、その断念、そしてそれが反転するときの情熱の深淵、更には身の破滅にまで及ぶ行動と心理が恐ろしいほどの生々しい筆致で、書簡という一人称の形で描き尽くされている。恋愛の春夏秋冬を体験したことのある者なら誰しも、ここに描かれている心理は、ヴェルテルという一人の青年の心情過多の産物では決してなく、まさに恋愛心理のリアルで普遍的な有り様の全面的な描出になっていると断言するだろう。

このようにこの小説は恋愛の成立と破綻をコンパクトに描き切った恋愛小説そのものであるのだが、しかし、感傷的で、情感豊かで、やや落ち着きを欠いたヴェルテル像には、この時代の新しい兆候が典型的に描かれていて、単なる恋愛小説にとどまらない要素が数多く含まれている。

新しい若者像

ヴェルテル像、それを一言で特徴づけるとすれば、ドイツにおいて、一八世紀の後半になってやっと誕生をみた近代的自我をもった若者が、未だ社会的媒介を欠くがゆえに蒙《こうむ》る、大きな揺れの中に存在している姿といえるであろう。

ヴェルテルを「心からの友情で迎えてくれる」善良で実直な恋敵のアルベルトとの対比によっても、ヴェルテル像の新しさは明白である。二人の感じ方はまったくすれ違い、議論もかみ合わない。ヴェルテルはいう、「ぼくが胸にある限りの想いを吐露しているのに、相手がつまらぬありきたりの言葉で身をかためてくる時の議論ほど、ぼくを逆上させるものはないのだ」。

アルベルトに代表される「平静にして理性的な人々」は、社会通念を疑うことはまったくなく、その範囲で思考し感覚し、規則を重んじ、その点で堅実であり、合理的である。しかしこの態度は、当時の狭苦しく卑小な社会の在り方をそのまま肯定し、合理化する生き方であった。

こうしたアルベルト的な割り切り方と処世によって、無視され、カバーされていない大きな領域が存在しているのだ。この新しい領域への鈍感さ、無感受性、そして悪意はなくても、そこに孕まれている非人間性、等々といったものこそ、ヴェルテルにとって、そして若きゲーテにとっても、決定的な問題だったのである。

例えば、アルベルトの、世間の流通観念に従って何も疑わずに善悪や黒白を断定してしまう態度、あるいは、ある行為が生まれようとしている内面の葛藤や生成の苦悩にまったく無関心な態度などがそれである。そしてアルベルトにも責任の一端のあるピストル暴発による下女の傷に対して、「治療費まで払う破目になった」と、ふともらす態度など、日常的に再生産されている鈍感で無意識な冷酷さもリアルに描かれている。当時の小市民的人物像のうちでも、上質の部類に属するアルベルトにおいてすら、このような有様であったのだから、いわんや停滞した社会に巣くう、他の人々の日常の振る舞いは、容易に推し量れよう。

自然の発見

ヴェルテルの登場は、だからこそ、このように魂を満たしてくれない社会、人間にとって対立物に転化した「ありきたりの言葉」の世界への告発として、あるいはそれへの情熱的な抗議として、閉塞感にさいなまれていた当時の若者たちの心を強く打ったのである。模索し、出口を求めてもがくヴェルテル的な若者たちは、旧来の枠組みと激しく衝突する。それが「疾風怒濤」の文学革新運動の大きなうねりを形成する。その根底にあるのは、ヴェルテルのような自然への感性と、人間や社会への批判的なまなざしである。

ヴェルテルにとって「町自体は不愉快だ」、しかし、郊外の草原の中に横たわり、「幾千もの多様な姿を持つ草たちがそれぞれ個性あるものと見え、……草の茎と茎との間の微小な世界に蝟集する生命、無数の地を這う虫たち、唸り飛ぶ虫たちの数え難く究め難い姿をわが胸に近く感じ」るとき、「ぼくの心は憧れにゆすぶられ」、表現欲がうずき、この豊かさを何らかの形で外に向けて生き生きと発現したいと思う。この小説全体が、このような自然にたいする瑞々しい感性に満ちあふれている。

自然との豊かな交感は、しかし、歴史的にみてそれほど古いことではないことに注目しよう。自然を対象にした風景画は、古代や中世の絵画には極めてすくない、というより、ほとんど存在しないといってよい。このことから推察されるように自然は、神の現れとして畏敬の念をもって、あるいは暴威をふるって人間に敵対する恐怖の存在として、それまでの人間にとって決して近しい存在ではなかったのである。

美意識の成立を「利害関係のないこと」においたのはカントであるが、確かに、月が数分後に頭上に落ちるとすれば、月を美しいと眺めてはいられないだろう。畏怖と暴威は美の対象とはならないのである。しかし、『若きヴェルテルの悩み』においては、ヴェルテルの内奥にうずまく生の力と「自然の内奥に燃え立つ神聖な生の力」とは、力動的な対応関係をなしている。近代的な自我の解放は、自然を引き寄せ、自然の解放と呼応し、ここにまったく新しい、人間にとっての自然という自然観を生み出したのである。

ロッテと別れてのちも、「自然が秋に傾くにつれ、ぼくのなかでも、ぼくの周囲でも秋が近づく。わがうちの樹の葉は黄ばみ、わが周囲の樹々の葉は既に散り落ちた」という形で、心と自然とは相互に浸透しあい、この関係は、最後の河の氾濫の場面、ヴェルテルが「胸いっぱいに息を吸い、歓びにわれを忘れて、わが苦悩、わが悩みを嵐とも化してその淵に投げ入れ、渦巻く波ともなして、泡立ち流れ行かせんことを願った」場面まで貫かれている。

自然に観入することで、ヴェルテルは大きな魂の自由を得る。ここにルソーの「自然に帰れ」の思想を見るのは、不自然ではないだろう。クロップシュトックが牧歌的自然への憧れの域を出ないのに対して、ルソーの自然讃美は、魂を縛るものや不自然な社会に対する鋭い批判を内蔵していた。疾風怒濤の時代の若きゲーテにとって自然は、クロップシュトックを媒介にしながら、むしろルソーに近いものであり、人間的本質との力動的交流によって、人間を根源的に捉えなおして解放していく、源泉と位置づけられるものであった。それがそのまま、ヴェルテルに貫流している。

こうした自然観によって解放された感性が、理性を解放し、やがて社会の解放を準備する。「自己を拡大し、新しき発見をなし、彷徨に身をまかせたいと願う人間のうちの熱い欲求」は、自己解放への強い欲求であり、それは反転して「動かし難い枠が行為と探求へ向かわんとする人間の諸力を閉じこめる」社会とのストレートで激しい対立をよびおこしていくのである。

社会の動かし難い枠

鬱勃とした恋愛と失恋の激情のかげで、ともすれば見失われがちであるが、この『若きヴェルテルの悩み』の所々に描き込まれている社会の実相は、極めて狭苦しく、ひどく抑圧的で、驚くほど寒々としている。このリアリズムに何よりも注目する必要があろう。

「この地にひしめきあっている小汚い連中の、輝くばかりの悲惨さ、その退屈さ！　彼らの出世欲！　ほんの半歩ばかりでも先んじようと、互いに眼を光らせること、見張り合うこと！　悲惨にして哀れをきわめる情熱が、何の覆いもなくむきだしにされている」。

例えば、先祖代々の家系と貴族の身分だけを誇り、「楽しみはそこら非貴族庶民たちを見下ろすだけ」という婦人、遺産相続をめぐるいじましい争いなど、ここにかい間見られる因習的なせせこましさと俗物根性は、貴族だけに限らず、その周りの市民・小市民たちの世界にもあふれている。これが一見牧歌的に見える世界の、おぞましい現実の姿なのである。ゲーテは、ヴェルテルのみずみずしい感性と対比することによって、この社会の孕む実相をリアルに暴露したのである。

ロッテを断念して、新しく移った町の公使館に勤務し始めたヴェルテルは、まずそこで、公使の杓子定規な行政運営と事大主義に辟易としてしまう。味気ないワンパターンの生活のなかでも、ヴェルテルに好意を寄せてくれるC伯爵や誰彼を区別しない自然な立ち居振る舞いのB嬢が、彼にとっては救いであったが、しかしある時、C伯爵邸にうっかり長居をして、貴族たちの夜会から摘まみ出され、そこに強固に存在する身分差別をみせつけられる。しかも、C伯爵もB嬢も、本質的にはヴェルテル側の人間でないことを思い知らされたとき、彼の屈辱感は、怒りとなって爆発し、ついには公使館務めをやめることになるのである。

ここにはゲーテの筆によって、当時の階級社会の具体的姿が描かれ、「自己を拡大し、新しい発見をなし」、「行為と探求へ」向かわんとする人間の諸力をブロックする社会の狭さが、暴露されていく。『若きヴェルテルの悩み』は、告発的な社会小説でもあるのだ。意味ある社会的活動を希求しながらも疎外され、やりばなく内向した力は激しく渦巻き、ヴェルテルはまたぞろロッテのもとに引き寄せられていくのである。

ゲーテ自身も、貴族階級の出身ではなかった。何代かにわたる刻苦精励の末に、ようやく市民としての地歩を固めつつあったフランクフルトの市民階級の出であった。この新しい力と古い枠組に固執する力との格闘をゲーテは肌身を通じて知っていた。ヴェルテルの情熱の激しい屈折は、そのまま当時の社会への激烈な批判となるゆえんである。

ナポレオンの批評と神なき死

『若きヴェルテルの悩み』を陣中にたずさえて、七回読んだと伝えられるナポレオンは、一八〇八年にエアフルトでゲーテと会談した際に、この小説には「傷つけられた名誉心のモチーフ」と「情熱的な恋愛のモチーフ」とが混在していて、「恋愛がヴェルテルにおよぼした圧倒的な影響力についての観念を弱めている」と批評したという。

「傷つけられた名誉心のモチーフ」とは、ヴェルテルが夜会を追い出された屈辱がきっかけで、公使館勤めをやめてしまった点を指すが、ナポレオンはこの小説を純然たる恋愛小説として読もうとし、社会的モチーフを夾雑物《きょうざつぶつ》と見たのである。ゲーテは後に、ナポレオンのこの批評を「一見、縫い目なしに仕立てられた袖に、上手に隠した縫い目を発見するような、老練な仕立屋の鑑定にたとえた」という。恋愛をモチーフとしつつ、しかしゲーテは、それが社会の問題と不即不離に関わりあっていること、そして新旧の人間像の葛藤が、必然的に社会批判のモチーフと結び付かざるを得なかったことを見ていたのである。

ヴェルテルの自殺は、自殺を禁じたキリスト教倫理への真っ向からの挑戦でもあった。発禁処分を受けたのはこのことと関係している。ヴェルテルの感傷的な敏感さと内部情熱の激しさとは、相呼応するかたちで自殺へと誘っていくが、この想いの深さこそ人々を震撼させるものであった。

小説の最後は「付き添う聖職者はいませんでした。」で終っている。今日からみれば何の変哲もない事実描写であるが、ここには革命的意味がこめられていた。それは、神なき死であり、人間の価値のみによって、はかられる死であったからである。

このようにヴェルテルの恋愛観、自然観、社会観、そして死は、封建的・神学的なものの力の残存が強大で、市民的な精神がいまだ未成熟であった一八世紀当時の社会において、近代における個の自覚史のひとつの極点を示していると読めるだろう。

二　ラインハルトの「雄々しく達観した強固な生の気分」

『みずうみ』は、一八四九年、シュトルムの三二歳のときの作品である。「過ぎ去った青春をそっくりそのまま宿しているように見え、雪のような白髪と著しい対照をなしている黒い眼」をした老ラインハルトは、晩秋の午後、散歩から帰宅すると、夕闇の迫りくる居間にゆったりと座る。やがて月光が射しこみ、それが少しずつ動いていくと、女性の肖像を照らしだす。老ラインハルトが「エリーザベト！」と語りかけると、時代は大きく転回して、一〇歳のラインハルトと五歳のエリーザベトが草原に建てた小さな小屋で遊んでいる場面にかわり、物語は幼な馴染みのふたりの愛の発展、別れ、そして再会というかたちで展開していく。そして最後は、再び老ラインハルトの居間にもどり、研究にいそしむラインハルトの描写で終わるという、これは枠小説の形をとった作品である。

ラインハルトとエリーザベト

ラインハルトとエリーザベトは、「冬には母たちの狭い部屋で、夏には薮や野原で」いつも一緒に過ごす幼な馴染みであった。彼は彼女に物語を語って聞かせ、あるいは詩を作ってやるのを常としていた。学校が変わり、ラインハルトが同じ年頃の少年たちと多くの友情を結ぶ時期になっても、二人のこの関係は変わらなかった。

七年が過ぎた。更に高等の教育を受けるためにラインハルトは、故郷の町を離れることになる。この機会に、知り合いの親しい人たちが集い、近郊の森へのピクニックが催されることになる。馬車で出発し、草原を歩き、針葉の散り敷く樅の森をとおり、木漏れ陽が射しリスが飛び移るぶなの林を抜け、樹冠が円天井をつくっている目指す古木の根元の広場に集うと、一同は三々五々森の中のいちご探しゲームを始める。大自然のなかで遊ぶ人々の生き生きとした動きが描かれ、この場面はこの小説の前半のハイライトである。二人のいちご探しはうまくいかなかったが、ラインハルトは森に佇むエリーザベトについての美しい詩をつくる。ラインハルトにとってエリーザベトは「明け行く人生の、あらゆる愛らしきもの、素晴らしきものの表現だった」。

故郷を離れて学生生活を始めたラインハルトは、熱心に植物学の勉強に励む。やがてクリスマスの季節になる。イブの雰囲気のあふれる町で、ラインハルトは友人たちと居酒屋に繰りだし、学生生活を謳歌する。下宿に帰るとエリーザベトからクリスマス・プレゼントと手紙が来ている。ラインハルトは激しい郷愁に襲われる。そこには今年のクリスマスは寂しいこと、もらった紅雀《べにすずめ》が死んでしまったこと、友人のエーリッヒがよく訪ねてくれること等が書かれてあった。

復活祭でラインハルトは帰郷したが、エリーザベトとの間に幾分かのよそよそしさが流れる。植物採集をしたり、分類をしたりして共に過ごすが、そこにエーリッヒからカナリアが贈られてきたりする。休みの最後の日、見送りにきたエリーザベトにラインハルトは、「二年ほど会えないと思うが、今と同じように愛していてくれるか」と聞くと、彼女はうなずき、「母に対してあなたを弁護した」と告げる。「僕には秘密がある。美しい秘密がある。二年たって帰ってきたら話そう」と、ラインハルトは自らの確信を語るのだった。

しかし、二年後、母からの手紙でラインハルトは、エリーザベトは何度も断ったが、しかし遂にエーリッヒに結婚の承諾を与えたこと、結婚式は近日であることを知るのだった。

それから数年経ったある日、ラインハルトは、インメン湖畔にエーリッヒを訪れる。エーリッヒは父のブドウやホップの農場を継いで、アルコール工場を経営する有能な実業家になっていた。彼はラインハルトの訪問を大変喜び、エリーザベトとも再会する。民謡の蒐集をしているラインハルトは、ここに滞在している間も、朝と午後の何時間かはその整理と収集にあてる学究だった。

ある日、みんなが集まった折に、ラインハルトはそうした里謡の一節を紹介する。「母は欲せり君ならで、あだし男に添えかしと、思いさだめしかの君を、忘れ果てよとつれなくも、されど得堪えじ、わが思い……」。これを聞いていたエリーザベトがそっと席を外すのを見て、彼は彼女の胸のうちを見る思いがする。

夕暮の湖畔を散歩していたラインハルトに、湖に咲く白い睡蓮が眼にとまる。不意にこの花を間近に見たいという強い欲求にかられる。彼は湖にはいり、泳いでその睡蓮に近づいていく。しかし「花と彼との距離はいつまでも同じであるように思えた」。やっと「銀色に輝く花弁を月光の中にはっきり見分けることができるほど花に近づいた」。しかし、網のような水草に足をとられそうになってそれ以上近付けない。やむなく引き返して湖畔にもどり、振返ると「睡蓮はもとのように、遠くさびしく暗い深淵の上に浮かんでいた」。インメン湖に現実に浮かんで咲いている白い睡蓮とラインハルトの内面世界とが微妙に溶け合った大変幻想的な場面であるが、この描写の中に、ラインハルトのエリーザベトへの想いと距離がシンボリックに表現されている。

次の日、エリーザベトはエーリッヒから、この付近で最も美しい眺め、特に湖水の対岸から自分たちの邸宅を見る眺めをラインハルトに紹介するように言いつかる。二人連れだっての散歩の道すがら、かつての遠足と同じように郭公の鳴く声が聞こえ、エーリカの咲く野原が広がり、この思い出の重なりにエリーザベトの眼に涙がうかぶ。

「あの青い山のかなたに僕たちの青春時代はあるのですね。あの時代はどこへいってしまったのか」と問うラインハルトに、エリーザベトは答えず、湖へと下りていく。二人で小舟に乗るのだが、対岸へと渡っていく間、船縁の上にのせたエリーザベトの手にラインハルトは、彼女の胸の秘密、ひそやかな悲しみの跡を見る思いがする。

もの想いにふけりつつ夜を明かしたラインハルトは、翌朝、エーリッヒ邸を去る。気付いて二階から降りてきたエリーザベトの、「もういらっしゃることはないのね」という言葉にうなずきつつ、邸を辞去していくのである。

「戸外では、世界は爽やかな朝の光をあび、蜘蛛の巣にかかる露の玉は、さしそめた日光にきらきらときらめいていた。彼はうしろを振り向きもせずに、急ぎ足で出ていった。静かな邸は彼のうしろに次第に影を没し、彼の前には、大きな広々とした世界がひらけてきた」。

同じ三角関係を描いても、ヴェルテルとラインハルトとを比較するとき、その性格、行為の差は歴然である。揺れ動く激情ではなく、繊細な内面性をもちつつも自足した剛毅さをたたえているラインハルトの生の姿は、ヴェルテルとはまた違った感銘を呼び起こす。一七七四年の『若きヴェルテルの悩み』と一八四九年の『みずうみ』――この間によこたわる七〇年間という時代の推移をここで思わざるをえない。

市民的生の存在様式

フランス革命は、『若きヴェルテルの悩み』の執筆から一五年後のことであった。一七八九年のフランス革命とナポレオンによるヨーロッパ的規模での封建的な残滓の払拭、一八一五年のウィーン体制による反動的揺り戻し、一八三〇年代のハイネを中心とした「若きドイツ」派の文学運動、そして一八四八年の三月革命……こういった時代の変動のなかで、次第に力を増しつつあった市民階級の成熟の度合いと生活文化の定着という観点から、ヴェルテルとラインハルトとの対比は捉えられよう。

もちろんドイツ市民階級の政治的社会的脆弱さは、つとに指摘されるところであるにしても、市民的価値は、次第に人々の間に浸透していった。ヴェルテルの近代的個人の生への模索は、市民的なる生の存在様式として定着し、生活形式としてラインハルトにひとつの達成を見るのである。

シュトルム自身、シュレースヴィッヒ・ホルシュタイン州のデンマークからの独立運動に参画したことからもわかるように、まさに独立不羈の市民であった。この定着した市民的な生の存在様式の内実について見てみよう。

エミール・クーはシュトルムの世界を、「聖なる日常のポエジー」と呼んでいる。日々の生活の哀歓をこの上なくいとおしみ、この日常性に無上の価値をおく人生態度を指してのことである。そしてその底に流れているものは、自己の内なる世界と外の囲繞する世界との本質的な一致の感情であろう。ヴェルテルにおいては、その自然観、恋愛観、社会観、そして死生観までが、外界と鋭角的に対立していた。シュトルムにあっては登場人物の誰もが、内と外とのまろやかな調和の上にあり、世界との違和の感情は登場する人物に意識されることはない。

近郊の森へのピクニック、クリスマス・イブの居酒屋、ジプシーの女旅芸人、もの乞いの子供たち、インメン湖の畔での語らい……それぞれの登場人物たちは、それぞれの物語を織り上げ、それぞれの哀歓を生きていく。どのような事態が起こったとしても、またくりかえし同じリズムの生活が営まれていくかの如くである。

ラインハルトのように心砕ける悲しみを蒙ることがあったにしても、しかし彼自身の生活スタイルは変わらず、その核心は脅かされることはないのだ。自我と他我、人間と世界とが分離しつつも、しかし全体は本質的に違和のない同質のものから成り立っていると確信されている。歴史の進展によってヴェルテルの近代的個の解放の希求は、社会との新たな結合を生み出し、懐の深くなった時代を迎えてここには、生活に根ざした市民的存在様式が醸し出す人々と社会の精気を感受できよう。ラインハルトはその典型的な人間像なのだ。

日常性・職業・倫理

この市民的なものは、何よりもまず職業を通じて現れる。シュトルムは裁判官だったし、推されて州知事も務めた。同じ時代、教養小説『緑のハインリッヒ』を書いて、相互に交流のあったケラーは、州書記官であり、『画家ノルテン』のメーリケは、牧師だった。こうした仕事を通じて形成される生活感情、市民的生活者としての堅実な思想が、太い糸となって彼らの作品の登場人物たちをも規定している。小説に登場する人物たちは、ドイツの小都市に住み、様々な人生体験を重ねつつおだやかに生き、ラインハルトは学問にたずさわる者として、エーリッヒは実業家としてその生活の歩調を変えることはない。生きることと仕事とは一致し、仕事の遂行、義務の遂行こそが人生の課題の中心に置かれる。

繊細な神経をもち、魂が押しつぶされるような失恋の経験も、ラインハルトのあらかじめ定められた心の形式の枠をはみ出すことはなく、内面にひしめく矛盾に満ちた諸力の葛藤によっても、ヴェルテルのように、己れの生を打ち砕くことは決してない。直ちに生活を律する定言命法があらわれ、とるべき道が開示される。人々の魂はそれぞれにおいて本質的に満たされているのだ。

こうした生活のなかで、中心的な役割を演ずるのは倫理である。ピクニックのいちご摘みに際して「人生を十分に味わってきた」老人が、もっともらしい人生訓をたれるところがある。ヴェルテルの上司のお説教と違って、若者たちは、それを違和感なく迎え入れる。煩わしいと感じられないのは、人生訓が共通の約束事として生活を貫いており、老人の話によってそれを心地よく反芻しつつ、生活の知恵を更に豊かにするものとして受容しているからである。

こうした倫理の優位の意味するところは、持続的なものの支配ということであり、共同体の存在する領域へのつながりであり、そしてそれは「献身が、自己中心的な孤独に対して、勝利を占める」世界である。永遠の孤独が終わりを告げる領域が確固として存在しているのである。ヴェルテルの世界と何と違っていよう。そこではひとりひとりの生が意味に満ち、意味において自足している。ラインハルトとエーリッヒの間には、ヴェルテルとアルベルトの間のような世界観上の齟齬は本質的に存在しない。そしてラインハルトとエリーザベトとの間もそうであり、添いとげることがなくとも、二人の間の共通の糸がきれることは永遠にない。エゴイスティックな自己主張と自閉的自虐は存在しないのである。

このような倫理的磁場の強い世界にあっては、例えば、ラインハルトにとってエリーザベトとの別離は、一方において、ある種の運命的な力のように現象する。運命であるとすれば、いかなる不幸であったとしても、それに毅然と耐えるしかない。そして内部に揺らがぬ何物かがある以上、その強さによって心は無傷のまま残る。「過ぎ去った青春をそっくりそのまま宿しているように見え、雪のような白髪といちじるしい対照をなしている黒い眼」は、青春時代の不幸にもかかわらず、そのまま変わらぬ若さを保つのである。この剛毅で倫理的姿勢は、外的な要因から生まれたものすら、直接に内的な原因から生まれたと考える心の廉直さに通じている。すべては自分の内部から発し、自己の内部で溶け合うのだ。それ故そこからに新しい力がたえず現れ、それら諸経験がすべて内面の富みを増すように機能していくのである。

シュトルムの『十月の歌』は、こうした内面の在り様を歌っている。

「キリスト教的とか、そうでないとか、世間はうるさく騒いでいるが、それでもこの世はびくともせず、素敵な世界じゃないか！　たとえ心がすすり泣こうと、杯を打合せ、響かせよう！　ぼくらは知っている、正しい心は決して打ち砕かれはしないのだと」

繊細で敏感な感受性も、その生活を貫く太い一筋の線をゆるがせることは絶対にないのである。

審美の世界

この倫理的姿勢とラインハルトの詩的世界とはどこでつながるのであろうか。インメン湖のエーリッヒ宅を訪れたラインハルトは、再会したエリーザベトと湖畔を散歩し、一緒にボートに乗って湖水を渡る。「ふと彼の視線がすべって、彼女の手にとまった。その青白い手は、彼女が顔にはそれと見せないでいた胸の秘密を彼にもらした。彼はその手に、夜な夜な悩める胸の上におかれる、婦人の美しい手に現れがちな、あのひそかな悲しみのかすかな跡をみたのである」。

わが想い、心の傷、心の富――この往還のなかに、ラインハルトの詩的世界は成立している。そしてこの世界を支えるのは、審美主義者の眼差しといっていいだろう。それは己れ自身を問うことのない眼差しである。矛盾のありかを鋭く臭ぎ分ける思想家・芸術家の眼差しではない。技量に支えられ、絶えざる研鑽の末に到達した、職人の熟練と共通する世界である。それは、市民社会の定着の上に確固と築かれた、繊細で敏感な感受性の精練の上に成り立っている。ここから生まれたリリシズムは、その倫理感とあいまって、日本においても大正教養主義の時代、立原道造に影響を与え、『萱草に寄す』のエリーザベト形象に影をおとしている。

その作品世界を「雄々しく達観した、強固な生の気分」の支配と特徴づけたルカーチは、シュトルムを「昔ながらの偉大さを持つ、最後の市民階級の詩人」と位置づけている。それはそのままラインハルトの人間像の特徴を明示しているといえよう。

三　トニオ・クレーガーにおける「市民性」と「芸術性」

強固な生の気分の支配する『みずうみ』の世界にあって、しかし、エーリッヒとラインハルトの対比のなかに幾分微かに垣間見えてくる生と精神の異和の気分は、トーマス・マンの『トニオ・クレーガー』において記念碑的な形象となる。

『みずうみ』にへだつこと五〇年、例えば次のような予感が人々をかすめる。「ブルジョア社会の神々の黄昏がはじまっている」（アウグスト・ベーベル）。「もはや、これまでと同じように生きていくことも創作することもできないと思う」（トーマス・マン）。

一九〇二年に執筆された『トニオ・クレーガー』の青春像を通じてトーマス・マンは、ブルジョア市民社会がはらむ問題への予感を生と精神の対立、市民性と芸術性の対立として鮮やかに描き出した。芸術的営為や倫理が、生活のなかに然るべき位置をしめ、人間的なものの深化に寄与すると確信された時代は過ぎ去った。半世紀の推移のなかで、市民たちが築きあげた生の存在様式は大きく動揺し、市民性自体も芸術性自体と共に、問題を孕むものとなってしまったのである。

「市民性と芸術のための芸術――いうまでもなく、これはかつてはいかなる逆説でもなかった。生まれながらに市民であるものが、市民としてでない別の生き方もあるなどという考えに、どうしてとりつかれることがありえたろうか。また、芸術がそれ自体で完結していて、自己の法則にのみ従うということ、それは生活からの強引な分離の結果ではなく、すべての誠実に果たされた仕事がそれ自体のために存在しているように、芸術もそれ自体のために存在していることだったのだ」。

しかし今日、両者の調和的・円現的世界は失われ、「人は憧憬のまなざしとともにこの時代をかえりみる」、「ヒステリックな、そもそものはじめから満たされるはずのない、複雑な人間の抱く憧憬とともに」とルカーチはいう。

市民性とは、市民社会の価値や倫理を疑問の余地のないものとして受け入れ、その約束事に従っておのが自々の義務を果たし、人生の哀歓を生きていくことであろう。しかしこの義務の遂行が、「いとわしい奴隷労働」へと反転してしまったのである。市民的に生きるということ自体が、実は人間性を歪め、生の本質から遠ざかっていくのではないのかという予感が広がっていく。

トニオとハンス

トニオ・クレーガーにとってこの亀裂の自覚は、少年時代、「自作の詩をかきつけたノート」がばれて、「同級生のあいだにも、先生たちにも、ひどく評判をおとした」ところから始まっている。トニオにとって本質的だと思っているることが、まわりの通念とまったくズレてしまっているのである。自分がよくないのか、それとも社会が間違っているのか。

自分はみんなと違っているというトニオの自意識は、一方で自分の愛する「噴水、くるみの老木、自分のヴァイオリン、それから、かなたの海、バルト海」の紡ぎだす世界への沈湎というかたちをとるが、他方で自分とは対照的なクラスメートのハンス・ハンゼンへの熱愛となる。

秀才で、スポーツ万能で、皆の人気者のハンスに、トニオは嫉妬のまじった憧憬を抱くのである。「最も多く愛する者は敗者であり、悩まねばならぬ」とトニオは思い定める。「きみのように万事に秩序正しく、世間とうまく協調して暮らせるものは他にはいない。何をするにもきちんとしていて、みんなの尊敬をうけている」、そのようになれたら……。せめてハンスと共有の世界をもちたいというトニオの願い、自分が感激したシラーの『ドン・カルロス』を読んで欲しいという願い、お互いの精神的なきずなを確証したい願いは、実現すべくもない。

トニオ・クレーガーのこうした一方性は、ハンス・ハンゼンに対してだけではない。ダンスのレッスン会場で知り合ったインゲボルク・ホルムへの恋愛感情においてもそうである。一緒に踊ったことはあっても、言葉すら交わしたことのない、まったくの片思いである。『若きヴェルテルの悩み』のロッテは、アルベルトとの平凡な結婚を想定はしているものの、感傷時代の息吹を十分にすっていて、ヴェルテルと一緒に沛然と雨にうたれる大自然を前にして「クロップシュトック！」と叫んで、ヴェルテルと魂を共有しあう感性としなやかさをもっていた。こうした魂の交流は、同一の生のリズムに生きるエリーザベトとラインハルトとの間にも、もちろん存在していた。しかしトニオとインゲとの間は、まったくの断絶しかないのだ。

同じ市民でありながら、その存在様式のなかに生じたこうした架橋不可能性のなかで、しかし、どちらがより本質的な生の在り方なのかという問いを、トニオはしていない。ただ、父が死んでクレーガー家が没落すると、彼は故郷に別れをつげ、自分の内なる促しに従って旅立つのである。そして南国の大都会でくらし、「精神と言語の力」に全身全霊をささげ、作家として世に出て行こうとする。

精神と言語の世界は、彼に本質的なものを見る力を与える。そしてそこから見えてくる世界、つまり凡庸で低俗で「快活で愚かな感覚をもった無害な連中」の世界、市民社会の秩序と人間の世界に、トニオ・クレーガーが見たものは、「滑稽と悲惨」であった。

生と精神

刻苦精励を重ねてトニオ・クレーガーが精神と言語の世界に深く赴けば赴くほどに、「彼の額に押された芸術家の刻印」によって人々に煙たがられる存在になっていく。そして、市民的現実からはますます離れ、孤独のなかに落ち込んでいく。彼が追い込まれていくのは「氷のような冷たい精神性と、燃えさかる官能の灼熱」の両極端の世界であり、そのなかで彼の健康は次第に蝕まれ、その反対に「彼の芸術家気質は、いよいよ鋭くなってきて、気むずかしくなり、研ぎ澄まされ、精妙に繊細になり、凡俗なものに対して敏感になり、趣味やセンスの問題についてきわめて鋭敏になっていった」。こうした遍歴の末に、トニオ・クレーガーは、「ユーモアと苦悩の認識とにみちた」作家として世に出、やがてその名前は、優れたものをあらわす名称とさえなったのである。

南ドイツの町ミュンヘンにある画家リザヴェータ・イヴァーノヴァのアトリエにおける対話は、トニオ・クレーガーのこれまで抑圧してきた、もう一つの面を明るみに出す。「あたたかい誠実な感情は、陳腐で使いものにならない」、「健全でつよい感情は、没趣味なものにきまっている」と断じて、「退廃した職人的な神経組織の興奮と、冷ややかな恍惚だけが、芸術に役立つのです」と主張するトニオは、しかしもう一方で「認識の嘔吐」について語り、「文学は天職ではなくて、呪いだ」と語る。

リザヴェータは、トニオの底に眠る市民的生への憧憬を見抜く。そして対話の最後で「あなたは本当は道に迷った市民でしょう」と、トニオに「判決」を下すのである。

これがきっかけとなってトニオ・クレーガーは一三年ぶりに北ドイツの故郷に帰る。そこで詐欺師と間違えられるところには市民世界にとって芸術家がどのように映っているかを現す象徴的意味がこめられているが、ついでデンマークに立寄った際に、トニオはホテルで何とハンス・ハンゼンとインゲボルク・ホルムを見かけ、驚愕するのである。それは再会ではなく、ダンスパーティーの席でトニオ・クレーガーがこの二人を秘かに窺うという形であった。――そして次のような痛切な思いを抱くのである。

「きみのようになれたら！　もう一度始めからやりなおして、きみのように成長し、実直で、快活で、素朴で、規則ただしく、秩序にしたがい、神とも世間とも折り合って、無邪気で幸福な人たちから愛され、インゲボルクよ、きみを妻にめとり、そしてハンス・ハンゼンよ、きみのような息子をもうける。……認識の呪いや創造の苦しみから解放されて、幸福な平凡のうちに生き、愛し、人生をたたえるのだ」。

しかし、もう一度やりなおしても、同じことかもしれない。「ある種の人間にとっては、そもそも正しい道というものはありえないので、どうしても迷いこむことになるのだから」。

芸術家の孤立と社会の危機

物語の進行は、市民的生のなかに生じた亀裂への予感が、トニオによって次第に市民性と芸術性の対立として認識され、芸術性を体現したトニオの同時代批判として展開されていく。しかし最後は市民的なものへの愛で終わっているのだが、こうした亀裂の背景には、市民たちのつくった社会体制そのものに内在する階級対立やその隠蔽、一九世紀末から二〇世紀にかけてのブルジョア支配の新しい展開といった、市民社会そのものの変質が反映していよう。

自由な経済活動、闊達とした人間関係、民主主義の精神、さまざまな分野における社会化の進行、等々によって市民社会は、確かに人間のもつ能力や社会的本性の多彩な実現を可能にしてきた。ところが問題は、それが疎外された形態にしかならざるをえないという、まさにこの点である。

つまり、それぞれの個人の自由な活動は、必然的にひとつの社会的諸関係に組み込まれていくのだが、この関係は、当然ながら個人の意図や利害とは無関係に、独自の論理で動いていく。その結果、諸個人は、この動きの圏外に立つことになる。こうして社会は、今度は個人にとって疎遠な、抵抗できない、あるいは敵対的なものとして現れてくる。ところがこうして現れる疎遠な力は、その実、社会の構成員ひとりひとりの活動から生じた結果でもあるから、その反復の結果、個人は個人にとってますます疎遠なものになり、相互に孤立していくことになるのである。

芸術家の孤立というトニオ・クレーガーの問題は、こうした新しい社会の展開と関わってくる。精神と生、芸術性と市民性との対立は、実は、敏感な感性が市民的生活に特徴的になってきたこうした疎外を感受した結果であり、トニオ・クレーガーの孤立は、市民社会全体の孕む問題の体現でもあったのだ。それゆえ、敏感に誠実に問題性を感ずれば感ずるほど、市民社会と距離をとらざるをえなくなり、矛盾を正当に受けとめれば受けとめるほど、アウトサイダーになっていき、その作品はブルジョア市民社会への批判となるのである。

孤立の中で、生を意味づける究極の原理を喪失したとき、ひとはデカダンスに落ち込む。一方における内的空虚と退屈、他方における刺激と陶酔。しかしトニオ・クレーガーは、「たぐいまれな、あくまで粘りぬく、野心にみちた勤勉さ」によってそれを克服し、「非凡な作品」のなかに彼の世界を築いていく。一〇年後の一九一二年にかかれた『ヴェニスに死す』のグスタフ・フォン・アッシェンバッハは、トニオ・クレーガーのその後の姿といってよいだろう。克己と厳格な生活によって己れの世界を形成し、フリードリッヒ大王をうたった叙事詩の作者として、ドイツの青年たちにその文体を模範として称揚されたアッシェンバッハは、しかし、古典的美の象徴のような美少年タッジオの出現と彼への執着によって、破滅するのである。

その崩壊は、高度な努力と堅固な姿勢によってかろうじて支えられた市民的道徳律、プロイセンドイツの倫理的規範がもはや問題的となり、形式主義のなかで脆弱化し、わずかなきっかけで脆くも崩れ去っていく事態を暴露したものとなる。解体と無への憧憬を象徴させて、アドリア海の描写は、実に印象的である。『トニオ・クレーガー』に戻れば、この作品における自然描写もまた、『若きヴェルテルの悩み』や『みずうみ』の場合と異なって、物憂い風情をたたえ、憂愁とデカダンの色濃いものとなっている。

飢えた人々のまなざし

ブルジョア市民社会の孕むこの問題を、『トニオ・クレーガー』と同年の一九〇二年にかかれた『飢えた人々』において、トーマス・マンは逆のベクトルから扱っているのは大変に興味深い。この作品は完成度の点でトルソー的であるが、問題の所在の新しさという点で注目すべきものである。

芸術家精神をもったデートレフは、明るく無邪気で幸福に生を賛美して生きるリリーに強い憧れを抱いている。ある祝宴でリリーの美しい踊りを眺めながら彼は次のように自問する。「精神の愛の事業は、あらゆる場所、あらゆる時代に生きている人々との高い結合」を保障するべきもののはずだ、しかしその際の大きな課題は、一体「誰との結合なのか」ということであると。踊っている華やかな人々を眺めつつ、この事業が「きみたち、精神を必要としない碧眼のきみたちと結びついたことは、かつてなかった」とデートレフは考える。

「精神の愛の事業」という言い方には、良心的な芸術家のロマンチックな理想がこめられているが、この時代、芸術家の営為が自明性を失い、誰と結びついていくのかが探られ始めていたのである。それでもリリーへのこだわりを捨てきれないデートレフは、「たとえ離れていても、彼女のもとにとどまり、僥倖を期待しようか」と考える。しかし「無駄なことだ。何らの接近も、何らの意志疎通も、何らの希望もないのだ」と思い返す。

デートレフはそう断じてリリーのもとを去っていく。闇に向かって歩き出した時、そのなかから突然近寄ってきたのは「飢えた人々」であった。その姿を見たとき、デートレフは、ブルジョア市民的な生の在り方に対してだけでなく、それに批判的な自分自身への批判の眼差しをも感ずるのである。思いがけない飢えた人々との出会いに直面してデートレフは、「身をこわばらせて立った」。彼は彼らを理解しようと心の中でもがく。近づいて彼らと語り合おうと呼吸を整える。しかし、そのままデートレフは、待っていた車に乗り込んでしまうのである。

ブルジョア市民的な生の問題を乗り越えていく現実的契機を、トーマス・マンは飢えた人々、当時の第四階級の人々のなかに見ていたのだろうか。そのようなトーマス・マンのかすかな予感が示されている作品として、この『飢えた人々』は大変に興味深い。しかしこのモチーフは、マンにおいてはそれ以後、展開されてはいない。

マンは『飢えた人々』において彼らを意識し、『ヴェニスに死す』においてドイツの市民性のはらむプロイセン的特質を暴露したものの、そのリアリズムにもかかわらず、当時の政治的信条は、第一次世界大戦中の兄ハインリッヒ・マンとの論争の書『非政治的人間の考察』に現れているように、ドイツ的なるものの擁護者、ドイツ国粋主義の信奉者であった。

しかし『飢えた人々』において提起されている問題は、まさに時代の中心的問題を示唆していた。飢えた人々の人間像は、この作品のようにトーマス・マンにおいては一般的・抽象的にしか捉えられていない。しかし現実の歴史過程の中では、ブルジョア市民階級にかかわる形で、労働者たちが大きな社会勢力になりつつあったのである。一九一七年のロシア革命に始まる労働者階級による統治は、まさにこの「精神の愛の事業」の新たな結合の相手が労働者・農民といったプロレタリアートであることを示すものであったといっていいだろう。

しかしその前に、封建的・貴族的桎梏の否定者としてかつてヴェルテルがそうであったように、今度はブルジョア市民的な生のラディカルな否定者として、ブレヒトによって造形されたバールの問題がうかびあがってくる。

ホフマンスタールは『バール』の意義について、「一六世紀におこり、一九世紀に完成した個人の概念が、その従来の歴史的・社会的な限界から脱落していきつつあることを、最も明瞭に認識させてくれた」と評した。二〇世紀における時代の課題と生の存在様式の問題は、この認識なしには解明不可能であろう。

四　ブルジョア市民社会の崩壊とバール

ゲーテの『若きヴェルテルの悩み』、シュトルムの『みずうみ』、トーマス・マンの『トニオ・クレーゲル』は、いずれも男女の三角関係を扱った小説であるが、しかし、描かれたそれぞれの人物たちの軌跡には、ドイツにおける近代の成立と発展、定着と崩壊をめぐる諸相が明瞭に刻印されてもいた。ゲーテの一八世紀後半の主人公ヴェルテルが近代的個人の存在様式の確立期の問題を提示しているとすれば、シュトルムのラインハルトは一九世紀半ばに確固として定着した骨太な市民的生活の存在様式を体現していたし、トーマス・マンの二〇世紀初頭のトニオ・クレーガーは、芸術家と市民が対立的になっていくなかでブルジョア的市民生活の崩壊期の問題を予告していた。

かくして二〇世紀の初頭において、市民社会やブルジョア的近代そのものが、確認と検討の俎上にのぼることになる。すでにトーマス・マンの到達した確認、「もはや、これまでと同じようには生きてゆくことも、創作することもできないと思う」という時代認識は、ひとつの時代の終わり、つまり「ブルジョア的・審美主義的時代」が終焉を迎えつつあることを語っている。

トーマス・マンの『ブッテンブローク家の人々』（一九〇一年）や『ヴェニスに死す』（一九一二年）などの作品群には、下降線を描き始めたブルジョア市民社会とその没落への予感が色濃く影を落としているが、同時代のハウプトマンの『アトランティス』（一九一二年）、ハインリッヒ・マンの『ウンラート教授』（一九〇五年）や『臣下』（一九一四年）、カール・シュテルンハイムの『１９１３』（一九一〇年）、等々の諸作品にも、それぞれ沈没する船や既成のレールからはずれていく人物の描写を通じて、没落や脅威、終末の意識が共有されており、ブルジョア市民社会の危機と崩壊への予感は、強引に成り上がっていったドイツ近代国家の内包する問題と絡んで、次第に多くの人々の間に広がっていったのである。

これらの作家たちは、ドイツの遅ればせの近代国家成立（一八七一年）の前後に生をうけ、ドイツの近代と発展を共にしながら、その孕む矛盾と裂目を痛切に感受しつつ、その狭間の苦悩と問題を提起し続けたといえる。しかしそれに続く若い世代は、深まる閉塞感と一層激しい終末論的な危機意識にとらえられ、やがてその反転した意識は、市民社会やブルジョア的現実を憎むべき打倒の対象とすることになる。

彼らは学校教師や権力の象徴である父親、自分を囲繞し敵対的となった現実の一切に対して、激しく反抗する。一九一〇年代における表現主義運動の登場である。印象主義が外界の一切に絶対的な信を置き、それをひたすら描くことこそが真実につながると確信したのに対して、外界が唾棄すべきものとしか映らない若い彼らは、ひたすら内面の真実のみに固執して、外界にむかってそれを激しく表現し、突き付けた。現実への抗議、反乱、陶酔……破局は、どのようなものであれ、既成の圧力からの救済と解放を意味していた。

クルト・ピントゥスが編んだ『人類の薄明』という表現主義詩集につけられた表題からも伺われるように、ここには「黄昏の薄明」を現わすと共に「夜明けの薄明」が含意されていて、反抗し反乱する詩人たちは、みずからを時代の先駆けとみなすと同時に、黄昏と終末の中に新たな救済の予感をも期待した。世界の没落と最後の審判という彼らの予感は、第一次世界大戦の勃発によって的中する。現実となって繰り広げられた戦場の惨状はしかし、夜明けの薄明を予感させるものはなく、ばらばらになった人間の胴体が横たわる戦場や野戦病院が主題とされるのみで、トラークルなど多くの表現主義詩人たちが戦場に消えていった。

マルヌの奇跡からヴェルダンの戦闘へと長引く戦争の中で、孤立した個人として世界に対峙していた詩人たちの間に、態度と素材の変化が生まれ、連帯と同胞意識の中から平和主義や行動主義、反戦や革命への志向が生まれてくる。

社会の地震計として彼らが鋭敏に予感した新しい世界の到来は、ロシア十月革命として現実化した。それは帝国主義戦争を招来した資本主義的近代に代わる「東方からの光」として、新しい社会関係の模索の可能性を暗示したのだった。

こうした文脈の中で、ここではまずブレヒトの処女戯曲『バール』（一九一九年）を中心に、第一次大戦の終了からドイツ十一月革命へと続く変動の中で生まれた新しい人物像をスケッチしてみたい。

生命の権化・バール

第一次世界大戦直後の一九一九年、トニオ・クレーガーとは根本的に異なり、しかも新しい生の存在様式への道を暗示する、魅惑的で破壊的な若者像が登場した。それが主人公の名前そのものを作品名にしたブレヒトの処女作『バール』である。バールとは、そもそも古代シリアの太陽神の名で、生命のシンボルで生殖の神だというが、キリスト教世界に対して異教の生命神を対置したところにすでに、ブレヒトの当時のブルジョア市民社会に対する姿勢が伺われるだろう。

主人公のバールは、詩人の天分に恵まれてはいるが、屋根裏部屋に住むアウトロー的若者である。ある時、ブルジョアのサロンに連れていかれ、そこで詩人として世に出る栄光を約束される。しかしバールは、自分の詩が資本家どもによって印刷され、こうした俗物の金儲けと虚栄心の玩具にされることを激しく拒絶する。そして町に出て、自由な吟遊詩人として、ギターをかき鳴らしつつ、歌い、飲み、哲学し、詩作しつつ生の喜びを貪欲に享楽する。「広く、若く、奇怪な空」は、「快楽にも苦悩にもそのまま」バールを見守ってくれる。

彼の最高の歓びは自然な性の満足だ。友人から恋人を奪うような背徳的行為を繰り返しつつ、彼はエネルギッシュに、破壊的にその歓びを追求していく。女が堕落しようが、自殺しようが、一向におかまいなし。「私は一体どこへ行けばいいの」……「天国行くさ、可愛い子ちゃん！」……「私の坊やと一緒に？」……「そんなもの消えてしまえ」。

バールの食欲もすさまじい。「禿鷹をむさぼり食らい」、「舌つづみを打ちながら広い草原を食い潰す」。漂泊の中でやがて彼は同性愛の相手エーカルトを殺して追われる身となり、森の中へ逃げ込む。そして大好きな空の星に看取られながら、のたうち回って死んでいく。

このバールの人間像は、デフォルメされることによって却って事柄の本質が現われる、あのピカソの絵を思わせる。身売りして詩人の名誉を得ることへの抵抗、ブルジョア社会の俗物たちへの仮借ない批判、鄙猥で顰蹙《ひんしゅく》をかう反道徳的言動や背徳的行為、等々を通じて、芸術とその商品化、お仕着せの規範と真の生、社会論理とエゴ追求といった問題のさまざまな側面があぶりだされる。

しかしこうした反道徳主義は、その社会への絶望や反抗から生まれたものというよりはむしろ、そもそもこうした社会的コードに欠けたバールの非妥協性として特徴づけられるだろう。バールは反道徳というより、倫理とは関係のない非道徳の世界に生きているといえる。それゆえここでは、普通の親密な人間関係は一切破壊されており、むき出しの自我追求、他人への無関心、女性を客体としてしか見ないエゴが徹底して貫かれている。バール像は、善悪の彼岸に立った無限の生命力そのものの発現として描かれているのだ。

バールが挑発的に拒否する対象は、一方においてキリスト教的坊主主義、それに支えられた市民社会のモラルであり、他方において第一次大戦後の表現主義演劇における「おお同胞よ、人間よ」的な実体のない理想主義、心情過多と観念過多の人間像である。それはまた当時の若きブレヒトの自我像でもあった。

第一次世界大戦、ロシア十月革命とドイツ十一月革命という激動の中で、ブレヒトは既成の枠に捉われない、醒めた眼で人間と社会を見ていた。彼はすでにドイツ社会の中に「現実的な広がりをもった、新しい闘いの力……革命的プロレタリアート」の存在を意識していたというし、道徳的な非難や人間性の強調だけでは、戦争を終わらせることも、社会を変革することもできないことを見ていた。錯綜し激動するこうした時代思潮のただ中で、二〇歳のブレヒトは何よりもまず、人間の根源的な生の姿、「岩の中に閉じこめられた太陽の輝き」をもったバール像を刻んだのである。

非社会的社会における「反社会性」

人間に対しては粗野で冷酷なバールも、自然に対しては深い一体感をもち、やさしく感情豊かである。その自然の交感の中で初めてバールは、生き生きと息づくのだ。唯一関心のある人間関係である性も、女性を個性ある人間として見るのでなく、自然と一体化した性の中にしか見ていない。「さあ、今度は風に吹かれよう、白雲ちゃん」、そして女性を抱きながら「雨で乱れた川べりの柳」と一体化する。

何よりもその中心に位置するのが、バールを見まもる「でっかく、しずかで、鈍いろで、若く、はだかで、夢のよう」な空である。「空をいっぱい瞼にもっている」とき、バールは満ち足りる。どんな場合にも「ただ空だけが、いつも空だけが、バールの裸身をしっかりと覆ってくれた」。

後年になってブレヒトはこのバール像について、「弁証法的に思考することを学んでいない人には、戸惑いと難解さを引き起こすかもしれない」と注釈し、ここにあるのは「活用しうる創造的才能を是認するのではなく、搾取しうる創造的才能だけを是認する世界の不当な要求」に対して激しい批判と反抗を行なう、ある種の自我があるだけだ、と述べている。人間の能力を商品としか見ない資本主義社会に対して、バールは丸ごとの人間を主張していたのである。

それゆえに社会からはみ出して生きざるを得ないバールは、しかし他方では、事実上「万人の万人に対する闘争」である資本主義社会の狼の論理をそのまま生きたにすぎないとも言える。この徹底した自我追求は、最後になって破綻をきたす。樵夫の小屋にたどりついた瀕死のバールは、死ぬ間際になって、独りでは死にたくない、見守ってくれる人が欲しい、と樵夫たちに懇願する、「君たちが三〇分だけ側にいてくれよ」……「判っちゃいねえな。独りでくたばりな」……「長くはないんだよ。君らだって絶対独りでは死にたくないだろう。な！」。

すでに若きブレヒトは、自分の生きている社会を客観化し、歴史的に対象化しようとしている。社会や人間を突放して眺めながら、その位置を測定しようとしている。ブレヒトは言う、「バールは非社会的だが、それは非社会的社会にあって非社会的なのである」。人が人を食うやくざな社会においては、バールもやくざな姿でしか生きれなかったということであろう。当然、社会の非社会性が取りのぞかれれば、バールの現われ方も変わってくる、ということにもなるはずだ。

社会の解放と幸福欲

そしてナチスの政権獲得によって長い亡命の旅を強いられたブレヒトは、一九三〇年代の反ファシズム闘争における革命的・集団的活動への参加の中で、バール像の持っている利己主義的側面を止揚することとなる。もはやそこには、裸のままの我欲の讃美はない。バール像は、肝っ玉おっかあ、アツダク、ガリレイなどの人物像に姿を変えてブレヒト作品に現われ、彼らは、したたかで生命力にあふれ、食欲にも性欲にも知識欲にも貪欲な魅力的人物像として、骨太に息づいている。自然な生の欲求を、禁欲的に否定することによってではなく、その肯定と貫徹の中にブレヒトは、圧迫されたものの解放の契機を探り、人間のもつ本質的な諸力を未来に向けて解放し、新しく、より人間的な形で位置付けようとしたのである。

晩年にブレヒトは、バール像の延長で「福の神」の話を構想している。「この神は東洋から移動し、大戦争の後に破壊された町々にやってきて、人間が個人の幸福のために闘うように刺激することになっていた。彼はいろいろな階層の若者をよせ集め、お上の迫害を招いた。それは彼ら若者たちが、農民は土地を持つべし、労働者は工場を接収すべし、労働者と農民の子は学校を占領すべしと教え始めたからである。彼は捕えられ死刑宣告を受ける。刑吏がこの小さい幸福神を処刑しようとしていろいろ術を尽くす。毒を飲ませても美味そうに飲んでしまうし、首を切ってみてもすぐ生えてくるし、処刑台では可笑しさが込み上げてくるような踊りを人々に流行させる、等々」。

このように、役人に切られても切られても首が生えてきて、民衆と共に陽気に踊りだす福の神の像によって、「人間の幸福への欲求は、決して根絶やしにすることは出来ない」ことが示される。まさに『バール』の根本思想そのものであろう。

若きブレヒトが『バール』によって市民社会に突き付けた破壊のエネルギーは、反ナチス・反ファシズムの闘いの中で、社会に根ざした幸福の追求、広く民衆と結びついた生命力あふれた新しい人間像へと転換していったのである。

五　ナチス治下の少年少女たちの運命

一九三三年のヒットラー政権の樹立と共に、ブレヒトやマンをはじめ、多くのドイツ人芸術家が亡命を余儀なくさせられる。

次に取り上げる『死んだ少女たちの遠足』（一九四三年）は、ブレヒトより二歳若い一九〇〇年生まれで、やはり一九二〇年代に作家となっていたアンナ・ゼーガースが、亡命先のメキシコで、故郷の町マインツと遠足に行った旧友たちの思い出を、望郷の念を込めながら描いた作品である。

メキシコの亡命地で病気になったゼーガースは、その回復期に、とある村を訪れる。「サボテンに囲まれ」「月面のような荒涼とした禿山」が続き、胡椒の花が「咲いているというより、燃えている」村で、その滞在した宿から見える「峡谷の白い壁」が心にとまる。好奇心にかられて訪ねると、白壁の後に緑の木々がきらめき、門柱に見慣れた紋章の名残りがある。門をくぐると、シーソーのきしみが聞こえ、「ネッティ」とゼーガースの本名を呼びかけられる。そこから自らの少女時代の回想に入っていくのだ。

そこには様々な少女たちが登場する。頑張り屋で優しい心のレーニー、一番美しいマリアンネ、世話好きで気のきくノーラ、陽気で享楽的なローレ、子供の世話をするのが大好きなゲルタ、目先のきくエルゼ。個性豊かで清純な少女たちが、その後の第一次世界大戦や戦後のワイマール共和国時代、ナチスの勃興期、そして第二次世界大戦という経過の中でたどる運命、とりわけヒットラー体制のもとでの彼女たちの変貌を、ゼーガースは少女時代の遠足の日の姿と重ね合わせながら、描いていく。

明るい陽の光。岸辺の緑を映したライン河。汽笛が聞こえ、同じく遠足に来た実業高校の生徒たちの船が、白い航跡を描いて船着場に向かって来る。華やいでざわめく少女たち。第一次世界大戦直前の、平和で楽しい遠足の情景が描かれる。

「ライン河から汽笛が響いてくる。わたしたちは首をのばした。真っ白な船体に金文字でレーマーゲンとかかれている。船の動きにつれて、絶えず消えてはまた出来る波頭を、私は眼で追った。広く静かな流れの上を、そこに映る村々をぬい、連なる丘や飛び行く雲と触れながら進むこの小さな船には、何ものによっても消されず失われえない明るさがあった。それは世界中の何によっても決して曇らされることのない明るさであった」。

少女たちは、汽船の甲板や円窓に知った顔を見付けて大声で呼び上げる。シェンク先生、ライス先生、オットー・ヘルムホルツ、オイゲン・リュトゲンス……。

少女たちの軌跡

オットーとマリアンネは恋人同士である。船から降りてきたオットーはマリアンネと寄り添う。レーニーは二人の恋の取り持ち役である。しかしこの似合いのカップルは、第一次大戦の勃発で学徒出陣したオットーの戦死によって引き裂かれてしまうのだ。長い孤独の苦しみの後にマリアンネは、ナチス高官と結婚することになる。この男によってレーニーの夫が密告され、夫のことを話すことを拒んだレーニーも逮捕され、拷問の末に獄死してしまう。「二人が逮捕されるのは当然だわ。ヒットラーに背いたのだから」と平然と言い放つマリアンネ。

いそいそとジッヘル先生にコーヒーを運んだノーラは、後に町のナチス婦人会の会長になり、この同じ先生を「ユダヤの豚」と罵り、ベンチから突き落とすことになる。

イーダは第二次大戦で婚約者を失って、せめて負傷兵の看護をと病院に勤めるのだが、やがて復讐心に燃えたナチス看護婦会の幹部となっていく。明るい生の喜びに満ちた少女の頃の遠足の情景と、その後の彼女たちの暗転して錯誤に満ちた運命と死の対照は、ナチズムに骨がらみになっていく少女たちのひとりひとりの人生を鮮明にあぶり出し際立たせる。

告白教会に通い、ナチスに疑問を抱くメース先生。ワイマール共和国時代にその教育改革を支持して奮闘したが、後に夫がナチス支持になったのに絶望して自殺するゲルタ。ナチズムに明確に反対の立場をとって抵抗するレーニーたち。とりわけこの小説で対比的に強調されているのが、レーニーとマリアンネである。「太陽の下、地上のものすべての最も大きい結束」と言えるほどだったレーニーとマリアンネの友情が、何故壊されてしまったのだろうか、と。平穏な日常生活の快適さが、やがて人々にとって苛立たしいものになり、子供たちが「父親たちの戦場体験を貪るように聞き」、「作業服より軍服に憧れる」ようになるのは、何故なのだろうか。ここに物語られる少女たちの運命に、ドイツにおける二つの道の闘いが明瞭に浮び上がってくる。「レーニーは、この庭でどんなに大勢の未来の敵に囲まれているかなど夢にも知ることができずに、そっと斜めを向いて、マリアンネが最後の言葉を最愛の人オットーと交わせるように、気を遣っている」という場面には、ドイツの民族的な悲劇が集約的に表現されてもいよう。

ここに登場する少女たち一人一人の幸福と不幸とが微妙に影を投げ掛け合い、生活の空虚さへの嘆きや存在の薄さの自覚などが別の違った生への憧憬を生み、こうした思いが、ナチスの講演やアジテーションと組み合わさって、第三帝国の人々のエートスを形づくっていく。そうして次にはこの国家が、少女たちの運命を握っていった。

『死んだ少女たちの遠足』という題名からも推測されるように、ここで登場する少女たちは、一九四三年にゼーガースがメキシコでこの小説を執筆した時点では、爆撃などの犠牲となって既に死者になっている。それなのに、反ファシズムの作家として真っ先に逮捕や抹殺されておかしくないゼーガースだけが、皮肉なことにメキシコまで流れ着いて生きているのだ。

社会的生の存在様式へ

なぜこのような事態になったのか。故郷や歴史、祖国愛については数多く論文が書かれたものの、「夕陽を受けてライン河をのぼる少女たちの一群こそ、祖国の一部をなしているのだということについては、一度も言及されたことがないのだ」。ゼーガースは、歴史の証言者として、叙事作家として、愛惜をもって、級友たちの道程に刻まれた、因となり果となった歴史の経緯を浮かびあがらせた。しかし同時に、歴史に出会い、歴史を生きようとしたゼーガースは、レーニーらの級友の在り方に、歴史を切り開かんとする方向を示してもいる。

つまり、ファシズムに反対し、歴史をつくろうとする人々と連帯してナチスと闘うレーニーたちの姿は、それまでの小説の人物像とは、全く違った新しい姿であった。それはブルジョア個人主義とはちがった新しい生の存在様式であり、社会的な生の姿の、ある典型を示しているといえる。

現代の問題は、個人の魂の遍歴だけでは描ききれないのだ。現実の諸関係を見据えつつ、社会関係のアンサンブルとして生きる人間の総体を、歴史における動と反動のベクトルと結びついて明らかにしないかぎり、人間のリアルな姿も社会の全体的姿は見えてはこないのである。

この小説の直後に着手され、ファシズムの側の人々と、それに抵抗する労働者の群像を描いたゼーガースの二〇世紀ドイツの民族叙事詩『死者はいつまでも若い』には、ドイツにおける動と反動の観点が、更に明確に貫かれている。その中で、かつて白衛軍の将校としてスパルタクス団のエルヴィンを射殺し、後にナチス将校としてその息子のハンスの射殺を命令するヴェンツェローは、次のように語る。これらの若者たちの、「ナチスにも騙されない確かな眼」、「死さえも歯が立たないように見える不屈さ」、「その若々しさ」は、一体何なのだろうか、と。ブレヒトが『福の神』で示した連綿とした力を、ゼーガースもまた反ファシズムを闘うこの社会的な生の持つ屈せざる生命力の中に見出し、そこにこそ歴史を切り開いてゆく希望を見たのである。

おわりに

このように文学に表れた「青春像の変貌」をたどっていくと、ドイツにおける社会発展と共に、近代的な個人の存在様式が誕生し、市民的生の存在様式へと発展し、その存在様式が不確かなものとなって、社会との新しい結合が求められ社会的な生の存在様式が生まれていくプロセスが確認できよう。だが一七世紀の三〇年間にわたる宗教戦争の影響で、近代国家の成立が他のヨーロッパ諸国より後れ、ブルジョア市民的な社会発展に余りに遅れをとったドイツは、封建的諸関係が精算されないまま、強行に帝国としてのし上がった結果、ファシズムと根深く結びつくこととなった。

「ドイツは、近代的な社会発展の喜びにあずかること少なく、その苦しみだけを共にした。だからドイツは、ヨーロッパ解放の水準には一度も立たないうちに、いつかヨーロッパ没落の水準にあることになろう」というマルクスの予言は、一〇〇年後のナチズムの出現を告知して驚嘆に値するが、それだけにドイツの青春は現実との厳しい確執にさらされた。そのことがかえって時代の課題を先鋭的で典型的なかたちであぶり出している。

振り返るなら、ドイツにおける近代的な発展は、一八世紀に入って徐々に進展をみせはじめ、市民社会の形成と共に現われた自立への欲求と個性の解放（ゲーテのヴェルテル像）を新しい市民的生の存在様式として定着させた（シュトルムのラインハルト像）。しかしそれを社会的に更に豊かに発展させることなく、アウトサイダー的な自己意識へと変質させ（トーマス・マンのトニオ像、ブレヒトのバール像）、あるいはファシズムにおける欺瞞的な共同体的生の中に解消し破壊してしまった（ゼーガースのマリアンネ像、ノーラ像）。社会的な生の存在様式は、こうした問題点と限界を克服するものとして、新しい社会関係への志向、資本主義社会の後に来ると約束された社会主義への展望と結びついて現われた（ゼーガースのレーニー像）。彼らはファシズムに頑強に抵抗し、理性的な生き方とは何か、ヒューマニズムとは何かを生命を賭けて示し、歴史が野蛮へと退歩していくのを阻止しようとした。ここには疑いなく、社会的で歴史的視野に立った人間精神の、新しい在り方の模索が示されていた。

二〇世紀の歴史は、しかしその展開が極めてジグザグなコースをたどることを教えている。ゼーガースは一〇数年の亡命生活の後、戦後は東ドイツを選び、社会主義建設下で作家活動を展開したのだが、一九五六年のハンガリー事件に絡んだメキシコ亡命時代の戦友ヤンカの裁判を通じて、屈折した行路を強いられ、社会主義国家の在り方とも絡んで、晩年は孤独だったという。社会的な生の姿も、決して一元的に捉えられるものではない。

「ああ、われわれ、友愛のためにこの大地を準備しようとしたわれわれは、自分では友愛をもつことができなかった」。ブレヒトの『あとから生まれてくるものたちに』の詩の一節である。人が人を喰う社会ではなく、人が人を助ける社会へ、友愛の大地を――この人類の夢はどのように実現できるのだろうか。

個人が個人にとどまっている限り、新しい世界は生まれては来ない。連帯も共同も、民主主義が貫かれないかぎり人々の真の結びつきへと発展しない。社会的生の存在様式は、こうした課題を咀嚼しつつ社会の矛盾との対決のなかでその力を発揮し、輝きを増してきた。

世界的な環境破壊が我々の生存を脅かし、経済格差が我々の生活を直撃する。日々の生活が社会の構造や国家の政策と連動し、国際的な動きと直結する。こうした中から生ずる様々な矛盾は、その解決を求めて大きなうねりをつくりだしていく。矛盾と対決するこうした広範な人々の日常的な生活戦略のなかで、歴史的到達点としての社会的生の存在様式は、どのような相貌を見せていくのだろうか。

(BEITRÄGE ZUR GERMANISTIK V 1993, VI 2003)

［翻訳］

ゲーテ『若きヴェルテルの悩み』柴田翔訳（『世界文学全集』第七巻）集英社、一九七六年
テオドール・シュトルム『みずうみ』関泰祐訳、岩波文庫、一九五三年
トーマス・マン『トニオ・クレーガー／ヴェニスに死す』野島正城訳、講談社文庫、一九七一年
ベルトルト・ブレヒト『バール』石黒英男訳（『今日の文学』1）晶文社、一九六八年
アンナ・ゼーガース『死んだ少女たちの遠足』長橋芙美子訳（『世界文学全集』第九四巻）講談社、一九七六年

［引用・参考文献］

テオドール・シュトルム「十月の歌」藤原定訳『シュトルム詩集』、角川文庫、一九六八年
ゲオルク・ルカーチ「市民性と芸術のための芸術――テオドール・シュトルム」川村二郎訳（『ルカーチ著作集』第一巻）白水社、一九六九年
トーマス・マン『飢えたる人々』藤本淳雄訳（『トーマス・マン全集』Ⅷ）新潮社、一九七一年
フーゴー・フォン・ホーフマンスタール「新人の演劇」岩淵達治訳（『フーゴー・フォン・ホーフマンスタール選集』4）河出書房新社、一九七三年
ベルトルト・ブレヒト「あとから生まれてくるものたちに」手塚富雄訳（『世界名詩大全』ドイツⅢ）平凡社、一九五九年

カール・マルクス『ヘーゲル法哲学批判』花田圭介訳（『マルクス＝エンゲルス全集』第一巻）大月書店、一九五九年
柴田翔「変動期のドイツ文学」（『講座マルクス主義』５）日本評論社、一九七〇年
道家忠道『ファウストとゲーテ』郁文堂、一九七九年

なお「BEITRÄGE ZUR GERMANISTIK V」は、東京学芸大学『上野修教授退官記念論文集』。「BEITRÄGE ZUR GERMANISTIK VI」は同じく『平野具男教授退官記念論文集』。

第二章　「時間の小説」と「時代の小説」のはざまで

――トーマス・マンの『魔の山』へのアプローチ――

トーマス・マン　Thomas Mann 1875 年— 1955 年

北ドイツのハンザ同盟都市リューベックの穀物商の次男として生まれる。兄は作家のハンイリッヒ・マン。16 歳で父を失うとマン商会は解散となり、ミュンヘンに住む。雑誌の編集者をしつつ、1901 年に家族 4 代にわたる没落の歴史をたどった『ブデンブローク家の人々』を発表。この作品で 1929 年にノーベル文学賞を受賞。第一次世界大戦ではドイツ帝国を擁護し、汎ヨーロッパ主義の兄と対立。その論争の書が『非政治的人間の考察』(1918 年) である。戦後はヴァイマール共和国の危機の中で民主主義擁護の論陣を張る。1933 年にナチス政権誕生し亡命、ドイツ市民権を剥奪される。1938 年アメリカに移住。戦後はスイスに移り住む。個人主義的ヒューマニズムの社会化を考え「デモクラシーを母胎に自由で調和的な正義を要求する社会主義」の必要を説いた。『大公殿下』(1909 年)、『魔の山』(1924 年)、『ヴァイマールのロッテ』(1939 年)、『ヨーゼフとその兄弟たち』(1943 年)、『ファウスト博士』(1947 年)、『選ばれし人』(1951 年)、『詐欺師フェーリックス・クルルの告白』(1954 年) など。

はじめに

『魔の山』は、さまざまな関心から読み解かれよう。

肺尖カタルになって入院した妻カーチャをトーマス・マンがスイスの高山に見舞い、「ヘンゼル山地を背景とする簡潔な短篇」の想を得たのは一九一二年で、当初はこの小説は、その年に書かれた短篇『ヴェニスに死す』の頽廃の悲劇に対抗する茶番劇にしよう、と構想された。健康な生を代表する単純で市民的義務に忠実な青年が精神の世界へと近づいていき、これまで自分を秩序づけていた枠組みを失っていく、いわば『ヴェニスに死す』とは逆ベクトルの主題を、悲劇としてではなく、軽妙なタッチで笑いとばしてやろう、と構想されたものであったというが、しかし一〇〇〇ページを越えるまでにふくれあがって『魔の山』として完成したのは、何と一二年後の一九二四年である。

この間に、それまでマンを強く規定していた様々なモチーフ、たとえば『トニオ・クレーゲル』や『ヴェニスに死す』でよくいわれている、生と精神の対立、ショウペンハワー体験、ドイツロマン派的な死への親密性といったモチーフが、第一次世界大戦に際会し、また『非政治的人間の考察』の執筆などを通じた現実との思想的格闘を通じて、どのように転換されていったかを探っていくのは、『魔の山』にアプローチしていく上での興味深いテーマの一つであろう。

また、この小説に登場する人物たち、ハンス・カストルプやヨアヒム・チームゼン、ゼッテムブリーニとナフタ、ペーペルコルン、ショーシャ夫人といった人間像に焦点を当て、たとえば、矯激なイエズス会士ナフタのモデルは、『歴史と階級意識』やリアリズム文学理論で知られるハンガリーの思想家ルカーチであり、ペーペルコルンは、自然主義の劇作家として一時代を画したハウプトマンであるといわれるように、時代の刻印が鋭く刻まれたそれぞれの人物像に即して、ヨーロッパ思想の射程を探る物語として読み解くのも興味深い課題であろう。

山中のサナトリウムという「錬金術的に高められた」世界では、日常性のなかでは顕在化しにくい人間の本質がクリアーな形をとって現れる。このような閉じこめられた状況のなかでの人間探求の手法は「孤島化の方法」と呼ばれているが、三人称で語られる『ヴェニスに死す』や、一人称の回想である『詐欺師フェリクス・クルルの告白』とは異なって、語り手によって物語が進展する形式をとっているこの小説をとおして、方法と語りと人物形象の間にどのような問題がはらまれているのかといった関心をも呼び起こされよう。あるいは物語の最終局面で、語り手がハンス・カストルプに「これでお別れだ。君の今後は決して明るくはない。君が巻き込まれた邪悪な舞踏は、まだ何年もその罪深い踊りを踊り続けるだろう。君がそこから無事で帰ることはあまり期待すまい」と語る、何とも散文的で突き放した言い方をしている結末に、現代における教養小説の可能性と不可能性を問うこともできよう。

このように『魔の山』はさまざまな面からのアプローチを促すが、ここでは物語の語り手が小説をZeitroman（時代の小説・時間の小説）と呼んでいるところに焦点をあて、それがこのように「独特に夢想的な二重の意味を持ち得る」と述べている意味を整理することで、この作品の特質を考察してみたい。

一　ハンス・カストルプ

「ひとりの単純な青年が、夏の盛りに、故郷のハンブルクからグラウビュンデン州のダヴォス・プラッツに向う旅に出た。人を訪ねるための旅で、三週間の予定であった。ハンブルクからダヴォスまでというと、それは遠い旅で、そもそも三週間というような短い滞在期間の割には遠すぎる旅である。途中多くの地方を通って、山をのぼり山をくだり、南ドイツの高原からボーデン湖のほとりへおりていって、この湖の躍る波を越え、かつて底無しと言われていた深淵を船で渡ってゆくのである」。

旅の予感にあふれた『魔の山』の冒頭である。彼はスイスのロールシャッハに着くと、そこから再び汽車に乗りアルプス山中の小さな駅まで行くが、そこは中間点にしかすぎず、そこで乗り換えて更に奥へ登っていく。小型ながら牽引力の強い狭軌の機関車が動きはじめると、旅はますます冒険的になり、急勾配の執拗な上り、険しくそばだった岩づたいの道をアルプスの奥へ奥へと進み、日常生活から離れていく旅の解放作用が、車窓に展開する風景の千変万化に呼応して、青年の心に時々刻々と変化を生ぜしめる。

青年の名前はハンス・カストルプ。裕福に育ったハンブルクっ子で、従兄の海軍士官ヨアヒム・チームゼンが、ここ五ヵ月ほど、ダボスの国際サナトリウム・ベルクホーフで療養しているので、その見舞いのための旅だった。彼は大学を出たばかりの二三歳。機械工業関係の商会に就職が決まり、見習い中である。

夜の八時ごろ、汽車はダヴォス駅に着く。思いがけずヨアヒムが出迎えにきている。馬車でサナトリウムに向かいながら、その元気な様子を喜んで、「僕といっしょにすぐ山をおりられるんだろうね？」と早速たずねるハンス・カストルプに、「〝三週間したら家へ帰る〟なんていうのは、それは下界の考えさ……三週間なんてここの連中にすれば、一日と同じことなんだ」と、下界と山との違いがまず強調される。

この旅の数日は、生活に根をおろしていない若者ハンス・カストルプにとって、市民生活のあらゆる義務、利害、心配、見込みから引き離すのに、十分な時間として作用している。「時の流れは、忘却の河」なのだが、空間の移動や旅の空気もそれに似て、「効き方は時の流れほど徹底的でないにしても、そのかわりいっそう速かに効く」のである。サナトリウムではハンス・カストルプの滞在用に病室がすでにあけられており、旅装をとくと、早速レストランにいく。そこで遅い夕食を食べつつ、小さい娘の頃にこのサナトリウムに入ったまま三〇歳近くになる人間嫌いの婦人、字の読み間違いをよくする音楽家の婦人、そして精神分析に強い関心をもつ医者などとまず知り合いになる。

時の流れと空間の変転のなかで、それまでハンス・カストルプを規定していた市民的生活スタイルの枠が弛み始める。そして山の生活への期待感が次第に膨らんでいく。こうした心的状態は、「僕は寒いよ！　恐ろしく寒い、といっても身体だけだがね、顔が変にほてっているから」という身体的兆候と組み合わさって、ハンス・カストルプを知らず知らずのうちに山の論理へと引き込み、いよいよ彼は「魔の山」の魔法にかけられていくのである。

第一章は、このように到着した夕方からヨアヒムの隣の三四号室をあてがわれて就寝するまでの第一日目がトーマス・マンらしい緻密さで描写されている。

『魔の山』は全体が七章で構成されており、各章はさらに幾つかの節にわかれているが、各章のアウトラインを簡単に触れておこう。

第二章――ハンス・カストルプの経歴が語られる。五歳と七歳で母と父をあいついで失い、祖父に育てられる。古い家の雰囲気、生活慣習など良き時代の生活が濃密に描写される。その後、叔父ティナッペル領事のもとで育てられ、上流市民の生活のなかで裕福なハンブルクっ子として自立させてもらう。大学で造船学を学び、就職先も決まって、今は見習い期間中である。

第三章――到着した翌日の一日が描かれる。サナトリウムの人たち、隣室のロシア人夫婦、いつも二人でいる女、ゼッテムブリーニ、アルビン、ショーシャ夫人などに出会う。

第四章――その後の三週間の出来事が描かれる。イタリアの共和主義者ゼッテムブリーニがハンス・カストルプの教師役として登場。ヒッペというかつて心を寄せた友人のイメージとショーシャ夫人とが重なる。

第五章――八月末から翌年の三月までの七ヵ月あまりの出来事。ハンス・カストルプはレントゲン検査で肺に悪いところが見つかり、魔の山の正式の住人になる。官能的魅力をもったショーシャ夫人に恋をする。クリスマス、そして病人たちの次々の死。カストルプは精力的に重病人を見舞ってまわる。謝肉祭の夜にカストルプはショーシャ夫人への思いを遂げる。

第六章――三月から翌年の十二月までの二年近くの出来事。ショーシャ夫人はサナトリウムを出て旅へ。ユダヤ人でイエズス会士のナフタ登場。ヨアヒム・チームゼン、山を下りて士官として入隊。ゼッテムブリーニとナフタとの論争。カストルプ、雪の中の彷徨。ヨアヒムが体をこわして山に戻ってくる。そして死亡。

第七章――その後、一九一四年までの五年間あまりの出来事。ショーシャ夫人がペーペルコルンと二人でサナトリウムに戻ってきて、カストルプ落胆。しかしペーペルコルンの人柄に感服。ペーペルコルンの死。ナフタとゼッテムブリーニが決闘し、ナフタは自殺。第一次世界大戦勃発。カストルプ、山を下りて戦場へ赴く。

二　時間をめぐって

ダヴォスに着いたときすでにヨアヒム・チームゼンが、「ここの連中にとっては三週間など一日と同じさ」といっていることから判るように、ここでは、市民生活の時間概念とは異なった時間概念が支配していることが、まず暗示される。新しい土地での初めの数日は、すべてが新鮮で目新しく、時間が生き生きと充実して過ぎていくが、一週間もすると潑剌さが失われ、慣れからくる単調さによって時間感覚が変わってくることは、誰しも体験することだろう。この変化を「魔の山」におけるハンス・カストルプの遍歴を通じて時間論として展開し、この時間についての考察を、時代と人間への洞察につなげていくのが、この小説の大きな魅力である。

山の時間に馴らされていくハンス・カストルプに対して、ヨアヒム・チームゼンは、魔の山の先住人であるにもかかわらず療養者たちを「ここの連中」と呼んでいることからわかるように、魔の山の論理に距離をおき、それに巻き込まれることなく、平地の時間、市民的時間感覚を決して失わない。こうした対比を通じて時間を生きることと、時代と社会を生きることとの内実が問われるのである。

トーマス・マンは一九三九年にプリンストン大学の講演「『魔の山』入門」で、「この小説は二重の意味で時間の小説です。第一に、それは一時期の、つまり大戦前のヨーロッパの精神的な姿を描き出すことを試みているという意味で、歴史的であるからです。しかし第二にこの小説が、ただ主人公の経験としてのみでなく、この小説自身のなかでまた一貫して取り扱っている対象は、純粋な時そのものであるからです」と述べ、Zeitroman が「時代の小説」という意味をもっていると同時に「時間の小説」であることを明確に語っている。

この小説を読み進んで行くと「時間とはなにか。ひとつの神秘である。実体はないが、全能の神である」「運動がないと時間もないのだろうか。時間は空間の作用なのだろうか」「いったい何が時間を生ぜさせるのだろう」といった問いが基調音として流れており、「二、三歳の頃、一年がどれほどの時間の量だったか」、「毎日が飛ぶように過ぎる。時間は解明しがたい」、「時間を感じる器官はどこにあるのか。時間はむらなく経過するというが、いったい、そんなことがどこに書いてあるのか。ぼくたちの意識にとっては、時間はむらなく経過することはない」などといったコメントが至る所にあって、全体が時間についての興味深い考察となっている。

とりわけ七年の滞在のうち、終わりの五年間を物語る最終章の第七章の冒頭の節「海辺の散歩」は、包括的な時間論になっているので、そこを見てみよう。

「時間を物語ることはできるだろうか。時間自体を。時間が経過した。時間が過ぎていった。時間が流れた。といった調子のいつまでも続く話で、時間自体は語れない」。たしかにこのように、時間を物語ることはできない。しかし時間について物語ることは可能であろう。時間は人生の地盤であると同時に、物語の地盤であり、音楽の地盤である。物語りは時間を充たしていく。それは、時間を区切り、埋め、そこで何かが起こるという点で、音楽と同じである。ただ物語が音楽と異なるのは、音楽の地盤を形成する時間は、ただ一つしかなく、五分間ワルツは五分続くだけで、時間に対する関係はそれ以外にはありえないのに対して、物語は二種類の時間を持っていることである。すなわち一つは固有の時間であり、物語を語る時間、読む時間、体験的に味わう時間、つまり音楽と同じ現実的時間である。もう一つは、物語の内容の時間で、五分間で読める物語の内容が一〇〇年にわたる歴史を書いている場合もありうる。

ここからは、現実の時間と物語の時間との間のズレを巡って、次のような指摘に行き着く。つまり「物語の内容の時間が、その物語が物語られる時間よりはるかに長いので、それをほとんど無に等しいまでに縮めてしまうような感じをあたえることもありうる」。中国の故事で、盧生という青年が立身栄達する生涯の夢をみたが目が覚めたらまだ黄粱が煮えていなかったという一炊の夢、邯鄲の夢はこれにあたろう。こういう場合には「物語は、錬金術な魔法、時間のなかにいながら時間を超越させてしまうような幻術を使う」のであり、そういう例としてこの小説では阿片常習者の場合をあげている。彼が恍惚として束の間に見る夢の時間範囲は、三〇年にも六〇年にもわたり、人間に経験可能な時間限界を越えることさえあるという。「そういう夢では、その内容上の時間量のほうが夢それ自体の持続する時間量をはるかに凌駕し、時間が信じられないほどに短縮されて体験される」。だから物語というものは、「こういう不埒な夢と同じように時間を取り扱い、同じように時間を手玉に取ることができるのである」。

物語が時間を自由にさばくことができる以上、物語の地盤になっている時間そのものや、時間について物語ることも何の不思議もない。時間を物語ることができるか、という問いを出したのも、実は「現に進行中のこの物語によって、事実上これを企てていることを白状したかったからにほかならない」と、トーマス・マンはこの物語の語り手に述べさせている。

『魔の山』のおもしろさと特徴を挙げるなら、まず第一に、『ヴェニスに死す』の大芸術家アッシェンバッハとは全く対照的な、極く普通の青年ハンス・カストルプに、それまで無縁であった形而上学的・精神的世界への冒険に赴かせること、第二には病気は人間を賢明に高貴にし、生よりも死のほうが、高貴さ、奥深さ、偉大さに係わるという根深い考え方を、病気と死が支配しているサナトリウムにおける遍歴のなかで克服していくこと、第三には時の経過が人間を発展させ、成熟に導く、という従来の教養小説とは違った、閉ざされた空間における錬金術的教育による陶冶を模索していること、等々を挙げることができるが、特に新しい点は、人間成長の無条件的前提であった時間の刻みを検討の俎上にのせ、客観的時間が主観的時間へと移行していく関係を探りつつ、その孕む問題性を、小説の上でも、現実の上でも、明らかにしようと試みたところにあろう。

三　客観的時間と主観的時間

「生活内容が興味あると短く感ずるが、単調で空虚だと長く感ずる、と信じられているが、無条件に正しいとは言えない。空虚さと単調さは一時間位ならそう感ずるかもしれないが、非常に大きな時間量になると、短く無に等しいように消え失せる。逆に、豊富で興味深い内容は一時間や一日だと短くすぐ過ぎてしまうが、時間量が大量になると時間の歩みに幅と重みと厚みが加わるから、貧弱で空虚な重みのない歳月より、ずっとゆっくり過ぎていく」。

病気と死が支配しているサナトリウムでの長期の療養生活は、平地生活の秩序感覚を浸食する。市民生活的枠組みは次第に消えて魔の山を支配する一種の自然状態にとってかわられる。このレトルトのなかで、二つの方向――自然的・本能的世界への沈湎と、精神的・主知的世界への高揚が交錯する。これを司るのが伸縮する特異な時間体験である。

ハンス・カストルプがアルプスのサナトリウムに着いた八月上旬の夕方から翌日にかけての一日は、彼にとってまさに初の体験に満ちあふれ、入院患者との出会いとその生態など、豊富で興味深い内容にあふれている。その描写にマンは第一章から第三章をあて、この一日間の物語を読者が読む時間は、フィッシャー版で一三〇頁分あり、一日の描写としてこれだけの量を誇る小説はそんなにないであろう。

次の第四章は、三日目の天候の激変から滞在予定の終わりに近付いたところでハンス・カストルプに肺浸潤がみつかりヨアヒム・チームゼンと共に患者としてこのサナトリウムに滞在せざるをえなくなった三週間を描き、一日目とほぼ同じの一二〇頁を使って物語られている。

ついで第五章が二二〇頁、第六章が二七〇頁、第七章が二四〇頁とこの三つの章は、読者が物語を読む時間はほぼ同じになっているが、客観的時間は第五章が次の六ヵ月間、第六章が次の二年間、第七章は最後のほぼ五年間にもわたっている。第一日目と次の三週間に比べれば倍の頁数になってはいるものの、六ヵ月間と二年間と五年間がほぼ同じ心理的時間数である。

最初の三週間が過ぎて、次の六ヵ月間を語り始めようとする第五章は、その冒頭で「これ以後の三週間は、あっという間に過ぎてかたづいてしまうだろう」と述べ、ここで初めて時間が伸びたり縮んだりする現象が意識的にとりあげられる。検温の七分間の無限の長さ。それに対して昼食から翌日の昼食までの一日とは何なのか。客観的尺度としては二四時間であるが、体験された時間としてはほとんど痕跡のない無と感じられることもありうる。物語の構成は、客観的な時間が主観的な時間に呑み込まれていく時間の神秘についての体験が、臨場感をもって実感できる仕掛けになっている。そして「私たちはハンス・カストルプとともに時間の神秘について経験する」のだと述べ、客観的な時間と主観的な時間について、ハンス・カストルプ自身の時間体験に、読者も沿っていくことが求められる。

この山のサナトリウムで結核の療養をしているのは、大半が若い人たちであるが、彼らはここに暮らして半年も経つと、小さく区切られて退屈させないように工夫された一日が、しかし崩れるように消えていき、昨日も、一昨日も、一週間前も、ほとんど変化のない夕暮を眺める気分になり、毎日が似た日々の反復になって、正午に運ばれてくるスープを見ると、これが明日もあさっても続き、「これを見た瞬間に永遠の息吹をふと感ずる」ようになっていく。そして「スープが運ばれてくるのを見ると、目眩がするような気がして、時間の形を捉えることができなくなり、時間というものがぼやけてしまう」。そのなかで若者たちは、食事のこと、体温計のこと、男女のたわむれのことしか念頭になくなっていくのである。

昨日と今日の区別の喪失は、経過することの意味の喪失である。そして反復と捉えられていたものも、周期が次第に短く感じられるようになると、時間が一点で静止し、ひとは「永遠の今」という無時間性のなかにはいりこむ。そのなかで患者たちは、食事、検温、食堂での出会い、等々が永遠に続くと思うようになる。無為自然と甘美な放縦のうちに流れていく生は、まさに市民的義務や倫理の対極にあるものであり、時間の経過は社会的意味づけや価値付与から離れ、沈滞と死の混沌につながるものとなる。魔の山のこうした魔力に浸透されつつもハンス・カストルプは、密度の高いこのレトルトのなかで、逆に今までに経験したことのない新しい精神的、道徳的、感覚的冒険を積み上げていく。

第五章の六ヵ月間と第六章の二年間とが読者にとってほぼ同じ心理的時間数であることは、「充実した時間は長く感じられ、空虚な時間は短く感じられる」というこの物語の語り手の発見した定理にしたがって構成されているということだが、経過した年月と心理的時間との関係をこのように配することで、マンは巧みに読者にハンス・カストルプ体験を実感させるのである。

ゼッテムブリーニは、ハンス・カストルプのこうした無時間性への傾斜の干渉者であり矯正者である。彼と出会ってハンス・カストルプは、精神が溌剌と冴えてくるのを感じ、主観的時間感覚を相対化し、変化と発展を可能にする客観的時間を自覚する。ゼッテムブリーニは、彼を正道につれ戻し、理性や作法に従うこと、そして生への道を指し示そうとする。単純で平凡な青年ハンス・カストルプは、このレトルトのなかで哲学的思考に目覚め、下界の日常生活では決して体験できないゼッテムブリーニとナフタの対決、啓蒙主義とロマン的復古主義とのどちらが若者を捉えていくのかという実験、雪のなかの彷徨と新しいヒューマニズムへの予感、等々、人間存在そのものに触れる体験を重ねていく。

ヒューマニズムへの予感、生への新たな認識などは、確かに死と病気の支配するサナトリウムに拮抗するものであるが、こうした認識も、存在の奥にひそむ無時間性への憧憬を止めることはできない。七年目に入ると、ハンス・カストルプのなかでも時間感覚がすっかり鈍ってしまう。ヨアヒムがいつ下山し、いつ帰ってきたのか、ショーシャ夫人はどの位いたのか、自分はどのくらいここで過ごしているのか、いったい自分は何歳なのか。一切が茫漠のなかに拡散してしまう。人間は内部に時間器官を持っていないから、外部の何らかの支えなしに時間測定ができないのである。

四　拮抗する時間感覚

ハンス・カストルプはしかし、決してこの状態が心地よいとは感じていなかった。客観的時間に対して、主観的時間の経過、それは危うく無時間のなかにいることにもなりかねないが、そのなかにいる自分が気持ち良い、とは思っていなかったのである。だからといって、この茫漠とした状態から抜け出て、たとえば自分が何歳かをはっきりさせるといった努力もしなかった。なにかそうすることがよくない、と彼の良心が尻込みしたのである。

ここで「主人公の時間経験がモラルの問題として提示されていること」は重要なポイントであろう。時間をめぐる体験を良心の問題と絡ませ、その倫理的・道徳的意味を考察している点はきわめて興味深い。普通なら時間に留意するのが良心的な生き方のはずであるが、ハンス・カストルプは時間に留意しないほうが良心的だと思っている。なぜなら、時間にたいして無関心に身を任せるのが魔の山の論理であり、その魔力に囚われている状態なので、彼は魔の山の支配に添おうとしているわけで、そういう良心に彼は従っているのである。しかし他方で、身を任せていることを自覚するのが恐いという良心もあって、きわめて複雑な状態に置かれている。

ここで大事なことは、彼が時間に対して無関心になりきれない段階にいるということ、魔の山の住人になりきれない微妙な段階にいるということが示されていることである。なりきってしまえば、それは死の世界でもある。しかし、『魔の山』が教養小説として成り立つためには、主人公のこの不安定さが不可欠の条件なのである。それがなければ、魂を試みるために旅立つ主人公の遍歴の物語は、成り立たなくなってしまうからである。

ハンス・カストルプは魔の山の生活になれ、市民社会の日常生活では味わえない体験、「錬金術的に高められた」体験をすると同時に、魔の山に骨がらみになっていきつつあるのだが、他方で、時間体験によってめまいと混乱を味わって、かろうじて魔の山を相対化している。

病室のバルコニーで爪を切っていると、ハンス・カストルプはめまいに襲われる。それは、「まだ」と「また」の区別、「いつも」と「いつまでも」の区別があいまいになっていくことからくるめまいである。時間は、主観的経験が弱まって無になっても、即ち、主観の活動がゼロになっても、つまり精神的死の状態になっても、活動を続け、熟させるという客観的時間をもっている。自分の年齢を忘れてしまっても、髪や爪はのびていく。ただここにいると、時間のない、時間の外にいるような、いつもと、いつまでもに無自覚な時間感覚が生じてくる。そうすると「いま」が「きのう」と「おととい」と区別がつかなくなって、ついには現在と一ヵ月前とが瓜二つという意識が生じる。だから「実人生の活動的生活から隔絶された密室のサナトリウムの毎日が常に同じことの繰り返しであるので、その生活を長年やっていると、現在と過去の区別がつかなくなって、永遠の今になってしまう」のである。

ハンス・カストルプは、目まいを感ずることで、かろうじて魔の山に生きる自分を客観化はしているものの、主体的活動の弱まりはおおうべくもない。寝椅子に横たわって過ごす毎日のなかで、「きょう」と「きのう」と「おととい」の区別が次第につきにくくなって、ついには今と一ヵ月前とが瓜二つになり、こうした無差別の度合いが増していくと、現在と過去の区別がつかなくなって、すべてが永遠の今になってしまうのである。

五　時間の止揚と永遠の今

マンは「『魔の山』入門」で創作上の意図の一つを次のように語る。「若い主人公が錬金術的魔法によって無時間的な領域へ引き込まれていく様を描きながら、この書のもつ芸術的手段によって、この書が包摂している音楽的・形而上的世界の全体のあらゆる瞬間に完全な現在性を与えよう、そして魔術的な『静止する今』をつくりだそうと試みることによって、時間の止揚をめざしている」と。ハンス・カストルプが魔の山の様々な体験を経て、まさに永遠の今に参入せんとしている時、マンは静止する今を演出することによって時間を止揚しようとしていたのである。

「時間の止揚」――ここには時間そのものを考察の対象にした思索者マンに対して、物語作家マンの作家的野心が表明されている。それは魔の山の叙事的世界を永遠の相のもとに置こうとする強烈な欲求である。一九三四年、カール・ケレーニイに宛てた手紙でマンは、『魔の山』が「リアリズムの手法による若い頃の作品『ブッデンブローク家の人々』と、やがて六〇歳になろうとしている私が今書いているはっきりと神話的性格を帯びた作品との、まさに中間の段階をなしている」と述べている。

『ヨゼフ物語』で明確になる関心やモチーフが、『魔の山』のなかにすでに深く入りこんでいるということであるが、時間の止揚と静止する今を演出する手立てのひとつとして、ここでは神話的モチーフの採用を指摘できるだろう。神話的モチーフを組み込むことでマンは、『魔の山』の行き着いた無時間性を超時間性へと転換し、こうしてこの作品で試みた冒険、ひとつひとつの瞬間を永遠の相の下に置こうとしたのである。時間を物語ろうという野心的試みが、時間を超えた試みになっていく、それを媒介するものとして神話を組み込んだのである。

「七年というのは、手頃なよい数で神話的、絵画的な時間単位」といっているように、七章、七年間、七ヵ月、七週間、七日、七分という七にちなんだ設定には、天地創造の六日と休息の一日の七日間の七という神話的メッセージが明らかに念頭におかれている。こうした神話的アレゴリーの導入のなかで、ヘルムート・コープマンはとりわけヘルメス神話との関連をあげている。

ヘルメスは夢と眠りの神であり、霊魂を冥界に導く役目をもっていると共に、智者として音楽、数、文字を発明したとされ、旅人の保護神でもある。このヘルメスとエジプト古来の神トートが習合して生まれたヘルメス思想は、以後ヨーロッパにおいて神秘主義思想のひとつとして脈々とした流れを形成するが、そこには占星術や錬金術も含まれ、こうして hermetisch は、密閉した、気密の、錬金術的なという意味をもつに至り、マンはこれを『魔の山』のキーワードに使っている。

「〝錬金術（Hermetik）〟とはうまい表現ですね、ナフタさん。〝密封した（hermetisch）〟という言葉は昔から好きでした。漠然とさまざまな連想をもたらす、ほんとうに魔術的な言葉ですよ」。ハンス・カストルプが思い浮べるのは昔、自分の家にあった貯蔵壜である。密封された中身は時間から遮断されて変化を受けず、時間は傍らをとおりすぎていく。こうした連想は、そのまま遮断された世界の物語 eine hermetische Geschichte である『魔の山』の日常と重なり、魔の山という密封された空間のなかで、時間も動きを失い無時間のなかにはいっていく。その中で現象するのは、一方であらゆる制約を解体していく夢と眠り、他方で錬金術的な精神の高揚である。これは二つながらまさにヘルメス的世界の顕現といいえよう。

物語作家マンの巧みさは、この神話的モチーフを、しかし、非現実の世界としてではなく、現実のリアルな世界として描き切っているところである。だから一切は生々しい現実性として現れ、現実感覚と全然ずれることなく、ここといまに現前するのである。神話的アレゴリーは、指摘されないと気付かないほどに物語の現実描写にとけこみ、例えば、七分間の検温時間が一日や一週間と比べてひどく長く感じるところで、体温計の示度を見ようとして水銀を読もうとするが、なかなか見えない。が、やっと見える瞬間がある。水銀のメルクールはヘルメスのラテン読みであることを考えれば、こうした描写のなかに、いかに巧みに神話的暗喩が含まれているか驚くであろう。こうした要素を巧みに配しつつトーマス・マンは、魔の山の世界を永遠の今として時間を止揚し、こうしてこの小説を普遍の相のもとに現前させようとしたのだろう。

六　無限への憧憬とその陥穽

物語作家マンの自負心と絡めて、時間が、永遠の今へと転位していく側面を見てみたが、思想的側面からも、さまざまに興味深い問題提起を読み取ることができる。例えば、無限への憧憬をめぐる問題群である。浜辺の散歩を思い出しつつハンス・カストルプは、永遠の懐である海、深く満ち足りてすべてを忘れさせ幸福をもたらす海をうたい、無限への憧憬を語る。波の無限の繰り返しの心地良さ。時間にしてどのくらい歩いたか、浜辺をいくら歩いても変らない無限の空間の悠久性。無限に続く空間のなかで、時間も無になっていく。「一点から一点への運動は、そこに何の変化もないときには運動でなくなってしまうし、運動が運動でなくなれば、時間もなくなる」。原始の無限への傾斜は、ハンス・カストルプの雪のなかの生活への愛好ともつながっている。しかしこの憧憬は、解体的虚無に通じかねないことがこの作品を貫く重要なモチーフである。厳正な規律によって身を律し、偉大な芸術家の名声をほしいままにしながら、ヴェニスの海と美少年タッジオに出会い、心に潜む原始からのよびかけによって破滅する作家アッシェンバッハの問題と、それはストレートにつながっていよう。

区別がきえると運動もきえ、そして時間もなくなる無限性に対して、「まだ」と「また」と「このさき」の区別が「道徳にかなった意識的区別」であると強調している点は、時間との関連でハンス・カストルプの生を考える際に、決定的に重要である。彼をときどき襲う目まいも、こうしたモラルと良心とに関連している。モラル的な力によって生を律し精神の王者になったアッシェンバッハとは逆ベクトルの遍歴をハンス・カストルプに行なわせようというこの物語において、時間体験のなかにモラル的な問題、倫理の問題が重なってくるのは当然だろう。

『魔の山』の時間について論じたリヒャルド・ティーベルガーやヘルムート・コープマンの論が、もっぱら時間相のもつ神話的側面に眼をむけているのに対して、吉田次郎は、時間相を倫理やモラルとの関係から見ることの重要性を強調する。大戦以前のマンの諸作品の主題を形づくっている無や永遠のもつ魅惑と、それへの疑念という弁証法が、それまでは自己の芸術家としての問題として体験されていたのに、「大戦から戦後にかけて、これが自己の問題であるとともに、またきわめてアクチュアルな当代の問題であることをはっきり自覚するようになった」と分析し、無や無限というドイツロマン派的世界が、非合理主義や国粋主義の野蛮に堕していく危険をトーマス・マンはいちはやく洞察していた、と述べている。

語り手は、倫理的枠組や認識の枠組の大切さを語り、その欠如が、「不条理な、破廉恥な、悪魔的なものになる」と断定している。ドイツロマン派的な無限や死への親密性に対して、「死に対する健康で高尚で宗教的でもある唯一の見方は、死を生の一部分、附属物、神聖な条件と考えもし感じもすることで、——死を精神的になんらかの形で生から切り離し、生に対立させ、忌まわしくも死と生を反目させることではありません」という認識は、重要であろう。

古代人は死を生の揺籃、更新の母胎として尊敬した。これと反対に「生から切り離された死は、怪物に、漫画に——そして最も厭うべきものになる」。独立した精神力としての死は、「非常に放縦な力をもち、その罪悪的な引力は非常に大きい」。

ここでは無限と死をめぐる大きな倒錯が、核心的問題として指摘されている。無限は、人を生かすよりも、消去する。それゆえに千年続くナチス第三帝国の無限性、万世一系の天皇という無限性は、そこに人間を解消する論理を内在させるのだろう。それが「海ゆかば水漬く屍、山ゆかば草むす屍、大君の辺にこそ死なめ、顧みはせじ」の世界と紙一重であることを、マンは洞察していたのだろうか。

主観的時間にモラル的な区別を与えるのは、客観的時間と市民的義務感覚である。この枠組のゆるがぬ体現者であるヨーアヒム・チームゼンは、療養生活が一年半になるのに耐えきれず、内心の義務の呼び声にうながされて下界にもどって少尉になり、純潔と服従の規律正しい生活に感動し、義務の遂行に熱情をもち、希望に満ちたスタートをきるが、病気を悪化させ、山に戻ってきて死んでしまう。

客観的時間の流れを否定すると生を害し、死の世界がおとずれるのであるが、しかし、ヨーアヒム・チームゼンの死は、主観的時間を止揚する市民的義務、倫理といえども、生を救いきれないことを暗示している。時間の経過を生の肯定に媒介していくものは倫理的道徳的なものであるが、市民的生のなかのモラル的なものも、既に不確かなものになってしまったことも、ここで暗示されていよう。

七　時代についての考察

ハンス・カストルプはほぼ無時間性のなかにいるが、「晴天の霹靂」の節で、だしぬけに「そのようにして彼は寝椅子に寝て暮らした、そして、そのようにして彼がこの上へ到着した真夏の季節がまためぐってきて、あれから年は七回——と言っても彼はそれを知らなかったが——循環した。そのとき轟然と——」というかたちで第一次世界大戦の勃発が告げられる。

時代が一九一四年ということが明らかになり、ハンス・カストルプの魔の山における遍歴が一九〇七年の八月上旬の火曜日に始まったことが判明し、物語全体が客観化され、いつの時代の物語かが判明する。最後の五年間余りは、まさに魔の山の魔法によって無時間的生を生きていたことになる。こうしてこの小説が「時間の小説」であったと同時に、第一次世界大戦直前の破壊される前のヨーロッパ、二〇世紀初頭にいたるブルジョワ市民たちの時代の人物像と時代の雰囲気を色濃く映した「時代の小説」であることが明らかになる。

それは「無傷の資本主義経済形態」が活発に機能し、「患者たちが、彼らの家族を犠牲にして永年あるいは無限に、こうした生活を送ることができた」裕福な市民たちの時代の物語といいかえることもできよう。やがてこのブルジョア市民社会にはらまれた矛盾は、生活や意識に深刻な分裂をうみだすが、それはいまだ漠然とした兆候を現しはじめたにすぎない。時間をめぐって、時代の問題は既に姿を現していたし、ブルジョワ市民的な生のなかのモラル的なものの在り方も問われはじめていた。時間について語りながらマンは、こうした時代のはらむ問題を巧みに織り込んでいたのである。

市民社会の崩壊の予感のなかで、外的世界の不確実性は、客観的なものへの信頼を破綻させ、自己の内面への強い固執を生み出していく。真実が外的世界に見いだせず、内的世界のみが真実であるとする主観の絶対化は、その必然の帰結であり、二〇世紀初頭に若い世代をおおった表現主義文学運動はその端的な現れであろう。

崩壊し断片と化した現実に、おのれの内的真実を激しく突きつけていく前衛的な表現主義の作品と対比しつつ、ルカーチは、『魔の山』のリアリズムについて、次のように論じている。表現主義のような前衛主義は、「近代世界の特定の現象形式について、直接的で無批判的な態度をとる」。しかしトーマス・マンのようなリアリズム作家は、「現象の直接性を、造形の過程で止揚し、そうすることによって、こうした現象を芸術的に必要な、批判的距離をもって扱っている」。ルカーチが強調するのは、現象のもつ直接性の止揚である。表現主義者たちの内的真実も、実際は本質に至る前の泡かもしれない。しかし時代と人間の本質を探り、形象化していくためには、泡の直接性を克服しなければならない。「時の形象化」についてトーマス・マンも「近代の〝時の体験〟が純粋に主観的な性格のものである」ことはよく認識しているが、前衛主義の作家たちの直接性は「こうした主観的な体験のなかに現実の本質そのものをみとめる」ことになり、現実の本質把握からは離れているとルカーチは考える。それゆえ「〝同一の〟時が、幾人かのリアリストにあっては特定の人物を性格づけるひとつの手段となるのに、それが前衛主義においては、現実の中心的内実に、したがって造形された現実の本質的な形式に拡張されてしまう」。

トーマス・マンがハンス・カストルプ的な時の体験に対して、ヨアヒム・チームゼンやベーレンス顧問官のように、正常で客観的な時の体験をもつ人物をも描き出している意義をルカーチは強調する。「つまり前衛主義作家は、ある――必然的に――主観的映像から、ひとつのリアリティーを、いや本来のリアリティーを、自称するところでは構成的な客観性をつくりだし、これによって全体としてみるならば現実の歪曲された写し絵をあたえている」。これに対してトーマス・マンのリアリズムにおいては、「この直接性が批判的に揚棄されるから、われわれの時代のひとつの必然的な現象を、全体との関連において、その客観的な本質上、それにふさわしい場所に据えることになる」。

時間の主観性を描きつつ、それを客観的時間に転位させてこの小説を完結させ、時間と時代のはざまで展開する『魔の山』の世界を、時代の全体性を描き切ったリアリズムとしてルカーチは高く評価するのである。ただこのように時代の全体性を描いているにせよ、物語の点から『魔の山』をみると、正統的な一九世紀的小説とは、やはり異質である。芸術性よりも散文性、物語性よりも論理的認識の勝った展開になっているのは、市民世界の行き詰まりと解体の進行という現実と無関係ではあるまい。小説を読み、物語性を楽しむよりも、論考、批評を読んでいるような錯覚に陥る。

世界が確固として存在し、それをそのまま描けば意味に満ちた世界が現出する時代は過ぎ去ったのである。『ユリシーズ』の創作年代が『魔の山』とほぼ重なっているのは、興味深い。ルカーチの見ようとするベクトルとは逆向きに、『魔の山』はむしろ、アヴァンギャルド的側面を抱え込んでいるように見える。一二年という『魔の山』の長い執筆期間を通じて、主観を離れては物語の時は成立しないことの認識の方を、むしろマンは痛感しつづけていたのではなかろうか。

時間について物語られながら、様々な形で時代の問題が巧みに織り込まれていることは既に見たが、「我々は誰しも、いろいろな個人的目的、目標、希望、見込みなどを眼前に思い浮べて、そういうもののために高度な努力や活動へと駆り立てられもしようが、しかし私たちをとりまく非個人的なもの、つまり時代そのものが、外見上ははなはだ活気に富んでいても、その実、内面的には希望も見込みも全然欠いている」という現状認識は、この物語の底流をなしているものである。

社会が「一切の努力や活動の究極的で超個人的および絶対的な意味とは何かという問いに対して、空ろな沈黙を守る」事態は、人々にある種の奥深い作用をおよぼさずにはおかないだろう。単純で平凡な青年ハンス・カストルプですら「世の中のあらゆることが、〝全体〟が、自分と同じような行き詰まりの沈滞した状態に落ち込んでいる」と感ずる。デカダンスが一つの時代風潮となり、凡俗な生に対する精神性と美の主張は、それを突きつめていくと、死への親密性という形であらわれざるをえない。『ヴェニスに死す』がそうであったように。そして『魔の山』は、その『ヴェニスに死す』への茶番劇になろうとして、やはり結局はそうはなりえなかった。

八　理性の限界と「生の旗」

理性の徒ゼッテムブリーニと、イエズス会士にしてコミュニストのナフタは、時代の特徴的潮流を代表していよう。ハンス・カストルプは市民社会を準備した啓蒙主義の理性を代表するゼッテムブリーニを「理性の笛ばかりふいていて、気違いをさえ正気に戻すことができると自惚れている」と批判し、中世以来の神学の思想を無産階級の救済と結びつけたナフタに対しては「神も悪魔も、善も悪もごちゃまぜにしたその宗教は、個人がまっさかさまに飛び込んでいって宇宙のなかへ神秘的に埋没してしまうためのもの」と批判する。

二人の思想はもはやハンス・カストルプの心を捉えるものではない。では、ハンス・カストルプは何をめざすのか。「理性は死の前にたつと間抜けにみえるが、それは理性が単なる美徳にすぎないのに、死は自由、冒険、無形式、快楽だからである」。しかし「死は快楽ではあっても、愛ではない」。ハンス・カストルプは思想の中心に愛を据えるのだ。

「愛は死に対立する。理性ではなくて愛だけが死よりも強いのだ。理性ではなくて、愛だけが善良な思想を生み出す」。「人間は善良さと愛を失わないために、思想を死に支配させてはならない」。これが魔の山における思想的格闘の末のハンス・カストルプの到達点である。陳腐といえば陳腐だが、しかしこれは茶番ではない。ハンス・カストルプもトーマス・マンも本気でそう考えている。

「理性の限界を批判し、その限界の上に生の旗を押し立て、その旗のもとに勤務に服すること」と語るハンス・カストルプの「生の旗」は、しかし抽象的不確かさにゆれている。主観的時間と客観的時間のはざまで、時間と時代のはざまで、時代の諸課題のはざまで、その具体的在り方は読者ひとりひとりが生きて考えよという、それはマン独特の距離を置く感覚、アイロニー的思考の現れといえるのであろうか。

「時間の小説」と「時代の小説」のはざまで、やはり『魔の山』は揺れているのだ。近代と現代のはざまで揺れている小説といえるかもしれない。むしろこのことが『魔の山』を時代の全体性を描いた小説にしているようにみえる。

(BEITRÄGE ZUR GERMANISTIK IV 1992)

［翻訳］

トーマス・マン『魔の山』佐藤晃一訳（『世界文学大系』五四巻）、筑摩書房、一九五九年

［引用・参考文献］

トーマス・マン「カール・ケレーニイ宛て書簡」（『トーマス・マン全集』Ⅶ）新潮社、一九七二年

トーマス・マン「『魔の山』入門」（『トーマス・マン全集』Ⅲ）新潮社、一九七二年

ルカーチ「ハイネからトーマス・マン」国松孝二ほか訳（『ルカーチ著作集』第五巻）白水社、一九六九年

吉田次郎「『魔の山』の時間のこと」『ドイツ文学研究』第十三号、京都大学教養学部ドイツ語研究質、一九六五年

Helmut Koopmann : Die Entwicklung des „intellektualen Romans" bei Thomas Mann. Bonn 1962.

Richard Thieberger : Der Begriff der Zeit bei Thomas Mann. Baden Baden 1952.

なお「BEITRÄGE ZUR GERMANISTIK IV」は東京学芸大学『浦野春樹教授退官記念論文集』。

第三章　歴史的事実と文学的真実

――ハインリッヒ・マンの『アンリ四世の青春』をめぐって――

ハインリッヒ・マン　Heinrich Mann 1871年—1950年

リューベックの豪商の長男として生まれる。弟は作家のトーマス・マン。ドレスデンやベルリンで書店に務めた後、イタリアに滞在し「私の才能はローマで生まれた」という。その成果が『無何有の郷にて』（1900年）で、当時のブルジョア銀行家や俗物文士が批判的や風刺的に描かれている。教室に君臨する暴君教授が女旅芸人のローラと知り合って破滅する『ウンラート教授』（1905年）は、ローラをマリーネ・デートリッヒが演じた『嘆きの天使』として映画化された。第一次世界大戦中にデモクラシーの立場からドイツ批判の『ゾラ論』（1915年）を書き、弟と論争になる。ドイツ人に巣喰う臣民根性を批判した『臣下』（1918年）は、戦時中発禁になったが、戦後広く読まれた。ヴァイマール共和国で幅広く活動し、ヒトラーに対して社会党と共産党の共同戦線を呼び掛けたため、ナチスに追われてフランスに亡命。『超国民的なものへの信条告白』（1933年）などを通じて反ファシズム文化運動の中心となる。1935年に『アンリ四世の青春』、1938年に『アンリ四世の完成』を執筆。1940年にアメリカに亡命。1950年、帰国を直前にサンタモニカで客死。

一　聖バルテルミーの大虐殺

一五七二年八月二四日は、歴史上、「聖バルテルミーの大虐殺」の起った日として知られている。それはパリで始まった新教徒ユグノーの大量虐殺事件である。国王シャルル九世の勅命のもと、未明の一時半、旧教徒の首領ギュイーズ公が、まず新教徒の首領コリニー公を襲って血祭りにあげ、これを皮切りに旧教徒たちがユグノーの貴族や平民そして老若男女をとわず次々に襲いかかり、二六日まで続いたこの虐殺で三〇〇〇人のユグノーが犠牲になったという。それは更にフランス全土に波及していき、一ヵ月たった一〇月初旬までに五万人の犠牲者をだすに至った。

この事件は、実は、国王シャルル九世の母で、摂政をしていたカトリーヌ・ド・メディチの判断によって引き起こされたものである。当時スペインは、フランス国内の宗教対立に乗じて、フランスへの支配力を強めようとしていた。これに対して新教徒ユグノーの首領コリニー公は、フランドルの支配をめぐってスペインとの戦争を国王シャルル九世に提言した。摂政カトリーヌ・ド・メディチは、スペインとの全面対決になるこの提言を無謀と考え、コリニー公が宮廷で次第に影響力を増し、シャルル九世の判断まで左右するに至っている事態を大きな危険とみた。これは自分と王とを対立させることでフランス王国を破滅においこむことになると判断、コリニー公の暗殺を画策したのである。旧教徒の首領ギュイーズ公と組んで、八月二二日、実行に移す。しかしこれは失敗してしまう。

丁度その四日前、八月一八日は、カトリーヌ・ド・メディチの娘で、シャルル九世の妹であるマルグリート・ド・ヴァロアと、新教徒の雄アンリ・ド・ナヴァル（後のアンリ四世）との結婚式の日であり、フランス全土から新教徒ユグノーの有力者たちが大勢お祝いにパリに集まっていた。結婚式が終り、その直後の祝賀の最中での暗殺失敗は、旧教徒側の危機意識を頂点まで追い上げた。翌八月二三日、窮地にたったカトリーヌ・ド・メディチは、国王に、「非常手段をとらないと新教徒によって王国も国王自身も破滅させられる」と迫り、ユグノーの一掃を提案する。閣議に列した旧教徒の首脳たちもこれを支持して、二四日未明の勅命による虐殺となったのである。

マルグリート（マルゴ）とアンリの結婚は、旧教徒と新教徒との対立を好転させる意味をもっていただけに、アンリにとっては、皮肉な運命の巡り合わせであった。新教徒であったアンリは、生き延びるためにカトリックに改宗し、以後の四年間、パリに幽閉されることになる。

ハインリッヒ・マンの『アンリ四世の青春』は、この「聖バルテルミーの虐殺」を前半の山場として、スペインとフランスの国境近くのピレネー山脈の麓の小国ナヴァルに生まれたアンリの青春に材をとって描かれた小説である。

この虐殺のあと、フランスの宗教戦争は紛糾の極に達する。しかし、シャルル九世は、その後しばらくして若くして死去し（一五七四年）、後を継いだアンリ三世は、一五年後にギュイーズ公を暗殺（一五八八年）、そして二〇年近く分裂状態の国を知謀と策略でまとめあげてきたカトリーヌ・ド・メディチが翌年に七〇歳で死去し、ついでアンリ三世まで暗殺され、ヴァロア朝が途絶えると、アンリ・ド・ナヴァルは、アンリ四世として一五八九年にフランス王となるのである。

ブルボン朝の開始である。聖バルテルミーのあの大虐殺から一七年が経過していた。一九三五年に発表された『アンリ四世の青春』は、そこまでが描かれている。

続いて書かれた『アンリ四世の完成』（一九三八年刊）では、一五九八年、ナントの勅令によって旧教徒と新教徒とを和解させ、フランスを統一国家に導き、やがてルイ王朝として栄える、その後の発展の基礎をすえたアンリ四世の生涯が描かれ、一六一〇年の暗殺でおわっている。

二　アンリ四世の時代

「少年は小さかった。山々は巨大だった。しだの茂る荒野をぬけ、あるかなきかの道をよじのぼる。日を浴びたしだは香しく、そのかげに身をひそめればひやりと冷たい。岩山が前方に立ちはだかる。彼方からどうどうと滝のおちる音がきこえる。天の高みからおちてくるのだ。うっそうと樹木におおわれた山々に目をやる。鋭い目だ。木の間がくれの遥か彼方の石の上に灰色の小さなカモシカがいる。青一色にたたずむ空の深みに茫然と目をやる。胸一杯にあふれる喜びを天にもとどけと叫んでみる」。

『アンリ四世の青春』は、少年アンリのこのような描写で始まる。宗教対立という困難な山を乗り越え、陰謀にうずまく荒涼とした人心の暗部を熟知しながら、多くの女性たちを愛し、人々の善意を信じつつ、あるかなきかの道を探って、ついには対立の融和と国民国家の建設へとむかっていくアンリ四世の生涯を、ハインリッヒ・マンは、この冒頭の少年アンリの描写にすべて象徴させているが如くである。実際、アンリ四世は、五七年の生涯をこのように生きた。

しかし、アンリ四世とその時代といっても、われわれにとって決して馴染みのあるものではない。スペインが多くの植民地をもって最も隆盛を誇ったフェリーペ二世（在位一五五六―九八年）の時代、イギリスがエリザベス女王（在位一五五八―一六〇三年）のもとスペインの無敵艦隊をやぶって（一五八八年）、スペインに替わって覇権を確立し、東インド会社の経営に乗り出していく（一六〇三年）時代、アンリ四世が新教と旧教の対立をナントの勅令で和解へと導き（一五九八年）、フランス隆盛の基盤をつくりつつあったのに対して、ドイツでは、宗教対立が三〇年戦争（一六一八―四八年）として勃発し、ドイツ荒廃への道をたどりつつあった時代、といえばすこしはイメージがわくだろうか。

日本でいえば、戦国時代の覇権争いのなかから、織田信長が抜け出すが志半ばに本能寺にたおれ（一五八二年）、豊臣秀吉が天下を統一するが、徳川家康に取って代られ、家康が一六〇三年に幕府を開いて江戸三〇〇年の安定を築かんとしていた時代と一致するといえば、ハインリッヒ・マンが取り上げたアンリ四世の時代の雰囲気がある程度浮かび上ってこよう。

アンリ四世は、つまり、フェリーペ、エリザベス、信長、秀吉、家康、そしてロシアのイヴァンといった、割拠していた封建的諸勢力の対立を克服し、新たな国家体制をきずいた豪放、華麗な人たちと同世代の空気を呼吸していた人物である。それは封建的領邦の狭い枠を打ち破り、近代の国民国家への基礎がための時代であり、西洋史的にいえば、絶対王政の確立の時期である。封建制から資本主義に移行する途上、国民意識の覚醒とともに生まれたこの政治体制は、やがて母斑としてもつその封建的特質ゆえに、ブルジョア市民革命の打倒の対象となるものであるが、しかし当時の世界史的な地殻変動のなかでは、画期をなす到達点であった。

われわれには馴染みがなくても、ヨーロッパの人々にあっては、こうした歴史的知識、小説の時代背景は当然の前提となっているものだろう。アンリ四世は、とりわけその豪放磊落な庶民性によって、その苦難の生涯によって、その勇猛果敢さによって、その良識と人間臭さによって、その悲劇的な死によって、多くの人々に親しまれている王だという。

その民衆性によって「良き王アンリ」と親しまれているこのアンリ四世を材に、ハインリッヒ・マンが二巻の長編小説『アンリ四世の青春』と『アンリ四世の完成』を執筆したのは、一九三〇年代の中葉、ヒトラーに追われて彼の精神的母国であるフランスに亡命し、その地で反ファシズムの活動を繰り広げている最中のことであった。過去への歴史的関心は今日的関心の裏付けをもつ。ましてや、こういう状況にあったハインリッヒ・マンがこの小説執筆に取り組んだのは、同時代との格闘から生じた切実な問題意識があったからに違いない。

三　歴史のベクトルと小説のベクトル

この小説は多様な相貌を持っている。一つには、新教徒と旧教徒が血みどろの対決をするなか、捕囚となって辛酸をなめたアンリがモンテーニュの導きを受けつつ、自己を教育しつつ、遂に国民を統合に導く過程を描いた教養小説の相貌であり、二つには、権力の維持と掌握をめぐって展開する暗殺や権謀術数のスペクタクルを描いた陰謀小説の相貌であり、三つ目として、庭師の娘フルーレットにはじまり、マルゴやコリザント、水車小屋の女房などとのアンリの多彩な愛を描いた恋愛小説の相貌であり、この作品は、このような様々な側面から論ずることができよう。ここではごくオーソドックスに、歴史小説と捉えて、ハインリッヒ・マンの過去への歴史的関心と今日的関心との関係、それが歴史小説というジャンルに関わって、どのような問題を生み出しているかを考察してみたい。

歴史小説といったとき、その概念のなかには、自ずから二つの力が働いていることに気づく。「歴史」のベクトルと「小説」のベクトルである。実は、この二つのベクトルは、正反対の性質をおびているのである。「歴史」のベクトルは、実証に向かい、個別具体の解明を目指す。これに対して「小説」のベクトルは、虚構による芸術的形象をめざし、現実の本質を直感し普遍的美に到らんとする。実証に基づいた歴史事実の厳密な検証という個別に向かうベクトルと、人間性を追究しつつ芸術的原理に収斂して普遍に向かうベクトル――この二つが対峙しつつ融合しているのが歴史小説であるといえる。

このように歴史小説は、二つの相異なったベクトル、歴史的叙述と文学的創造という矛盾した原理の微妙なバランスの上に成り立っているのである。『アンリ四世の青春』はこの二つのベクトルのせめぎあいとして見たとき、どのような問題をはらんでいるのだろうか。

そもそもハインリッヒ・マンがアンリ四世に興味をもったのは一九二五年、フランス南部のポー城を訪れた時だという。共和主義的なフランスとルネサンスの時代を精神の故郷としているマンにとって、フランス・ルネサンス期の一六世紀を生き、良き王として、貧しい者の味方として、今日なお人々の心に残っているアンリ四世は、啓示的な存在となったのである。ハインリッヒ・マンは、ミシュレやランケの著作など、アンリに関する様々な伝記や資料を精力的に読み、小説の構想をふくらませるが、一九三三年、ナチスに追われてフランスに亡命するという思いがけない事態がこの小説の成立に決定的に作用した。自らの精神の母国フランスでの『アンリ四世』の執筆と反ナチ闘争は、この小説に必然性と精彩と深みを与えたに違いない。

アンリの母・ジャンヌの手紙をそのまま使ったり、シェリー公のメモを使ったり、各章の終わりにはモンテーニュの『エセー』からの引用が散りばめられているなど、実証に務め、物語の進展は、歴史的事実をほぼそのまま踏襲していく。しかしこの小説で最も意味のあるラ・ロシェルの城の海岸でのアンリとモンテーニュとの語らいは、ハインリッヒ・マンの完全な創作で、二人が出会ったのは別の時と場所だったという。また王位継承権の授与の日時や、モンテーニュのミケランジェロとの出会いも、史実とは異なることだという。

史実を無視して創作した箇所は、ハインリッヒ・マンがアンリ四世に材をとった小説を書こうとした、そもそもの意図と密接に関係してくる問題だろう。

精神と行為の分裂の克服

ハインリッヒ・マンは、『臣下』や『帝国三部作』において、ドイツ帝国に根深く巣くう臣民根性、極端な理想主義とその現実的な無力、権力政治の跋扈、等々を描き、フリードリッヒ大王以降のドイツ帝国の病理を摘抉した。

ドイツのこうした問題的状況に対して、その対極にある指導者像としてアンリ四世を見出そうとしたのである。そしてその人間像を全面的に明らかにしようとした。具体的には、「精神と行為の分裂」というドイツ的二元論を克服している姿をアンリ四世にみていること、聖バルテルミーの虐殺をナチス支配下のドイツの状況と重ね合わせてみること、虐殺によって憎しみを学びつつもアンリが権力を次第に非人間的なものから人間的なものに転換して善意の権力の体現者となるところ、等々関心の焦点を置き、創作の動機にしているが、ここからハインリッヒ・マンの作家としての意図と、歴史的事実とのぶつかり合いの問題が生まれてくる。

アンリの転機として、捕囚の身となっているアンリがプロテスタント討伐のためにかりだされ、ラ・ロシェルの城を囲みつつ、モンテーニュと海辺で対話する場面は、一つの山場である。

「包囲されたラ・ロシェルの要塞は、雲の乱れとぶ空の下に灰色の姿を見せている。前方の海からは、無限の彼方からのようにどうどうと波が押し寄せる。この要塞を攻め落とそうなどと思いあがっているのは、どこの軍隊であろう。この要塞が、無限なる者の前哨としてここに配置されているのはあまりに明らかではないか」。行動に絶望し、哲学に心かたむけているアンリにむかってモンテーニュは、行動する人々の混乱について語る。

「ある偉い人は、信仰において許される以上の熱意を示そうとしたために、自分の宗教の評判を落としてしまった」。「一方の人にとって宗教戦争は野心の口実であり、他方の人にとって、それはみずからを富ますための機会にすぎない」「宗教戦争で聖者が現れることはない。逆にそれは民衆と王国を弱らせるだけである」。アンリ自身、宗教戦争に疑問をもったことがあったが、非業の死をとげた畏敬するコリニー提督を思えば否定はできないことと考えていただけに、この不敵な言葉にアンリはいたく驚き、モンテーニュの勇気に敬意を覚える。

「どれが正しい宗教だろう」と問うアンリに「ク・セ・ジュ（何を私が知っていよう）」とモンテーニュは答える。真に謙虚に心打ち明けて語るに足る友を見つけた喜びのうちにアンリは、寛容や善意について思いをめぐらせる。「暴力は強い、がもっと強いのは善意だ。善意ほど民心を収攬しうるものはない」というキケロを引きつつ語るモンテーニュの言葉は、以後、アンリの思想と行動の指針となったのである。ハインリッヒ・マンはモンテーニュとの出会いをこのように創作した。

捕囚の身、同じプロテスタントを攻める辛さ、要塞をめぐって不動、無限、空虚の思いの交錯、行為への絶望……こうしたアンリの不運のただなかに、マンはモンテーニュとの対話を設定したのである。節度をもって懐疑するしなやかな精神こそ、この行き詰まりから抜け出す唯一の道であることをアンリが体得するには、またとない設定であり、この不運が逆に人生を知る思いがけない可能性を秘めていることが示される。懐疑を通じて人生の英知に目覚める転機の設定として、秀逸な場面といえよう。

「歴史は起こったことをしか叙述できない。しかし、文学は起こりえたかもしれないことを語る」と言ったのはアリストテレスだが、現実になかったこと、ありえないことでも、全体の流れのなかで必然性があり、現実のある側面や本質が明らかになるのなら、何の違和感もなく読者は受け入れ、かえってそこから深い感動をうけとる。

アンリとモンテーニュの海辺の対話は、理性、寛容、善意、良識による世界の再構築をアンリが確信するに至る、この作品のライトモチーフを明らかにする場面であると共に、失意の極にあるアンリへのモンテーニュの深い友愛による転機の場として極めて効果的である。文学的真実は、歴史的事実に依りかかって得られるのではない。作品そのものの中で獲得されるということを示す典型的場面になっていよう。

戯画化

だが、アンリに対立する旧教同盟の描き方が、ナチスあるいはナチス突撃隊の活動に重なり過ぎて不自然であり、歴史小説として欠陥だ、という指摘はよくなされる。

「勤労奉仕にいそしめ。兵役の義務を果たせ、租税を納めよ、党のデモンストレーションで総統が民衆に呼び掛けるときは、何日かかっても必ず駆け付けるのだ」といった表現から伺われるように、「勤労奉仕」あるいは「血と大地」や「管区指導者」などナチスの用語がそのままつかわれていることが、この不自然さをさらに増幅させている。旧教同盟の指導者ギュイーズにヒトラーの姿を見、扇動的説教師ブーシェにゲッペルスをストレートに重ねてしまう点に、文学的形象化とは離れた、一種浮き上がった扇動文書を読まされる思いがして、興をそがれる印象を残すというのである。

ここには、ラ・ロシェルの城の海岸でのアンリとモンテーニュとの語らいという文学的創造とは違った次元の問題があろう。つまり、文学的手法としての「戯画化」をどう捉えるかという問題である。戯画化は、ハインリッヒ・マンの得意とする手法である。しかし、今日的事象に引きずられ過ぎると、批判精神と文学的形象化とのバランスを欠き、読むものを白けさせ、グロテスクな印象をあたえることになってしまう。

あるいはまた、モンテーニュとの出会いを通じた善意の権力の生成という作者の問題意識にこの歴史小説全体が引きずられているという印象も、一読後の率直な感想として残ろう。これは、精神と行為の一致を体現したアンリ四世のヒューマニスティックな理想をめぐる闘争を描きたいというハインリッヒ・マンの意図が強く出た結果といえよう。描写の結果として感得される善意の権力を体現した王の姿ではなく、作家の関心が最初から見えすぎて、雄大な描写にもかかわらず、善意、理性、人間性が一種の予定調和的に事実関係の中へ入りこみ、闘争する社会勢力の具体的でダイナミックな描写を阻害しているのである。問題意識を文学的形象によって強度に一般化すると、歴史的個別性への実相観入を阻害してしまうのである。

「二つの相対立する原理の闘争――すなわち一定の歴史的発展段階における民衆の生活の諸問題に関わる具体的・歴史的な考え方と、啓蒙主義の誇張された伝統の抽象的に記念碑化され『永遠化』された原理との闘い」とルカーチが指摘し、両者の有機的統合が文学的形象化の課題であると語った問題が、端的な形でここに現れていよう。

四　ルカーチの『歴史小説論』

実はルカーチがこうした指摘をしている『歴史小説論』は、ルカーチがナチスに追われてモスクワ亡命中の一九三六年から三七年にかけて執筆されたもので、一九三五年に出版された『アンリ四世の青春』にもふれながら、歴史小説のはらむ興味深い問題を提起しているので、それと関連させつつ問題を敷衍してみよう。

「歴史小説は、一九世紀の初頭、ほぼナポレオンの没落の時代に成立した」。これがルカーチの歴史小説を論ずる際の基本命題である。フランス革命、ナポレオンの台頭と没落といった歴史のダイナミズムを経験して人々は、歴史の変転が決して自然現象ではないこと、己れの存在は歴史的に条件づけられていること、歴史が日常生活に深く介入しそれを統御していること、等々を肌で感じはじめていた。従来の歴史観が根本的に変化し始めたのである。十八世紀末から十九世紀初頭にかけて「はじめて歴史は、大衆の経験——しかもヨーロッパ的な規模での——となった」とルカーチはいう。こうした歴史感覚の質的転換が、歴史小説成立の客観的条件を準備したのである。

ウォルター・スコットの『ウェイヴァリ』が出版されたのが一八一四年であることにルカーチは注目し、このスコットをルカーチは「歴史小説の祖」と考える。それまで歴史小説とよばれたものがなかったわけではない。しかしそれは「ただその外観的な題材だけ、つまり衣装だけ歴史的なものにすぎなかった。登場人物の心理ばかりでなく、そこで描かれた風俗も、作者の時代のものであった」。言い換えれば、スコット以前の歴史小説は、登場人物の特殊性をその時代の特質から導き出すという歴史的観点そのものを欠いていたのである。

これに対して「スコットは、小説の主人公たちの偉大な人間的長所が、悪徳や偏狭さと同様に、一定の歴史的基盤から生まれでるものであることを明瞭に描き出している。かれらの観念を分析したり、心理的に説明したりすることによってではなく、存在の基盤を広範に描きだし、その思想や感情や行動方式が、その基盤からどのようにして生まれてきたかを指し示すことによって、一時代の精神生活の歴史的特質をわれわれに親しいものとするのである」。

スコットの歴史小説の特質は、英雄的人物は副主人公にとどめ、平凡な主人公を中心にして小説を構成している点である。これによって、その時代の対立する諸勢力とそれを担う人物たちを媒介的に把握することが可能となり、歴史的英雄たちも、それ故にかえって、それぞれの社会的潮流を代表する者として、その姿が鮮やかに浮かび上がってくるのである。ルカーチはスコットが歴史上の重要人物をロマンティックに記念碑化するのではなく、このように叙事的性格と民衆的性格の強い結びつきの上に描いているところに、歴史小説としての規範を見いだすのである。こうした方法でもって初めて、歴史上周知の人物を、型にはまった既製品ではなく、時代の子として、より正確な歴史的意義をもって描出し得るのである。

こうしてルカーチは、歴史小説とは、過去の社会の姿、生活、出来事を「現代の前史」としてリアルに描きだすものと考える。叙事的性格と民衆的性格とを兼ね備えた、このスコットの系譜に入るのが、クーパー、ゲーテ、マンゾーニ、プーシキン、トルストイである。

しかし、バルザックになると、過去の歴史への関心よりも、今生きている現代への関心が強まり、「歴史としての現代の描写」に転換している、とルカーチは指摘する。これは美学的な原因ではなく、社会的・歴史的な力によっておおり、このバルザックの転換が一八三〇年の七月革命とほぼ重なっていることは極めて象徴的で、ここに至って初めて、同時代の社会、つまりブルジョア市民社会そのものが歴史的に問題をはらんでいるという認識が、人々の意識に上ってくるのである。

こうして「スコットによってイギリスの社会小説から発した歴史小説は、バルザックとともに再び同時代社会の描写へと回帰した。このことによって、古典的歴史小説の時代は終ったのである」とルカーチはいう。しかし併せて、「バルザックとともに頂点に達したこの現代史小説は、ひとえに古典的歴史小説の発展であり、それがよりいっそう高い段階に引き上げられたものである」と評価する。

五　歴史小説の変貌

ルカーチのいう歴史小説の典型的在り方とはどういうものか明らかになったが、ヨーロッパ市民社会の良き伝統を最大限評価しようとする、いかにもルカーチらしい規定の仕方である。しかし、一九世紀中葉から後半にかけてのプロレタリアートの台頭と共に、歴史の推進力であったブルジョアジーが抑圧者に転化することによって、歴史小説も大きく性格をかえていく。その画期は一八四八年である。二つの階級の激突の結果、資本主義が全面的に展開していくなかで歴史を動かす力が人々の眼に見えにくくなってくる、と同時に、歴史意識をもって現代を見るバルザック風が弱まり、リアリスティックな社会小説も凋落しはじめるとルカーチは指摘する。

こうした意識の変化によって、歴史は過去の事実の単なる集積、いかなる方向性も持たない永遠の運動と見なされるようになり、歴史の各段階の真の特殊性を客観的にあるがままに捉える姿勢が失われていく。こうして「過去の事件の一回性が描かれなくなるにつれて、歴史は現代化される」とルカーチはいう。過去の姿を現代の思想、感情、動機で遡及的に塗り上げてしまう傾向が覆い始めるのである。それはスコットの歴史小説成立以前の状況にも似ている。

この「歴史の現代化」と並んで、歴史上の人物がそれぞれの時代の動因、流れから切り離され、孤立化されることによって、「歴史の神秘化」が生ずるとルカーチはいう。そして神秘化され、不可解なものになるにつれて、人物のきらびやかな「装飾化」がはじまるという。

ルカーチはその特徴的現れをフロベールの『サランボー』に見ている。カルタゴを舞台として展開するこの歴史小説は、恋愛を例にとっても、古代の生活を全く非歴史的に現代化して描いており、古代の生活からでなく、生活から遊離した現代の観念から出発している。このような歴史の主観化と私化によって、偉大な歴史的事実は空洞化されてしまい、これを補うために「にせの記念碑性」がもちこまれることになるのである。大袈裟なもの、エキゾチックなもの、好奇をそそるものが求められ、にせの記念碑性は、ますます事件の荒々しい展開を要請するに至る。こうして社会的・歴史的つながりを欠いた、恐ろしいもの、残酷なもの、非人間的なものが、真の歴史的偉大さにとってかわるのである。

その心理的根拠をルカーチは、単調で、灰色で平板な現代のブルジョア生活の卑小さから逃れたい人々の欲求に根ざしているという指摘をしている。そう言われてみれば確かにこの指摘は、商品化とマニプレーションが進み、矛盾が隠蔽されるなかで必然的に現われる現象であり、今日のわれわれを囲繞する状況とも決して無縁ではないことに気づかされよう。

六　ルカーチの『アンリ四世』評価

ルカーチによれば、リアリズムの解体に抗した反ファシズム抵抗運動の亡命文学から、歴史小説の新しい復興が始まるのだという。下からの民衆に基盤を置いた民主主義的運動によって歴史小説は、表層的事実拘泥と通俗的粉飾の弊から脱して、再び叙事性と民衆性を獲得するのである。

ハインリッヒ・マンの『アンリ四世』をルカーチは、「ここには民衆的であると同時に、すぐれた、賢く決断力のある、狡猾でしかも確固として前進する、勇敢な人間像が久しぶりに初めて登場している」と高く評価している。アンリ四世の力と技量が民衆の生活との結びつきから汲み取られていること、民衆の真の願いを敏感に感じとり、実現している姿が見事に形象化されていることによって、民衆と指導者の真の関係を明らかにして、それが結果として「ヒトラー崇拝に対して多くの直接的攻撃よりもはるかに致命的な打撃をあたえる」ものになっていると述べる。そして「人間性の真に偉大な特徴は、生活そのものの中に、社会それ自体の客観的な現実のなかに、人間それ自身のなかに存在している」というハインリッヒ・マンの新しい精神が、この小説に生き生きと示されている意義を強調している。

しかしルカーチは、次の二つの問題点を指摘する。一つはアンリを主人公にした伝記的形式についてである。つまり、アンリを主人公に据えることによって、「彼の感情的・思想的な主張が小説の基軸をなし」、「発展の全過程が彼の心を通して行なわれる」ので、「その他のもろもろはすべてそれを補助的に説明する素材」に過ぎなくなってしまうという問題である。それゆえ、カトリーヌ・ド・メディチのように矛盾に満ちた重要人物は、様式的で幻想的な魔女としてしか描かれなくなっている。こうして「中心人物は一方では、過度の重荷を背負わされ――かれはあらゆる段階ごとに歴史的に正しく反応するという芸術的にほとんど実行不可能な要求を課せられている――他方では、まさにそれゆえに、直接的な体験と概括的普遍化の間のもともと狭く短い道が、さらに人工的に狭められる」という指摘をしている。

これは伝記的小説の陥りがちな弊の指摘として重要である。ルカーチはさらに続けて、この伝記的形式のために、「民衆やその苦しみと喜びや、民衆独自の自発的で意識的な努力が、アンリ四世個人と直接関係する範囲でしか描かれない」ことになり、「彼をこのような高さに高め、危険な状況のなかで彼が最終的に勝利することを可能にした諸潮流は、文学的にはごくわずかしか描かれない」ことになる。「主人公の伝記的・心理的描写は、それ自体はどれほど美しかろうと、この勝利に文学的に説得力ある証明をあたえるには、あまりにも狭く、弱いのである」と語っている。

いま一つの問題は、ハインリッヒ・マンが歴史上の英雄を理想の体現者とみる「ヴィクトル・ユゴー的な記念碑化の影響」を受けているので、「理性と人類の幸福の使徒」としてアンリ四世を描くとき、「進歩をめぐる人類の闘争内容を規定する巨大な社会的・歴史的対立が、ほとんど人類史的な抽象物に解消され」、そのことによって「その歴史的具体性が失われる」という欠陥が生まれることを指摘している。

理想化によって、誇大化した認識と卑小化した認識との二律背反が現れ、ハインリッヒ・マンもそれから免れていない、というのがルカーチの批判である。それ故に描写がしばしば抽象的になり具体的確かさから離れてしまうというのである。

ルカーチのこの指摘は、「世界観的な確信」と「客観的な現実」との間をめぐる興味深い問題を考えさせてくれる。かつてレーニンは、階級意識を論じた際に、自分は労働者階級の一員であるという「自覚と確信」だけでは真の階級意識を持ったことにならないことを強調した。そして真の階級意識は「他のそれぞれの社会階級の知的・精神的・政治的生活のいっさいの現れを観察すること」、「住民のすべての階級・層・集団の活動と生活のすべての側面の唯物論的分析と唯物論的評価を、実地に応用すること」によって生まれるとした。唯物論的感覚でもって、つまり対象に徹底して即する感覚でもって眼前の社会の総合的分析と評価ができて初めて人は一人前の労働者になれるとしたのである。この指摘は含蓄に富む。「労働者階級の注意や観察力や意識をもっぱらでないまでも主として、この階級自身に向ける」ような態度は間違っているとレーニンはいっている。

われわれはともすれば関心を「もっぱらでないまでも主として」自分自身に、自分の信念の枠のなかにすべてを収斂しがちである。その結果、本当の現実とは出会わず、もっぱら自分自身の主観的確実に見合った現実としか出会わないことになる。しかし肝要なことは、「すべての階級・層・集団の活動と生活のすべての側面の唯物論的分析と唯物論的評価」なのである。この指摘は、ルカーチがその時代の対立する諸勢力とそれを担う人物たちを媒介的に把握することを強調していることと、通底していよう。それをしないと「肖像」は描けても、「真の時代像」は描けないという指摘はきわめて正当で、ルカーチのこの要請は、歴史小説の創造や評価の基本におかれるべきものではなかろうか。

七　歴史そのままと歴史ばなれ

ハインリッヒ・マンの創作意図ないしは信念を伝記形式で貫いた『アンリ四世』の形象が、歴史小説の在り方に、あるいは歴史的事実そのものとの間にどのような問題を生ずるのかを、ルカーチは以上のように指摘した。これとは別の視角、逆向きのベクトルからの問題提起を見てみよう。それは森鷗外の「歴史其侭と歴史離れ」において語られていることである。ここには、徹底実証主義から文学創造に向う実作者の苦吟が語られていて、大変興味深い。

「世のひとびとは、私の作品を、小説の自由な創造的作法を忘れた〝歴史其侭〟なものだと非難する」と、まず鷗外は、自分の歴史小説への批判を紹介している。しかし鷗外自身かつて、「これは脚本であるが、『日蓮上人辻説法』を書く時などは、ずっと後の立正安国論を、前の鎌倉の辻説法に畳み込んだ」ような史実の改変をしたことがあると語る。しかし「こういう手段を、私は近ごろ小説を書く時全く斥けているのである」という。なぜかというと「私は史料を調べて見て、其中に窺われる『自然』を尊重する念を発した。そしてそれを猥《みだ》りに変更するのが厭になった」からだという。「自然」と括弧つきで鷗外が述べているのは、もちろん自然主義文学を意識してのことだが、史実に徹して、その深みを探索することに無上の喜びを覚えている鷗外の姿がここに伺えよう。

こうして鷗外は、実証と客観主義に徹した小説に情熱を注ぎ、『阿部一族』、『大塩平八郎』、『栗山大膳』などの作品群が生まれた。だが、この過程で鷗外は、歴史と小説の間の深刻な矛盾に突き当たる。そしてそれを次のように語る。「私は歴史の自然を変更することを嫌って、知らず識らずに歴史に縛られた。私は此縛の下に喘ぎ苦しんだ。そしてこれを脱しようと思った」というのである。こうした作家魂のうずきから鷗外は、「歴史離れ」を決意するのである。その結果生まれたのが『山椒大夫』であるという。「伝説其物をも、余り精しく探らずに、夢のような物語を夢のように思い浮べ……勝手に想像して書いた」。そうしながら書き終えてみると、しかしまだ「歴史離れがし足りないようである」とのべている。

この『山椒大夫』に関して、服部之総は、「『山椒大夫』は、そこに盛られた鷗外の「寓意」いかんに関わらず、古代荘園制形成期のある画期的段階を本質的に摑んでいる」と大変高い評価を下している。歴史的事実を離れて「夢のような物語」を描きつつも、当時の歴史段階の本質が捉えられている、という服部の評価は、「歴史離れ」を試みてかかれた『山椒大夫』が「歴史小説」の「歴史」の部分では決定的に成功していることを意味し、創作でありながら歴史の本質を探り当てて、鷗外の歴史感覚の卓抜さを示している。

しかし、「小説」の部分についてはどうであろうか。安寿の形象化によってそれは十分果たされていると考えるが、安寿の人間像が生き生きしているのに比べ、厨子王や山椒大夫などはやや記述的だという印象が残るのではなかろうか。レーニンのいう「現実の唯物論的把握」が成功し、当時の歴史の本質的なものを摑み出してはいても、今度は人物像の描出など文学的形象化の問題がこのような形で残ってくるのである。「歴史離れがし足りない」という鷗外のコメントは、おそらくこの文学的形象化がまだ不十分だという予感がどこかにあったからに他ならない。

八　真の比喩

歴史的事実を離れることによって文学となり、文学的虚構の世界によって却って歴史の本質に近づくというダイナミズムがここには指摘できるが、ハインリッヒ・マンはこの点についてどのように考えていたのだろうか。

「アンリ四世——善意の権力。それは明確にされた歴史でもなく、親しい寓話でもない。ただ、真の比喩にすぎない。私はそれを恐怖の時代への餞とする。その時代を切り抜けたら、それが真実で、事実であることがわかるだろう」と述べている。『アンリ四世』を歴史小説として書いたというより、自分は「真の比喩」として書いたのだとハインリッヒ・マンは語っているのである。一九二五年のアンリ四世との出会い以来、史実の探索は続けたが、しかしこの歴史素材を現代の歴史として意識的に重ね合わせようとしたところから来た発言だろう。それゆえこの小説は、そもそもの意図が歴史小説の枠をはみ出していることは確かであり、その意味で歴史的事実との関係は二次的なものとなろう。しかしそうでありながら、この小説には間違いなく「真実」が描かれている、という強い確信をハインリッヒ・マンは語るのである。

ハインリッヒ・マンの要請としてあったのは、その『ゾラ論』において強調されているように、精神的な人間が行動に結びつき、政治的になることによって人間的になり、精神と行動のギャップというドイツ的二元論を克服し、孤立、命令、服従とは無縁の、デモクラティクな世界を構築していくことであった。宗教戦争の頃のフランスを描くことによってファシズムの時代の比喩とし、アンリ四世を描くことでフリードリッヒ大王以後のドイツを俎上に載せた。こうして、ヒューマニズム精神を体現し、世界を変革する行動者アンリ四世を描くことによって、ハインリッヒ・マンは、時代の求める精神的課題をここに集約的に表現しつつ、併せてファシズムという野蛮との闘いの中で、人類の理想を探り、この小説に仮託したのである。

「アンリ四世とド・ゴール将軍のフランスは、まったく同じ国である。両者とも、そのヴァイタリティーは現前としており、生命感が思慮と共に立ち上ってくる。アンリ四世もド・ゴール将軍も、自分に対立する死せる集団をもっており、それは昔は旧教同盟と呼ばれ、今はファシズムといわれる。どちらの同盟も、惨めなぼんくら共が切り回しており、彼らはマイエンヌ公（一種のゲーリング的人物）、ラヴァル氏、別名ならず者すなわちヒトラーである。マイエンヌ公やラヴァルは他の陰謀の恩恵で生きている。世界征服者のスペインのフェリペ二世は、良くない方法でフランスを自分の王国に併合しようと思った。世界支配の手品師であるヒトラーは、彼が空想するドイツ・ヨーロッパの一地方のようにフランスを扱っている」。ハインリッヒ・マン自身がこう語っているが、では彼は現代の問題を語るために歴史の衣装を借りるのみで、過去の人物をすべて現代人に換算して描いているのだろうか。

「真の比喩」といっているのは、今日的な問題意識の強さが歴史的次元に対して現代的次元や象徴的次元を要請しているということであるが、しかしハインリッヒ・マンは、アンリ四世とその時代をまったく非歴史化し、現代化して描いているのではない。確かに次のような表現――「彼はあくまで理性と人間の幸福のための使者なのだ」。「人間は、絞首台にかけることもできるが、友愛をもってすれば心を開いてくれるものだ。ついで、理性的であれ、人間的であれ、という呼び声が人々の耳に達する」といった表現に出会うと、アンリ四世と同時代に生きた信長、秀吉、家康がこう考えて行動したとはとうてい考えられない類推も手伝って、余りにも近代的価値観から見すぎているという感想をもってしまう。しかしモンテーニュが『エセー』の中で、アンリ四世は「囚われの数年間に経験した教育によって、ヒューマニストたるべき下地がつくられた。人間の内面を知ったことは、後に彼が支配するであろう一時代の最も貴重な認識といえよう」と述べていることを知れば、アンリ四世の思想と行動が、決して現代から読み込まれたものではなく、信長、秀吉、家康などとは違った、フランス・ルネサンスの思潮の息吹の結果として生まれたものであることが納得できるのである。

九　歴史の核心へ

「善意こそは最も民心をとらえるものだということは、モンテーニュから学んでいた。美徳がいかなる力をもつかは、モルネーが教えてくれた。彼の本性は、それ自身の奈落にのぞみながら、あくまでも明るく、節度を失うことはない。だが、彼はまた知っている。人間という種族はそれをのぞまないのだ。……人間という種族が、暗黒の力を、下界の重みを求めるのだ。恐怖において羽目をはずし、不潔な恍惚感において極端に走ろうとする。それを相手に彼はいつまでも戦わねばならぬであろう」。

ここには、苛烈な闘争のなかにあって、暗い精神のうごめきと対峙しつつ、己れの内面の掟にそって生きるアンリの姿が浮かび上がる。そして「内面の掟にそむかぬこと。内面の掟は遥か遠くから来る。そして遥か遠くまでおよぶ」というような表現に出会うと、近代的自我の発見者モンテーニュとアンリとの関係がよく捉えられていて、その内面像がリアリティーをもって迫ってくるのである。こうした原理に則った行動ゆえに、旧い勢力からは「この若者がやたら人民と一緒になって良風美俗をけがしている」、「アンリは戦争の掟を無視している。彼は絞殺も掠奪もやらぬ。彼は貧富をとわず民衆と一緒に食事をする有様だ」という非難になるが、しかし新しい世界は、新しい規範の貫徹によってしか勝ち取れない。「狂信と絶えざる生命の危険を誰が長く耐ええよう」、「自由の空気はワインのように人を陶酔させる」というような表現に出会うと、中世的残滓を切り払って近代を準備しようとしたアンリ四世の新しさと現世肯定の思想に、比喩以上のリアリティーを感ずるのである。

これはマンの歴史的現代への眼差しが、比喩とみた過去の歴史の本質をも射て、その姿をよりよく掘り起こしている結果であるといえよう。そしてこのことはまた「真の比喩」が歴史小説と矛盾しないことを物語ってもいるのではないか。ルカーチの批判は的を射ているが、しかし現代と格闘したハインリッヒ・マンは、彼自身の視角から、このヒューマニズムの仮託の書を通じてフランス・ルネサンスの時代の歴史的核心をあやまたず掘り起こしているのである。思いを込めたその掘りだし方がいい。

「懐疑にかたむく節度ある心が、至る所で隙を伺っている非理性の逸脱にいかにうまく抗し得るか」という課題は、当時の課題であったと同時に、まさに今日の課題でもあろう。「信仰のために行なわれた虐殺をふりかえれば、人間のいっさいを憎むことだってできた。しかし、彼はそうせずに、人間を一致和合させるべきものをひたすら主張した。それが勇気と善意だった。……善意をもちうるためには勇気があるだけでなく、さらに大胆不敵でなくてはならぬ」。

フランス・ルネサンス期の歴史的事実は、かくして、民族対立と宗教対立の激化のうちに二一世紀を迎えようとしている現在においてなお、「真の比喩」として、文学的真実として、われわれの前にあるのである。

（『世界文学』七六号、一九九三年）

［翻訳］
ハインリッヒ・マン『アンリ四世の青春』小栗浩訳、晶文社、一九七三年

ハインリッヒ・マン『アンリ四世の完成』小栗浩訳、　晶文社、一九八九年

〔引用・参考文献〕

ジェルジ・ルカーチ『歴史小説論』伊藤成彦／菊盛英夫訳（『ルカーチ著作集』第三巻）白水社、一九六九年
レーニン「何をなすべきか」（『レーニン全集』第五巻）大月書店、一九五四年
森鷗外「歴史其儘と歴史離れ」（『森鷗外全集』第二六巻）岩波書店、一九八九年
服部之総　「歴史文学あれこれ」（『服部之総全集』第一五巻）福村出版、一九七四年
山口裕　『ハインリッヒ・マンの文学』東洋出版、一九九三年
根本萌騰子「ハインリッヒ・マンのワイマール共和国時代の文学について」（『東海大学文学部紀要』一五号）、一九七一年
北条元一『文学・芸術とリアリズムをめぐって』青磁社、一九八七年年
Heinrich Mann : Zeitalter wird besichtigt. Fischer Verlag 1988.
Volker Ebersbach : Heinrich Mann. Roderberg Verlag 1978.
Ulrich Weisstein : Heinrich Mann. Max Niemeyer Verlag 1962.

第四章　「近代の徹底」と「近代の克服」のはざまで

——ルカーチ文芸思想の諸相——

ルカーチ　Lukács György
1885年―1971年

ハンガリーの哲学者、美学者。ブダペストの銀行家の家に生まれる。ブダペスト大学時代に演劇運動に加わり、『近代演劇発展史』（1911年）を著す。ドイツに留学し、ベルリン大学でジンメルに、ハイデルベルク大学でマックス・ヴェーバーに学ぶ。『魂と形式』（1911年）、『小説の理論』（1915年）により、新進の思想家として注目を集める。1918年ハンガリー共産党に入党し、ベーラ・クンのハンガリーレーテ共和国政権の教育人民委員代理を務める。政権崩壊後ウィーンに亡命。そこで書かれた『歴史と階級意識』（1923年）は、西欧マルクス主義の原点とされるが、共産党主流から厳しく批判された。1933年にヒトラー政権樹立で、モスクワに亡命。文学研究に専念し、リアリズム論、ゲーテ、ハイネ、トーマス・マンなどのドイツの作家論を著す。1941年に秘密警察に逮捕されスターリンの獄に一時拘留される。1945年ハンガリーに帰国。ブダペスト大学教授。『若きヘーゲル』（1948年）、『理性の破壊』（1954年）を著す。1956年、ナジ政権の文相に就任するが、ソ連軍の侵攻により政権は崩壊し、ルーマニアに拉致拘留。ナジは処刑されるが、ルカーチは帰国が許され、晩年は『美学』（1962年）、『社会存在論』（1971年）に没頭した。

アンナ・ゼーガース Anna Seghers
1900年―1983年

ライン川河畔のマインツに美術商の娘として生まれる。本名はネッティ・ライリング。ケルン大学、ハイデルベルグ大学で美術史、中国学を学び、『レンブラントの作品におけるユダヤ人』で学位を取る。大戦後の革命的息吹の中で、各国の亡命者と交わり、ハンガリーの社会学者ラドヴァンと結婚。1928年『聖バルバラの漁民一揆』でクライスト賞を受賞。1933年、ナチスに捕えられたが、パリに脱出、1940年、ナチスのフランス占領でメキシコに亡命。「自由ドイツ」誌を刊行。1942年の『第七の十字架』は、強制収容所から脱走した7人の行方を追う小説で、映画化もされた。戦後は東ドイツに帰り、『死者はいつまでも若い』（1949年）を発表。二つの大戦の間のドイツの各層と反ファシズムの闘争を描いたドイツ民衆の叙事詩である。東ドイツの建国期の工場町の復興を描いた『決断』（1959年）の他、カリブ海諸国の民衆を描いた小説もある。メキシコ時代の戦友ヤンカの裁判などで、政治との軋轢に苦しみつつ、1952年から東ドイツ作家同盟会長を務めた。（写真左アンナ・ゼーガース、右ルカーチ）

はじめに

「たぶん、一九一七年に始まった実験のすべてが失敗に終わったのかもしれない。そしてすべてはもう一度あらためて、別の場所でやり始めなければならないのだ」。

一九八九年に始まる東欧・ソ連社会主義諸国の崩壊に先立つこと二〇年前の一九六八年、「プラハの春」を押し潰したワルシャワ条約機構軍のチェコスロヴァキア侵入の報に、ルカーチは、思わずこうつぶやいたという。この言葉を、しかし、ルカーチはその後、二度と口にすることはなかったと最晩年の書『生きられた思考』の対話者エルシは語っている。

ルカーチが他界したのは「プラハの春」から三年後の一九七一年で、既にそれから三〇年が経過している。そしてルカーチのこの予言は的中した。

若き日、ルカーチは、時代と精神のはらむ問題の決定的な解決の方向を「ロシア革命」に見てとり、一九一九年に起こったハンガリー革命へ参画する。

世紀転換期の爛熟と不安、ブルジョア世界の黄昏の予感のなかで、第一次世界大戦という帝国主義列強の矛盾の爆発とロシア革命という既成社会の崩壊過程に直面して、新たな生の方向への希求と模索は、当時の若い世代の共通の時代感情だった。その中でルカーチは革命家の道を選ぶ。

以来ルカーチは、選びとった新しい生の方向、社会主義世界の構築に一貫して奮闘した。様々な希望が交錯した「黄金の一九二〇年代」に、『歴史と階級意識』によってヨーロッパ思想界に鮮烈なデビューをかざり、ついでハンガリー変革のための戦略課題を「ブルーム・テーゼ」として起草したが、革命運動の主流派との確執をさけるため、いずれも自己批判し撤回して以降、政治活動からは身をひき、ナチズムの勃興に際会して一九三〇年代にソ連に亡命し、文芸理論家として反ファシズムの理論戦線を担いつつ、スターリンの時代を身をもって生きのびるという波乱の人生行路を描いている。

戦後の一九五〇年代には、人民民主主義の下のハンガリーにおいて、若干の活動基盤を得たものの、その後のソ連型社会主義の押しつけのもとで修正主義者と非難され、一九五六年のいわゆる「ハンガリー事件」ではナジ内閣に文部大臣として入閣したが、反革命と断じたソ連軍によってルーマニアに拉致拘留された。すでに七一歳になっていたルカーチは、ハンガリーに帰還がゆるされて以後、それまでの思想の総決算を目指して『美学』および『社会存在論』の著作に没頭した。

スターリン主義批判を内包しつつ、しかし常にスターリン主義と折れ合いつつ生きざるをえなかった屈折に満ちた生涯だっただけに、その晩年に「すべてはもう一度あらためて、別の場所でやり始めなければならないのかもしれない」と思わずもらした感慨の中に、どれほどの思いがこめられていたことだろうか。

西欧文明から私を救ってくれるものは何か

ルカーチは、一八八五年、ハンガリーのブダペストに生まれた。ブダペスト大学で学んだ後、ベルリン大学でゲオルク・ジンメルに、ハイデルベルク大学でマックス・ウェーバーに学んでいる。カントからヘーゲルへの思想的展開の途上に『魂と形式』や『小説の理論』が書かれ、マルクス受容の思想的ドラマの結果が『歴史と階級意識』である。

ナチスに追われてソ連に亡命した後は、文学研究に力を注ぎ、『歴史小説論』、『リアリズム論』、『若きヘーゲル』などを著し、戦後、ハンガリーに帰国後は、ブダペスト大学で美学や文化哲学を講じつつ『実存主義かマルクス主義か』など論争的著作を世に送った。

　これらのルカーチの問題提起は、エルンスト・ブロッホ、アンナ・ゼーガース、ブレヒト、アドルノ、等々から多くの反論を呼び起こした。「私はイデオローグである。反対されることを期待する」と語ってルカーチはイデオローグとしての役割をよく果たしたが、その理論もイデオロギー批判も、時にその教条性と硬直性が問題にされることもあった。そして今日、ポストモダンといわれる思想状況の時代に、『理性の破壊』の著者であり、西欧近代・モダンそのものを代表する知性ともいえるルカーチが、何故にいったい今更問題になるのか、という問いもでてこよう。

　しかし、第一次世界大戦中に書かれた『小説の理論』について、一九六二年に書かれた「まえがき」でルカーチは、この本が「世界情勢に対する不断の絶望の中で成立した」ものであり、その根底には「私を西欧文明から救ってくれるものは何か」という切実な問いが横たわっていたことを語っている。

　それ故、その後のルカーチの道程が、「西欧近代」つまりモダンそのものの孕む問題を問いつつ歩んだ思想家のそれであるということも、歴然とした事実である。

　ロシア革命を媒介にしたヘーゲルからマルクスへの移行、観念の自己運動によってではなく、観念の力と物質の力の絡みのなかで世界が形成されていくという唯物論的世界観への参入、世界を変革する運動体としての党における活動、等々。それは、己れ自身を西欧近代資本主義文明から救い上げ、新たな生の方向に自ら献身していく道程であると同時に、資本主義そのものの矛盾と問題性を克服して、新しい社会主義世界を建設していこうとする模索でもあった。

　しかし、ルカーチのこうした一連の営為は、帝国主義勢力とファシズム勢力の囲繞のもと、とりわけ「政治とイデオロギーの一致」が厳しく要請される政治世界にあって、「正しい見解」からの逸脱として、しばしば厳しい批判にさらされ、党にとどまるために、自己批判して撤回するという経緯を、幾度となく余儀なくされている。それは、唯物論的観点の深化の契機という面を含みつつも、スターリン主義が優位を占めるなかで、自らの見解の創造的展開は制約され、ルカーチ自身は、「パルチザン戦」という秘かな形に、己れの見解をこめるしかなかったことを語っている。

こうした経緯をみたとき、その思想形成の到達点であり、ルカーチを最晩年まで規定していた最も正直な思想は、一九二八年の「ハンガリーの現状分析と変革の戦略」についての構想、つまりいわゆる「ブルーム・テーゼ」に最も明確に現れているのではないだろうか。ブルームはルカーチの党員名である。ルカーチは、ここで、ハンガリーの現状から、問題の解決の最良の戦略は「プロレタリアート独裁」ではなくて、「民主主義的独裁」であるという規定をみちびきだし、今日からみたときも極めて興味深い思想を展開している。

民主主義的独裁の思想

ルカーチのこの「民主主義的独裁」の考え方は、しかし、現在反動政府があり、次に民主主義的独裁が勝ち取られ、それが達成された時にプロレタリア独裁のときがやってくる、という段階論ではない。それは「ブルジョア革命がプロレタリア革命へと飛躍するに際して通過することになる具体的な過渡的過程」で、「両者の間に万里の長城は存在しない」とレーニンがいった意味における、相互移行と転換の多様なベクトルの交錯する世界であり、「言葉の本来の意味におけるブルジョアジーとプロレタリアートの決戦場」である。しかもそれは「可能な限り多様な形態」をとるものだとルカーチは考えている。

「民主主義的独裁の具体的な目標設定における直接的な実現要求項目の本来的に階級的性格は、ブルジョア社会の枠組みを越えるものではないし、また、民主主義的独裁は、ブルジョア民主主義の最も完璧な実現である」。しかし、資本主義の現発展段階にあってはすでに、「それはブルジョアジーによる経済的・社会的支配の存続とは原理的には相容れないものになっている」。だからブルジョアジーは「この最も発達した民主主義を直ぐさまに制限しようとし、資本主義の支配を保証する〝正常な民主主義〟を早く回復しようとする」。

ここには、ブルジョアジーは既に自ら生み出した民主主義を完全に実現する能力を喪失しており、その実現は、プロレタリアートの手に委ねられている、という歴史的課題の転位が明瞭に把握されている。国家機構、社会組織、ブルジョアジーの経済的な優越、等々を、勤労人民の利害を貫徹させるための組織形態にいかに転換し、新たな形態を生み出していくか。「民主主義的独裁は、その直接の内容がブルジョア社会の枠組みを超えないものであるとはいえ、プロレタリア革命に進むのか、それとも反革命に進むのかという弁証法的過渡形態である」。

過渡期の大いなる可能性をプロレタリア革命の一点に見つめつつも、しかし既成の枠組みの肯定的側面を徹底的に生かしきり、しかも矛盾の止揚のさまざまな形態を、多様な媒介によって現実性に転化していく「弁証法的過渡形態」を強調するルカーチのこの考え方には、独特の豊かさが内包されていよう。

ここでルカーチが言いたいのは、真に新たなるものの形成は、この移行と飛躍の際の多様な媒介項によって規定されるのであり、この媒介項が多岐にわたり、豊かに展開し、高度になればなるほど、築き上げる未来の世界は、既成の世界、つまり昨日の世界から確実に離れていく、ということであろう。

後のスターリン型社会主義が、過去との断絶、強引な社会形成によって、結局のところ仮構物でしかなく、真に過去と対決し、過去を止揚しなかったが故に、かえって封建王朝と変わらぬ過去そのものを現出し、歴史によって徹底的に復讐されたことを考えれば、ルカーチのこの思想は真の歴史の形成とは何かを考える重要な問題提起となっていよう。このように「民主主義的独裁」の思想には、真の社会形成と文化の革命を考える上での、基本的観点が表現されていると言えるのではなかろうか。

同じ一九二〇年代の『歴史と階級意識』においてルカーチは、資本の論理によって人と人との関係が物と物との関係に転化していく物象化の現象を明らかにし、その克服の途をプロレタリアートの政治的実践にもとめ、西欧近代資本主義のはらむ問題性を止揚することによって、西欧近代を超えていこうとしたのだが、これに対して「民主主義的独裁」の思想は、逆に、西欧近代の歴史的価値そのものの貫徹をめざしたものと捉えることができるだろう。「近代の克服」と「近代の貫徹」——ルカーチの営為には、この二つの側面が絡まり合いつつ展開している点を、見落としてはならない。

ここではテーマを限定し、芸術思想家としてのルカーチについて、こうした問題にも触れつつ、前期・中期・後期の美学思想から特徴的なものを取り上げて、その意味についてコメントしてみたい。

一　途上にある人物の模索
——『魂と形式』から『小説の理論』を経て『歴史と階級意識』へ

ルカーチが二二歳から二五歳にかけて執筆し、一九一一年に出版された『魂と形式』は、ルードルフ・カスナー、パウル・エルンスト、ノヴァーリス、ゲオルゲ、シュトルム、等々、九人の作家・詩人について、彼らの魂の格闘がどのような芸術形式を生み出したかを探求したエッセイ集である。

「人生は明暗の交錯するアナーキーである。生にあっては何物も完全には成就されることはなく、何物かが終わりをつげることも決してない。……すべては破壊され、すべては打ち砕かれ、何物かが開花して真の生にまで至ることは決してない。生、それは生き尽くすことのできる、何物かである。人生、それは、全的にかつ完全に生き尽くされることは決してない、何物かである。……人生の経験の平凡な小径の彼方に、何かが輝き上り、稲妻のようにきらめく。魅惑的なもの、危険なもの、意外なもの、偶然、偉大な瞬間、奇跡が。それは豊かさをもたらすと同時に、混乱を呼び起こすものである。それは持続しえない。人はそれに耐えられないからである。人はその絶頂——自らの生とその究極の可能性の高み——においては生きていけないからである。人は再びあいまいのなかへと戻って行かざるをえない。生きていくために生を拒まざるをえないのだ」。

生の全的実現への希求

ここからは、このエッセイ集が一九世紀の平板な実証主義的合理主義に対抗して、生の全的解放をもとめる「生の哲学」の影響下に成立したことが、明瞭に読み取れよう。

混沌に満ちたカオス的生の豊かさが、それを統合する形式に達成しようとする瞬間、それはしかし、常に生を生たらしめているものの犠牲の上にしか成立していないという二律背反。歴史的対象化の方途が見い出せず、生の哲学による生の哲学の止揚という方法論的なアンビヴァレンツの上に、生の姿の完全成就を憧憬してやまない芸術家たちの魂の彷徨を探るこのエッセイ集は、その実、九人のそれぞれの作家・詩人たちが、いわばルカーチの分身として、生の全的実現を希求するルカーチ自身の切迫した魂の模索と二重写しになっている。

「本質はどのようにして感覚的な直接性をもった唯一の現実的なもの、真の存在者になることができるか」——これがルカーチの切実な問いであった。この問いに対してルカーチは、「生の表現の頂点がどのような形式を要求するか、それが答えられれば、その人間・運命について決定的なことがすべて言われたことになる」と考える。生そのものをモデルとする文学者に対して、ルカーチは、文学・芸術をモデルとする批評家に己れの存在を賭け、芸術家の魂が生み出す形式に肉薄しようとするのだ。なぜなら「形式が運命であり、運命を創造する原理」となり、そこに生の全的姿が現われてくるからである。

このようにルカーチは、まず『魂と形式』の著者、織細で感性豊かな批評家として登場した。この芸術批評は、新しい時代の兆候を端的に示しているものだった。「批評」(Kritik)は「危機」(Krise)と密接な意味を共有し、Kriseは「割れ目」の意味をも合わせ持つ。世界への違和の感情の強さは、世界を親密に描写することよりも、批評的な考察へ傾斜させる。

一九世紀の「小説の時代」に対して、二〇世紀は「批評の時代」であるといわれる。それは、分断、孤独、不条理として現われてくる世界への危機意識の強さが、小説よりも批評を、描くことよりも考究することへの欲求を強烈に生み出すからに他ならない。そして今日、小説といえども、哲学小説、思想小説の色彩を強めつつある。ルカーチは、二〇世紀初頭、こうした時代兆候を最も敏感に体現しつつ、まずは批評家として登場したのである。

生の極みへの強烈な模索と共にルカーチは、一九一一年からカント美学を下敷きにした体系的美学を構想しはじめる。しかし、この構想は一九一四年の第一次世界大戦の勃発により中断される。戦争の現実に直面して「戦争に対する、戦争の無意味さと非人間性に対する、戦争による文化とよきたしなみの破壊に対する激しい抗議」というルカーチの姿勢は、しかし現実との媒介を欠いており、彼は「不断の絶望」に陥っていく。彼の関心は、生の全体性の構築に向かっていった。すなわち確実な生を裏付けるための歴史哲学的構想に向かい、大戦第一年目に『小説の理論』が完成するのである。

「小説形式は、他のいかなる形式にもまして、先験的寄る辺なさの表現である」という言い方からは、生の全体的実現への希求の強まりに反比例して、逆にその展望が後退していく危機意識の先鋭化をうかがわせる。「戦争への情熱的抗議」という内的姿勢と「資本主義的現在を完成された罪業の時代」と見なす現状認識の間の断絶は、生の全的発現の中に生き切ろうという欲求を反転させて、己れの内なる真実を現実に突き付けるという倫理的姿勢を生み出し、それは内的真実と現実世界の対立とその止揚という主体―客体関係のダイナミズムを生み出していく。

魂を試みんがために

「星空が、歩みうる、また歩むべき道の地図の役目を果たしてくれ、その道を星の光が照らしてくれるような時代は、しあわせである」。

『小説の理論』の冒頭のギリシャ的円現の世界への憧憬は、ルカーチの孤独と寄る辺なさをそれだけ強烈に表現していよう。個々の現象と全体の関連が明白で意味に満ちている時代は、とうに過ぎ去り、近代の世界は、意味から疎遠な世界、瓦礫の集積であり、認識不可能な世界に成り果てている。このなかで近代人は、「精神の生産性」を発見したとルカーチはいう。神なき世界とこの内なる真実とのあいだの救いがたい対立――小説という形式は、この引き裂かれた二元性から生まれる精神的生産なのだ。

「小説は、生の外延的全体性がもはやまごうかたなき明瞭さをもっては与えられていない時代の叙事詩である。それは、意味の生内在が問題化してしまった時代、にもかかわらず、全体性への志向をもつ時代の叙事詩である」。それは、世界の非実質性の中に消し去られる運命にある近代人が、生の意味と全体性を求める探求の旅を形象化したものである。それは「途上にある形式」であり、主人公も「魂を試みんがために」

旅立つ途上の人物である。

『小説の理論』では、芸術の歴史を四つの時期に区切っている。つまり、ホメロスの叙事詩の時代、ダンテに典型的な叙事詩から小説への移行の時代、ブルジョア小説の時代、ドストエフスキーに暗示されるポスト小説の時代である。この中で、ブルジョア小説の時代は、主人公の「心情」と「現実」の不照応から、心情が外部世界より狭い場合と広い場合とに分けられ、前者を「抽象的理想主義の小説」、後者を「幻滅のロマン主義の小説」とカテゴリーわけし、ついで、「総合の試みとしてゲーテの教養小説」を分析しつつ、更に「トルストイの小説」を取り上げて、この四つのタイプの小説が、それぞれ生の全体性をいかに実現していくのかの跡を追究する。以下、その内容を見てみよう。

「抽象的理想主義の小説」は、『ドン・キホーテ』がその典型である。ここでは主人公の「心情」は狭く固定化し、何物にも煩わされることなく安らいでいるので、「現実」との異和が全くなく、恐いもの知らずの主人公は、何のためらいもなく戦闘的に世界に打って出て自己のユートピア的要求を実現しようとする。しかし、その狭い内面性ゆえに現実とは少しも絡んでいかず、「最も純粋な英雄精神は戯画となり、最も堅固な信仰は狂気となり、最も真実で、最も英雄的な主観的確信には、いかなる現実も対応しない」という事態に立ち至る。

これと対照的にノヴァーリスなどに象徴される「幻滅のロマン主義の小説」においては、「心情」が大きく深い故に、それだけ深く現実に傷つき、現実に対する主人公の敗北が、その極度に純粋な内面性の前提となっている。この内面性の純粋な光によって、世界があますところなく照らし出される。しかし、世界を肯定することは、理念なき俗物性、安価な風刺、腑抜けた陶酔を許すことになってしまう。内面の純粋性を保つためには、一切を否定しなければならない。この結果、小説形式と主人公の双方の自己解体に陥るのだという。

ゲーテの『ヴィルヘルム・マイスター』に代表される「教養小説」は、前二者の中間に方向を探るものである。その主題は理想に導かれる問題的個人と、社会的現実との和解である。しかし均衡と妥協が求められるために全体性の形象化は薄められ、かえってその欠如を見せ付けられる結果に終わる。

トルストイの小説は、人間と世界との本質的了解の上に成り立っている共同体における生を描いているから、この二元性をこえる世界を暗示している。ところが自然と深く結びついた共同体の上に築かれた生は、人間的偉大さや精神の輝きがこの自然のなかに吸い取られ、消されてしまうという結果になる。『戦争と平和』のエピローグを支配している気分、すべての探求が終わってしまった、あのもの静かな子供部屋の気分は、最も問題的な幻滅小説の結末よりも、更に暗澹として慰めのないものがあり、これは「幻滅のロマン主義の小説」の最も極端なタイプとルカーチは結論づける。最後にドストエフスキーの世界の孕んでいる大きな可能性が暗示されるが、暗示のままにとどまっている。

結局、「内的心情のもつ真実が、生の意味として、生内在のうちに光り輝きはするが、しかし、存在と当為との間の分裂は、止揚されないし、自己認識が生ずる場においても、即ち、——小説の生の場においても止揚されることはない。そこにはただ近似の極点が可能であるにすぎない」。このように「内部世界と外部世界の異質性と敵対性」という二元性は止揚されずに、ただ必然的なものとして認識されるにとどまり続ける、というのが探究の末のルカーチの確認であった。

ヘーゲル的地平の限界

「心情」と「現実」の不適応から小説の類型を導いたルカーチのこの分析視角には、「理念」と「感性的形態」との結合の在り方から、象徴的芸術、古典的芸術、浪漫的芸術を導いたヘーゲルの影が読み取れるが、こうした弁証法的思考も、ヘーゲル的地平では、現実との接点が確証しにくくなっている事態が次第に明らかになる。

トーマス・マンの『魔の山』の主人公が、サナトリウムにおける七年の精神遍歴の後、結局のところ第一次世界大戦の戦塵のなかに消えていく結末に端的に示されている教養小説の不可能性とも絡む問題がここには指摘できよう。客観的現実に根拠を持っていると思われたものが、実は、新たな社会的現実の出現に直面して全く無力になり、その中に参入できず、現実との真の接点を欠いて消えていくか、観念的なものにならざるをえないという限界である。いわばヘーゲル的地平では、最早おおいきれない現実と人間の在り方の問題が、ここに決定的に浮かび上がるのである。

ヘーゲルが、固定的かつ二元的にしか担えられない主体と客体を、ルカーチは「思考の諸規定の生成と現実の生成史の統一」の過程において捉えようとする。こうして主体と客体の弁証法をつきつめたところで、新たに生成する全体性が展望可能となるのだ。しかし、ヘーゲル哲学は、絶対的主観性と絶対的客観性の対立の止揚を理性の仕事とし、主体—客体の同一性を発見しながら、その担い手を「世界精神」にみて、歴史の彼岸の「理性の王国」のなかに両者の統一を見い出すことになってしまうのである。現実の歴史事象を彼岸において統一してしまうヘーゲル哲学は、ここに至って再び、弁証法以前の二元論に戻ることになり、現実に存在する瓦轢の集積の世界に対しては、まったく無力であることを証明してしまう。

『小説の理論』でルカーチは、ヘーゲル哲学のカテゴリーをその果てまで駆使することによって、その限界を明らかにし、彼岸ではなく、此岸における客観的な諸力を強烈に認識しつつ全体性のカテゴリーの現実化を探るのである。この志向が『小説の理論』の特徴をなしており、この追求こそ、その後のルカーチの思想展開の鍵となっていく。

二　『歴史と階級意識』とプロレタリアートの立場

一九一七年、「戦争の拒否」という内的要請を現実に媒介していく契機を見出せないでいたルカーチにとって、「ロシア革命」は、「解決不能であるかに見えた問題に対して解答が与えられた」衝撃的事件であった。そして第一次世界大戦の終結と旧世界の崩壊を前にして、ルカーチの終末論的危機意識は、一九一九年のハンガリー革命への参加によって、現実との強烈な媒介を獲得することになる。

『歴史と階級意識』は、革命の敗北の後の情熱的な意識の葛藤のただ中で生まれたものだが、「存在と当為との間の分裂」、「客体と主体の二元的な敵対性」を、思想的には、ヘーゲルをマルクスによって乗り超えようする苦闘のドキュメントであり、実践的には、プロレタリアートの立場に立った資本主義的社会関係の止揚の呼び掛けであったと言えよう。

物象化と主体と客観の弁証法

「最も本質的な相互作用は、歴史過程における主体と客体の弁証法的関係である」。ここにおけるルカーチの課題は、歴史的生成の場において、主体がいかにして客観的現実と媒介してそれを変革し、個別化と分裂の世界を統一的に把握し、意味に満ちた全体性の世界をいかに構築していくか、ということとなる。

マルクスの『経哲草稿』が公にされる一〇年前に、疎外論と物象化論を既に展開していたことで知られる本書においてルカーチは、人と人との関係が、物と物との関係に転化し、物による支配が貫徹していく資本主義的現実を、「経済諸形態が物神崇拝的な性格をそなえ、あらゆる人間関係が物象化され、生産過程が抽象的・合理的に引き裂かれ、直接的生産者の人間としての可能性や能力に無関心な分業化が拡大する。知覚も変容させられる」と分析する。

資本主義的直接性の世界は、このように、孤立した事実およびその複合体が分立したかたちで、それぞれが部分的法則でもって、流動している。『小説の理論』において、個別化した事実が瓦礫の集積として現われた近代世界は、こうして、資本主義による物象化の世界として把捉し直されるのである。

「マルクス主義がブルジョア科学と決定的に異なる点といえば、歴史観における経済的動因の支配を認めるか否かではなくて、全体性の視点があるかないかである」。この確認がルカーチの思想遍歴の到達点を示す。

彼がその中で育ち批判の対象とした、平板な実証主義と個別的合理主義は、実は、資本主義によって物象化された直接性の現れであったのだ。この孤立した部分と部分体系に対してマルクスは、全体性を対置しているとルカーチは押える。「社会的生活の個々の事実が、歴史的発展の契機として、全体性のなかに組込まれるなかで、事実の認識は、現実性の認識となる。そしてそれが具体的全体性に向かって進んでいく」。全体性への志向があって初めて、主体と客体の弁証法の意味も、歴史発展の方向に沿った実践の意味も明らかになるのだ。生の十全なる実現の希求が、彼岸における理念としての全体性から、全体性を実際に実現する使命をもった社会存在、プロレタリアートとの同一化の地点にまで哲学者ルカーチを導いたのである。

その主体的実践活動が、客観的現実の本質的変革に結びつく社会存在は、プロレタリアートである。「プロレタリアートは、社会および歴史に対して特別の立場をとり、自らの本質にもとづいて社会的・歴史的発展過程の同一の主体・客体としての役割を果たす立場に立つ」とルカーチは言う。プロレタリアートとは、「物象化によって最も深く鋭く浸透され、極度の非人間化を体現せざるをえない」が、その「自己認識は、同時に社会の本質の客観的認識」となり、「生成と歴史が一致」している存在である。

労働者階級の国民的課題という言葉があるが、プロレタリアートという社会存在は、その要求、利益を追求すれば、それが必ず終局的には、社会全体の利益と一致する、言い換えれば、その特殊性の貫徹が普遍性へと転化する社会存在なのである。これに対してブルジョアジーは、その利害の貫徹が自己の利害の擁護の域を決して出ない。利害が普遍性を持たないのである。社会変革における理論と実践の統一は、こうしてプロレタリアートの出現をまって初めて可能となったというのが、ルカーチの到達した結論であった。

ルカーチは、人間の日常的意識は、資本の論理によって物象化され、社会の本質に触れない虚偽意識であることから出発し、それを社会全体に関わらせることで、その虚偽性と真実性を弁別する。そしてブルジョアジーの思想と自己認識が、結局のところ社会の表層、直接性に依拠したもので、矛盾を隠蔽するものでしかないことを明らかにし、これに対して、その自己認識が社会の本質認識と一致するプロレタリアートの歴史的使命を明らかにする。そしてその階級意識の確立を通じて、物象化した現実を止揚し、歴史の発展を全体性が実現していく過程として把捉しつつ、新たなる社会関係の創出を展望する。理念としてのプロレタリアートの階級意識の確立という色彩を強く残しつつも、ルカーチはここに至ってはじめて、歴史に対して、自覚的、能動的立場に立ったと言えよう。

回顧的全体性から歴史をつくる全体性へ

以上、『魂と形式』から『小説の理論』を経て『歴史と階級意識』に至るルカーチの思想展開をたどることによって、ルカーチの全的な生の実現への欲求が、主体と客体の弁証法を通じて、客観的歴史過程における矛盾の統一として、具体的な全体性へと展開していく様を跡づけてみた。ここから二つの思想的意味が指摘できよう。

一つは、全的な生の実現の欲求を、途上にある全体性として捉え、現実の矛盾の諸契機を止揚していく具体的全体性として深化するなかで、それを資本主義の物象化された直接性を克服していく論理として提起したことである。ここには、資本の強烈な自由競争の論理によって個別化、分断化、非人間化、空疎化されていく人間の在りようと明確に対決し、克服しようとする論理がはっきりと見て取れよう。『小説の理論』の回顧的全体性に対して、ここでは、歴史を創造しようとする主体的活動を通じて未来に向かう、具体的な全体性の構築が実践的課題として提起されている。

主体的能動的活動が強調されている『歴史と階級意識』には、フィヒテの「主体的活動主義」の強い影響がみられるが、これが、具体的歴史過程を無視した主体的行為の強調につながり、後に、「反映論の観点が乏しく、弁証法における諸問題は観念論に解かれていた」という自己批判を呼ぶことにもなるのだが、しかし、初期のルカーチのこの思想的遍歴、および彼が対決した諸問題は、資本主義的現実のなかで生きる者が、常に新たに直面する課題であり、これを自覚的に提起したルカーチの思索および実践への強い志向は今日のわれわれにもヴィヴィットに働きかけてこよう。

二つ目は、ルカーチが生の在り方を近代的個人主義を克服する方向で模索した点である。こうして自己中心的なモダンの論理を自覚的に超えようとした。その際にルカーチに特徴的なことは、個人意識から社会意識への質的転換を、社会の具体的分析に立った質的転換の結果というよりは、理念としての階級意識の確立という歴史哲学的構想によって遂行したことである。そういうすぐれて理念的定立、理想主義的な当為に立っているところがルカーチをルカーチたらしめており、以後、個人と集団の間の相互移行から生まれる質的転換がルカーチの次の世界を準備していく。

こうしてルカーチは、一九二〇年代に、ブルジョア個人主義を止揚し、プロレタリアートの立場に立ち、各国の被抑圧階級と連帯したインターナショナルな実践活動に参入することで、ヨーロッパ近代を超えていく論理を提示しようとしていたのである。

三　直接性の深さをめぐって――リアリズム論争＝創作と理論のはざまで

「作家が現実を事実ありのままにとらえ、かつ描こうとするならば、つまり彼が本物のリアリストであるならば、現実の客観的全体性という問題は、一つの決定的役割を演ずる」。

ルカーチが一九三八年に、「リアリズムが問題だ」という論文を発表したとき、ここには二〇年代とは明らかに異なった観点が導入されていた。その全体性のカテゴリーは、『小説の理論』の探求の途上にある隠された生の全体性とも、『歴史と階級意識』における客観的可能性が現実性へと転化して生まれる実践的でダイナミックな全体性とも異なっている。

ここには、さまざまな可能性に満ちた一九二〇年代の過渡期を過ぎ、一九三〇年代のスターリン統治下での反ファシズム闘争の時代という歴史的転換が、決定的な形で影を落としているといえよう。意識性は、急進的危機意識から、客観的現実の全体にいかに食い込んでいくかの意識性に転換し、探求の途上において生まれるはずの全体性が、現に存在するものの全体性の描出の要請へと転換しているのだ。

客観的全体性の形象化と直接性の深さ

ここで提起されたルカーチ文学理論の骨子を挙げるならば、「現実の客観的全体性の形象化」、「社会的諸連関の解明」、「自然主義的直接性の止揚」、「本質と現象の芸術的統一」というように要約出来よう。ルカーチは芸術家の仕事を「より深いところに存在していて、つつみかくされ、媒介され、直接的には認めがたいような、社会的諸連関に到達するために」、その体験的素材を抽象という手段を使って加工することであると述べ、その際に「芸術的作業と世界観的作業という途方もなく大きな二重の作業が生じてくる」という。「それは第一に上述の諸連関を思想的にあばきだし、芸術的に形象化すること。第二に抽象的作業で捉えられたそれらの諸連関を芸術的におおいつつむことである」というように敷衍する。

「リアリズムが問題だ」を『言葉』紙上で読んだアンナ・ゼーガースは、その主張に何ら異存はないけれど、「言われていることよりも、言われていないことが問題です」とパリからモスクワのルカーチに手紙を書く。そこでゼーガースは、創作者の立場から、ルカーチがこの論文で強調する「直接性の止揚」に的をしぼって、新しい文学芸術の創造に向かうにあたっての問題の核心に迫ろうとする。

ゼーガースは、ルカーチのいう「現実の客観的全体性」とか「社会的連関への深い知識」とかいうものの妥当性は十分承認するのであるが、芸術家にとって最も大切なことは、現実をまったく新しく、まだ誰も見たことのないような仕方で、直接的に、無意識に取り上げることであり、「直接性の止揚」が課題ではないと反論する。ゼーガースは、トルストイが創作について言及した「以前に意識されていたものが再び無意識なものになる」、「ついでこの無意識を意識化することが問題となる」というコメントを引きつつ、芸術創造における直接性と無意識に転化した直接性のもつ不可欠の重要性を逆にルカーチに向かって提起するのである。

ルカーチはゼーガースへの返事で、自分は、「社会の表層に固執した認識段階」を「直接性にとどまるもの」として批判したのであり、それは社会の本質にふれないから克服されなければならないと主張したのであって、ゼーガースのいう作家の「原体験の直接性」とは異なって使った用語であることを明らかにする。ルカーチは「本質的な、それゆえ客観的には直接的でない世界の諸関連を、芸術的な意味で直接的に体験する」という巧みな対比をつかってその相違を明らかにし、「この原体験の直接性を抜きにしては、いかなる作家的才能もない」と述べ、ゼーガースのいう直接性を創作に不可欠なものであると全面的に承認するのである。

「直接性の止揚」をめぐっての両者の齟齬は、とりあえずはこれで解消した。ところがルカーチはこの問題の延長として、デカダンスに対する闘争を主張する。デカダンスは、社会認識の表面的段階、直接性に跪拝しているから生まれてくるものだと批判し、ゼーガースをはじめとした作家や芸術家の最大関心事である現実をどのように形象化するかという「今日のリアリズム」について議論を深める方向ではなく、「リアリズム一般」について論じ始める。そして、客観的全体性を描いているとルカーチが評価するゴーリキーやトーマス・マンやロマン・ロランなどから導き出されたテーゼを強調することで、議論は再度すれ違ってしまう。

ルカーチのアヴァンギャルド評価

表現主義、キュービズム、ダダイズム、シュールレアリズム、等々の二〇世紀初頭に展開した文学的モダニズムは、個性と人格の危機、大衆時代の到来、新しい技術や機械に対する脅威と希望といった時代背景のもとに、都市や機械や大衆が触発する多義的な事象に対して、変化に富んだ芸術的実験を繰り広げた。夢、憧れ、絶望、希望が激しく交錯する主観的状況の伝達のために、視覚的・言語的デフォルメ、共時性に基準をおいた美学的要求、モンタージュ、パラドックスといった手法を用いて、従来の実社会的、通時的、物語的構造とは反対の芸術を提起したのである

ルカーチはこのモダニズムが資本主義的現実の混沌、非人間化、疎外の直接的な在り方を単に反映しただけで、見せかけの事実を超えていくのに失敗した芸術的試みであると考えた。こうして一九三七年から三八年にかけて、アヴァンギャルド芸術についていわゆる「表現主義論争」がリアリズムをめぐって展開されるのである。

「アヴァンギャルドの文学は、現実そのものが、生活自体が欠如しているので、それは狭い主観主義的な生活の把捉を読者に無理に押しつける」とルカーチは否定的評価を下す。社会の直接性に留まっていると断ずるモダニズム文学に対してルカーチは、「客観的現実の生き生きした、だが直接にはまだ表面に現れていないもろもろの傾向を、深く真実に形象化する」リアリズムを対置するのである。現実の表面を現象的に捉えるのでなく、様々な媒介をふくんだ一個の全体性として、本質的にとらえること、現実の客観的全体性こそ現象の奥にあるものを捉えるリアリズムの基準なのだと。

客観的全体性の描出を要請するルカーチのこのリアリズム理論は、後に「批判的リアリズム偏重の理論」と批判を受けたように、当時確立されつつあった社会主義リアリズム論とは、それほど多くの接点があったわけではなかったのだが、しかし、当時はアヴァンギャルド芸術を形式主義としてたたくソ連のイデオロギー闘争のなかで、結果的に大審問官の役割を果たすことになる。すなわち、この形式主義批判に沿う形で、全体性を描かない作家、部分と細部のリアリズムに固執する芸術家を断罪し、実験的な手法や形式への模索

を、形式的アヴァンギャルディズム、あるいはブルジョア・デカダンスとして否定し、また芸術的形象化の低さの罪科を着せてルポルタージュ文学の意味を否定する、等々、いわば文学上の粛清の役割を果たすことになるのである。

ブロッホは、ルカーチの「客観主義的・完結的な現実性概念」に疑念を呈し、ゼーガースは「批評家に抗して」書かねばならぬ作家の状況を憂い、ブレヒトは「もっぱら前世紀の少数のブルジョア長編小説にばかり依拠している」ルカーチの論のたて方こそ、まさに形式主義だと批判した。しかしブレヒトは、これ以上の論争は事態を悪くすると論争そのものには加わらなかった。

ルカーチの提出したリアリズム構想は、このように様々な異論・反論を呼び起こした。テーゼの包結的提示があって初めて、多くのアンチ・テーゼが呼び起こされる。その意味でルカーチは現実の形象化をめぐって、イデオローグの役割を果したとは言えるだろう。このリアリズム論争を通じて様々な課題——リアリズムについて、遺産と伝統への態度について、反映について、カタルシスについて、等々の核心的かつ焦眉の問題が、それをめぐる構想の違い、創作者の視点と批評家の視点の齟齬などもふくめて明らかにされた。ブレヒトの構想とルカーチの構想の対立が、後に専らブレヒトの立場から明らかにされ、しかしその対立が実は双方の構想の未展開ゆえに生まれた事情など、ここでの論争は今なお興味深い考究の対象であり続けている。

民主主義的リアリズム論

ルカーチのリアリズム概念は「具体的階級闘争から出発していず、ユートピア的民主主義の理想と結びついている」と指摘される。確かにルカーチは、自分の属する階級とラディカルに決別した作家よりも、革命的民主主義の立場に立つ作家たちの方を評価し、彼らの進歩と民主主義へのアンガージュマンをリアリズム解釈の基点としている。ルカーチにとってリアリズム概念は、真の民衆性のための多様な闘い、帝国主義期の芸術的退廃との闘い、文学と芸術の貧困化と孤高化との闘いと結びつきつつ、全体性を求めるリアリズムへ向かう闘いの中に位置づけられていた。

それはまた、社会主義リアリズムはゴーリキー、批判的リアリズムはトーマス・マンというように、反ファシズムにむかって多様な価値を共有する人民戦線の考え方そのものを示していたともいえる。この民主主義的性格をもつルカーチのリアリズム論が、実際は、創作を励ます理論や批評としてではなく、創作者を抑圧する働きをしてしまったのは、それが理論的な欠陥を持っていた故であろうか、それとも歴史のアイロニーなのだろうか。

帝国主義期の資本主義は、絶えず人間を一面化、奇形化、空虚化、奴隷化させていく。これに対抗するカテゴリーとして、ルカーチは、「全体性」をリアリズム理論の中核カテゴリーに据えたのである。一八四八年以降のブルジョア市民社会は、下降期に入り始め、それを反映するブルジョア市民文学は、デカダンスの側面を拡大しこそすれ、それに対抗はしえないというルカーチの歴史認識が、その根底には流れている。ルカーチのリアリズム理論は、社会階級の歴史的勃興期の文化的健全さとの相互関係にとどまっていると言われるように、上昇期ブルジョア文化の遺産の継承を強く求め、一九世紀に達成をみた長編小説を現代において体現しているマン兄弟、ロマン・ロラン、ゴーリキー、等々を大きく評価はしている。しかし、ルカーチが問題にしたのは、リアリズムであって長編小説ではない。

その点は「リアリズムが問題だ」において既に、フォイヒトヴァンガー、デープリン、ブレヒトといった内容もジャンルも異なる作品を、民衆のなかの民主主義的傾向を形象化したリアリズムとして高く評価していることからも明らかである。ただ、ルカーチのリアリズム論には、ジャンル、様式、価値、方法の四つの問題が混在して提起されていることは確かで、この点を弁別しつつ、評価していく課題は残されていよう。

芸術創造の第一段階と第二段階

では、ルカーチ・リアリズム論は、それ程に非実践的なのだろうか。ゼーガースとルカーチの関係に戻れば、直接性の深さと全体性の形象化、創作の視点と理論の視点について、次のようなコメントも可能だろう。ルカーチに触発されたゼーガースは、『往復書簡』以後、メキシコに亡命した後も、この問題を考え続ける。「芸術家は、まず最初に、自然が子供に働き掛けるように、新鮮に直接的に現実を体験する。第二段階において芸術家は、様々な関連を意識化しようとする。その際、彼の芸術に新鮮さと直接性が失われる危険性が迫っている。芸術家は、彼の思考の結果が第二の自然になってしまうような第三段階に到達しなければならない」――これが彼女の到達点である。

芸術家にとっては、新鮮な直接性こそが第一義的意味をもっている。ところが多くの芸術家たち、とりわけ反ファシズムを闘う社会主義的作家たちは「直ちに彼らの意識から、あるいは正しいと認められた思想から出発し、それから、その意識と思想のために現実のなかにいわば例証を求めて探し回る」事態になり、一番大切な新群な直接性を欠いたまま、第二段階から始め、さて第三段階に移ろうとしたとき、直接性が欠けているが故に、書くにあたって弱々しくなったり、紋切型になってしまう。なぜなら「彼らは描出する代わりに認識に応じて組み立てている危険に陥っているからである」。

ここからは、図式小説しか生まれない。思想的な意識性の高さが強調されればされるほど、作家の陥る最大の問題がここにあり、ゼーガースのルカーチへの疑問は、ルカーチ理論がこの深刻な問題に盲目であるのみならず、ルカーチの要請自体がかえってこうした傾向を助長することへの懸念であった。

『アンナ・カレーニナ』に出てくる画家ミハイロフの物思いを引用しているゼーガースの次の文章は、芸術的形象の本質を語って貴重である。

芸術家は「まず最初に、彼の描き出そうとする現実を、全く明瞭に思い浮べてみる。それはキリストの磔でも、民衆の蜂起でも、夏の風景でも、飢えた子供でもよい。彼の仕事は、漠然としたイメージが段階的に上昇していって、最後に現実に至る、というところにあるのではない。彼はまるで最初から、現実に対してある明瞭で確固とした印象をもっており、形象化にあたっては、思想的、技術的なあらゆる不足によって、それが妨害されているだけだ、というふうに感じている。彼は、仕事をしながら、自分の構想にしたがって、入念に一枚また一枚とこの覆いを取り払っていくのだが、最後に芸術作品が、もし覆いを取り払うときにそれを傷つけてしまっていなければ、現実そのものよりも大きな明瞭さをもって、目の前に存在するのである」。

芸術家は描くべき現実を求めて格闘するのではない。すでに内部に存在している現実をめぐって苦闘するのである。もちろん内部に現実が存在するためには、生き生きとした現実の直接的な摂取があるのだが、問題は、芸術家によって摂取反芻されている内的現実をいかに的確に取り出すかなのである。そしてこの取り出す段階において初めて、「思想的、技術的」方法が問題となることをトルストイは語っている。ルカーチの方法論が有効に働くとすれば、この段階に至って以後のはずのものである。「リアリズムが問題だ」においては、この辺の問題が整理され切れていないといえよう。

もちろんここには、分析的知性の働く方法意識の強い理論活動と、無意識・意識の相互関係から形象を導き出していこうとする創作行為の間の違いの問題が潜んでいる。トルストイの創作段階論でいうと、理論家のいうところの認識の水準、創作方法、世界観の問題は第二段階に入るものだが、作家にとって切実なのは依然として第一段階の新鮮で直接的な現実の摂取と内的反芻なのだから。

外的要請と内的必然との幸福な一致、蔵原惟人の理論と小林多喜二の創作との間にあったような「啐啄《そったく》同時」ということは、極まれにしか起こらない歴史の妙なのかもしれない。ここではただ、リアリズムの普遍的な法則としてルカーチが定式化したものは、ゼーガースの明らかにした創作プロセスの第二段階において機能して初めて意味をもち、ここで相互の有機的つながりが生まれるということを確認するにとどめておこう。

総括的に言うなら、この期のルカーチは、古典的に豊かな精神性をそなえた人物の形象化を一方的に要請したというわけではないのである。確かに長編小説から導かれた方法をリアリズムの普遍的方法として提起はしている。しかしそれは「今日のリアリスト」の民衆像の形象化においても、また人間形象の跛行性に対する批判としても、決して生産的意味を失ってはいない。

一九三八年の時点で、ルカーチはゼーガースとの『往復書簡』を、「あなたは私よりずっと節くれだった人物たちに精通しておられます」と締め括っているが、戦争が終わって一九四九年に書かれたゼーガースの『死者はいつまでも若い』は、ゼーガース自身のそうした文学的形象化の格闘の大きな成果といえよう。この作品は、ドイツにおける民衆的な力とファシズム的な力との闘争を、まさに全体性の相のもとに描き切ったドイツ民衆の叙事詩である。『往復書簡』の議論のゼーガースなりの結実として身をもって示した作品となっている。

ルカーチにおける全体性のカテゴリーについていうなら、近代資本主義の構造とイデオロギーを批判するカテゴリーとして機能した初期の全体性は、中期のルカーチにおいては、勃興期資本主義が生んだ価値と成果の中にスライドし、その徹底をはかるカテゴリーとして機能したといえるだろう。

四　芸術と日常的実践の個性化――『美学――美的なるものの固有性』から

第二次世界大戦後の一九六二年に、彼の生涯の思想的総括をめざした著作の一環として、『美学――美的なるものの固有性』が刊行された。

そのなかでルカーチは、「人間の活動性や外界に対する人間の反応などの全体性のなかで、美的態度のしめる位置はどこにあるのか。そこから生ずる美的形象およびそれのもつカテゴリー的組成（構造形式など）が客観的現実に対する他の種類の反応とはどのような関係をもつのか」の解明を主題にして、「日常生活における人間の態度」からその研究を始めている。

つまり、リアリズム論という形で展開されたルカーチの美学思想が、晩年に至って、新しく、より大きな美学的・哲学的規模の構想の下に展開されるのである。作家と創作、作品と時代との関係の考察が、日常的に生きる一人一人の人間と芸術の関係に転換している。それゆえここで問題となるのは、芸術、科学、倫理、宗教をふくんで展開する人間の総体としての全体性であり、その具体的な現われである日常生活の全体性である。ここに至って全体性は、まるごとの人間活動を表すカテゴリーとして、日常生活の場で捉え返されるのである。

人間感覚の形成、諸能力の発展、社会的諸活動は、通常、労働を基礎にして考察される。確かに『美学』の後に書かれた『社会的存在の存在論のために』においては、労働は「あらゆる社会的実践のモデル」として考察の基礎におかれているが、しかし、発生的形態によって構造的形態がすべて解明できるわけではない。ルカーチは、基底還元的思考によって無視され排除されゆく領域のないように、まず構造的分析でもって対象に迫っていこうとする。

日常的反映・科学的反映・芸術的反映

初期ルカーチにおいては、日常的意識の直接性は、社会の本質には触れない、物象化された在り方とされ、克服の対象とされた。しかし後期ルカーチにおいては、この性急さは払拭されて、日常生活は「客観的現実の豊かさの中心」とされ、そこにおける日常的反映の特徴が構造的に分析される。日常的反映は、「直面した問題への臨機応変の解決」であり、「理論と実践の素朴唯物論的結合」という生活に即したしなやかさをもっている。だが、「真の客観化活動は欠如」している。そこでルカーチは、この日常的反映から、如何にして科学的反映と芸術的反映が生まれ、自立していくかを解明しようとするのである。

日常生活においては、人間の思考や感情は極めて流動的で、どれも一回限りの個別的・主観的状態にある。実用性、快適さ、有効性が支配しているこの日常性の状態をルカーチは「直接的個別性」と名付ける。これは、こうしたプラス面をもつと同時に疎外によって浸透され、個々ばらばらであり、普遍性との関係を欠いた状態でもある。この日常的反映から芸術は、芸術的反映、いいかえると「擬人化的作業」を通じて、そして科学は、科学的反映、いいかえると「脱擬人化的作業」を通じて、純化されていく。

問題は、客観化活動を通じて直接的個別性をいかに越えていくかということである。ルカーチの『美学』では、反映論、ミメーシス論、カタルシス論、等々、様々な問題が論じられているが、芸術的創造と生の全体性の実現というこれまでのコンテクストに沿えば、ここでは、日常的意識と美的創造、ないしは受容をつなぐ輪として、ルカーチが取り上げた、信号体系I、全体的人間と人間全体、特殊他のカテゴリーの三点について言及しておこう。

信号体系I'・人間全体・特殊性

パブロフによれば、「信号体系I」は、視覚、聴覚など感性的刺激に対する信号で、個別的、具体的、直接的であり、これに対して「信号体系II」は、言語による対象化活動の加わった信号の信号で、一般的、抽象的、媒介的であり、人間はこの二つの信号系の組合せによって生活しているという。ルカーチはこれを敷衍して、「信号体系Iとは感覚的直接性を共有し、信号体系IIとは信号の信号であるという点を共有する」ところの「信号体系I'」を提起する。

例えば、「技」とか「術」とかいうものを規定するのがこの信号体系で、知識でも概念でもなく、長い訓練によって、いわばセンスあるいは勘として定着したもので、これは主観的なものであるが、同時に高い客観性と創造性をもっている。これが日常生活から美的なものを生み出していく広い裾野を準備しているとルカーチは考える。この信号体系I'から直ちに芸術が生まれるわけではない。しかし、この信号体系I'は芸術の受容と創造を媒介する豊かな感性の領域であり、それ故に「芸術は、信号体系I'の最適形式である」とルカーチはいう。

あるいはルカーチは、日常生活において全方位的にふるまっている人間の状態を「全体的人間」と名付け、しかし、ある観点から首尾一貫して捉えようとしている状態、「眼を皿のようにする、全身を耳にする」という風に感覚を限定し、本質把捉へと受容能力を高めている状態を「人間全体」という用語であらわしている。非本質的なもの、不必要なものは排除され、事態の本質だけがあぶりだされるこの「人間全体」の状態は、文字、音、色、映像など、現実を同質化していく媒体によって、現実の本質面を把捉して芸術的形象化に至る直前の段階を示しており、これはかつてゼーガースがルカーチに提起した無意識―意識の弁証法と重なりつつ、新たな側面からの芸術形象化のプロセスの解明となっている。また、個別性・特殊性・普遍性という反省規定のうち、ルカーチは芸術の成立に関わるものとして、特殊性のカテゴリーに注目している。

これにはゲーテの次の指摘が大きな示唆となっている。「ある状態のなかに、特殊なものを見付けると、私は逆らいがたく即興詩をつくりたい衝動にかられる」、「難しいのはわかっているが、特殊を捉えて描写することは、芸術の本来の生命でもある。普遍のなかにとどまっている限りは、誰によっても模倣される。しかし特殊は誰でも模倣するというわけにはいかない。なぜかといえば、他の者はその特殊を体験していないからだ」。科学的反映においては、普遍性が決定的役割を演じている。そこで特殊性は個別性から普遍性へと向かう中間項でしかない。しかし、芸術的反映にあっては、普遍性と特殊性の間、個別性と特殊性との間の運動が決定的であり、最終的にすべては特殊性に向かって収斂していくことをルカーチは明らかにする。人間像の「典型」も、この特殊性に収斂した普遍性と個別性の結合である場合にのみ、典型たりうるとルカーチはいう。普遍性が優越すると、それは単なる「類型」に堕し、個別性が優位をしめると日常的な「直接的個別性」に逆戻りする。「典型」は特殊性を核にしてはじめて、普遍的人間像に高まると同時に、特定の個人を生き生きと彷彿させる芸術形象となるのである。

直接的個別性の止揚

かつてゼーガースは「根本体験の直接性」を主張し、それが芸術形象へと至る方法を探ったが、以上見てきたようにこれとは異なった観点からルカーチは、芸術形象への方途を探ろうとしたのである。日常的な直接的個別性を超え出ていく契機をこのように探る作業は、芸術家自身を類的高みに導いていくと同時に、こうして勝ち取られた芸術作品が今度は逆に、直接的個別性にある日常生活の人間に働き掛けて、その人間を個性的個人へと高めていくのである。

日常生活に内在する芸術創造と芸術受容のダイナミズムを明らかにしようとするルカーチのこの着目は、生活と芸術の接穂の部分を明らかにしようとしており、生活の芸術化、芸術の生活化への一つの方法論的な手がかりを与えるものとなっている。人間の類的本質の開花を、日常的実践を個性化し、芸術に媒介することによって実現しようという考え方は、人間の歴史をヒューマニティーの発展として捉えるルカーチの強固な思想の上にのっている。

ただ、この『美学』の立脚点は、日常生活と芸術作品、疎外と芸術による解放などの原理的な解明に集中しているため、今日の社会において芸術が置かれている状況や課題の解明に対して限界をもつという指摘がなされている。かつてルカーチが否定したアヴァンギャルド芸術によって提起された、都市、機械、技術、大衆といった問題は、今や、映画、テレビ、マスメディア、テクノロジー、ハイカルチャー、マスカルチャー、カウンターカルチャーといった多様な形で我々の文化状況を席巻している。芸術生産と消費と受容をめぐる問題は、個と類と疎外の原理的分析でもってはカバーし尽くされないからである。

だが、ひとりひとりの人間に対して、直接的個別性という疎外態から普遍性へと結びついた個性的個人へ、そして類的存在への発展を呼び掛けるルカーチのこの思想は、今日の社会が自立を目指す諸個人の無数の日常的実践によって成立していることを考えるとき、そこに向かって独特のリアリティーをもって働きかけてくることも確かである。

おわりに

資本主義社会の矛盾の深化は、「プロレタリアート」と「ブルジョアジー」という二つの階級への分化を促し、貧困や差別の社会的矛盾を克服していく闘争において、ひとびとを自覚的な労働者階級へと構成し新しい統治の力を獲得していく——マルクスが明らかにし、レーニンによって実践されたこの考え方は、今日の格差社会の進行の中でなお一定の説得力とリアリティーをもっている。だが現代社会の展開の中で実際に生まれたのは、自覚的なプロレタリアートというよりは、広範な「大衆」であった。そして今日、われわれの自己意識は、この「大衆」でもない。それは「市民」「人間」「諸個人」とさまざまに言い換えのきく、ある自覚的存在であるだろう。

こうした歴史的経緯を経た今日の時点に立って考えるとき、「人間の人間化」というルカーチのテーゼは、まさに今日のわれわれのひとりひとりに照準を当てて言い続けられた要請であったことに気付く。ひとりひとりが個性的個人になれ、そしてそのことによって己れの内なる類的本質を解放せよ、というルカーチの要請は、確かにユートピア的・理想主義的であったにしろ、しかし同時にそれは極めてデモクラティックな性格をもち、そして逆に今日こそ、それがリアリティーをもって機能する時代を迎えたと言い得るのではないか。

われわれの日常的生活空間は、以前にもまして多層に織りなされつつ流動化し、支配秩序が押しつけるさまざまな事象を批判し、反芻し、独自のやり方で活用する多数の人々を生み出しつつある。構造的思考からネットワーク的行動へ、システムから生きられた状況へというような日常的実践の個性化は、抵抗、連帯、創造のベクトルとして、今日の社会形成の原動力になっている。こうして、新しい諸個人が新しい社会的現実を創出し、さらには新しい美的営為と倫理的行為を生み、社会の内実を豊富にしていく。

大きく言えば、それは、日本における一九四五年やヨーロッパにおける一九六八年、そして東欧革命の一九八九年といった、生活および人々の意識の民主主義的転換とスターリン主義的社会主義からの解放を刻印するこれらの年号の上に、今、新しい歴史像と変革像の再構成が迫られているという現実と対応している。

同時にまたわれわれは、今までの時代になかったほどの世界同時代性の中に生き、自分と世界との関係がストレートに問われ、日常的把捉と世界史的把捉の有機的結合が要請されている時代を生きている。まさに人類と地球市民の時代の到来である。

ポストモダンといわれる、モダンのもつ問題性への原理的な問いが、再度、近代個人主義と新しい共同の在り方、国民国家とそれを超えたインターナショナリズムの問題を浮かび上がらせ、そしてそれが新たな形で、民族と宗教の関係の問題を提示している。それは個人を前面にすえた新しい変革像の探求の開始でもあるだろう。

かつてレーニンは「進んだアジアと遅れたヨーロッパ」と喝破した。ヨーロッパが先進国なのではない。矛盾が集中しているアジアこそ歴史の推進力たりうる。帝国主義と植民地諸国の矛盾を見すえたこの洞察は、民族独立と民族解放闘争を通じて、疑いなく一九七五年のヴェトナム解放までを見透していた。レーニンのこの思想こそ、まさに西欧近代を問うた、すぐれてポストモダンの言葉であったといえる。しかし今日のポストモダン思想には、現代の問題を問いながら、こうした社会の根本的矛盾を見据えつつ展開される思想と実践を、未だ見い出すことはできないでいる。

こうしたなかでルカーチの思想を考えたとき、日常生活から模索する個性的個人の哲学的・美学的基礎づけの上に、人間の社会的行動の弁証法を問い、疎外の克服への方途を探ろうとした営為は、原理的であるだけに、ある衝撃力をもって生活を撃ち、骨太な思考へといざなってくれる。

他界する一年前の一九七〇年、ルカーチは『ツァイト』誌とのインタビューに応じ、かつての一九一九年のハンガリー革命当時を振り返りつつ、「下からの民主主義の大切さ」を強調しながら、バルトークやコダーイといった個性や信条も異なる多くの人たちと共同して改革にあたった歴史的経験を語り、「社会の発展は、新しいやり方にぴったり適合し、嬉々としてそれを実行しようとする気持ちをもった人間を広範に生み出す」ことの確信を語っている。

こうした、時代の生み出す多数のひとびと、個性的個人は、明らかに資本主義的物象化とは対立するだろう。近代の作り上げたシステムの非人間性とも対立し、それを変革するだろう。その模索の原理をルカーチは、我々に提示し続けている。

(『世界文学』八一号、一九九五年)

[翻訳]

ジェルジ・ルカーチ『魂と形式』川村二郎/円子修平/三城満禧訳(『ルカーチ著作集』第一巻)白水社、一九六九年。池田浩士訳(『初期ルカーチ研究』)合同出版、一九七二年

ジェルジ・ルカーチ『小説の理論』原田義人/佐々木基一訳(『世界教養思想全集』9 近代の文芸思潮)河出書房、一九六二年

ジェルジ・ルカーチ『歴史と階級意識』平井俊彦訳、未来社、一九六二年。城塚登/古田光訳(『ルカーチ著作集』第九巻)白水社、一九八七年

ジェルジ・ルカーチ「ハンガリーの政治・経済情勢とハンガリー共産党の課題に関する綱領案(ブルム・テーゼ)」家田修訳『ルカーチとハンガリー』未来社、一九八九年

ジェルジ・ルカーチ「リアリズムが問題だ」佐々木基一訳(『ルカーチ著作集』第八巻)白水社、一九六九年

「ゼーガース＝ルカーチ往復書簡」佐々木基一／好村富士彦訳（『ルカーチ著作集』第八巻）白水社、一九六九年
ジェルジ・ルカーチ『美学―美の特性―』ＩⅡ　木幡順三訳　Ⅲ　後藤狷士訳、勁草書房、一九七八年

［引用・参考文献］

ジェルジ・ルカッチ『美と弁証法』良知力／池田貞夫／小箕俊介訳、法政大学出版会、一九七〇年
ジェルジ・ルカーチ『生きられた思考』イシュトヴァーン・エルシ編　池田浩士訳、白水社、一九八四年
ジェルジ・ルカーチ『社会的存在の存在論のために―ヘーゲルの誤った存在論と正しい存在論―』鷲山恭彦訳、イザラ書房、一九八四年
池田浩士『初期ルカーチ研究』合同出版、一九七二年
池田浩士『ルカーチとこの時代』平凡社、一九七五年
池田浩士編訳『論争　歴史と階級意識』河出書房新社、一九七七年
浦野春樹他『ルカーチ研究』啓隆閣、一九七二年
深江浩　『教養としての文学』翰林書房、一九九三年
丸山珪一「ルカーチ理論とブレヒト演劇―いわゆる〈ブレヒト＝ルカーチ論争〉への反措定」ドイツ文学論集、一九六七年
丸山珪一「ルカーチ年表」（上）『富山大学教養部紀要』一九七七年
丸山珪一「ルカーチ年表」（下）『金沢大学教養部紀要』一九七八年
佐藤和夫「ルカーチ晩年の思想と人間的なるもの」『唯物論』四七号、一九七四年
石塚省二『社会哲学の原像――ルカーチと〈知〉の世紀末――』世界書院、一九八七年
Georg Lukács : Das Rätesystem ist unvermeidlich. In:Der Spiegel 20.April 1970.
Werner Mittenzwei : Dialog und Kontroverse mit Georg Lukács. Reclam Verlag 1975.
Washiyama Yasuhiko: Der Wandel des Totalitätsbegriffs in der ästhetischen Theorie von Georg Lukács. In: Lukács és a modernitás. Szeged 1996.

第五章　反ファシズム文化運動とリアリズムの課題

――古在由重の文学思想とルカーチ・ゼーガース・ブレヒト――

ブレヒト　Bertolt Brecht
1898年—1956年

20世紀を代表する劇作家。アウグスブルクの製紙工場主の息子として生まれる。ミュンヘン大学では医学を学ぶ。第一次世界大戦に衛生兵として召集され、その悲惨な体験から徹底した反戦主義者になる。放浪詩人的生活をもとに処女戯曲『バール』（1919年）が生まれる。ベルリンに移り『三文オペラ』（1928年）の成功でスターダムへ。1933年、国会放火事件の翌日、危険を察知してドイツを去り、スウェーデン、フィンランド、ソ連を経て、アメリカに亡命。その間、『第三帝国の恐怖と貧困』（1938年）、『度胸アンナの子連れ従軍記』（1941年）、『セチュアンの善人』（1940年）を書く。『ガリレオの生涯』（1938/45年）は、広島長崎の原爆の報を聞き、真理の伝播の初稿から科学者の責任にトーンを移したアメリカ版改作を行う。非米活動委員会の尋問をかわしてスイスに脱出し、1948年、東ドイツからの招請に応えてベルリンに帰る。「ベルリーナー・アンサンブル」を結成し、夫人のヘレーネ・ヴァイゲルは女優を務める。『コーカサスの白墨の輪』（1954年）、『コンミューンの日々』（1956年）などを書いたが、1956年のスターリン批判の年、心臓発作で急逝。

古在由重　こざい よししげ
1901年—1990年

哲学者・平和運動家。農芸化学者・古在由直（のち東京帝大総長）を父に、自由民権運動家・清水紫琴（豊子）を母に、東京に生まれる。理科少年からカント哲学に転じ、次第に唯物論哲学への関心を深め、唯物論研究会に参加。戦時下、反戦活動等を理由に治安維持法事件で獄に下る。戦後は法政大学、名古屋大学等で教壇に立ち、労働者・市民の学習運動を支えつつ、ヴェトナム反戦、戦争犯罪を裁くラッセル法廷、反核運動を通じて生涯を平和と民主主義の運動にささげる。『明日の哲学』（1946年）、『思想とは何か』（1960年）、『人間讃歌』（1974年）、『草の根はどよめく』（1982年）、『和魂論ノート』（1984年）など。

はじめに

一九三三年一月、ドイツではヒトラーが政権を握る。翌二月には国会放火事件を演出して、最大反対勢力の共産党に罪をかぶせて弾圧。強制収容所の準備を始め、五月には主要都市で、非ドイツ的とみなした書物の焚書を行うなど、ファシズム体制を固めて行く。イタリアではムッソリーニが政権を取り、スペインでは人民戦線政府に対して一九三六年、フランコ将軍が右翼クーデターを起こし、スペイン内戦が始まった。

こうした情勢のなかでコミンテルン議長のデミトロフは、ファシズムを「金融資本のテロル独裁」と規定し、一九三五年、反ファシズム人民戦線政策を発表。広範な社会勢力を結集してファシズムと闘うことを人々に呼び掛けた。

「文化と言う言葉を聞くとピストルを発射したくなる」と演説したナチスの宣伝相ゲッペルスに抗して、同年、「文化擁護のための国際作家大会」がパリで開かれた。文化への脅威と対決し、ファシズムに抵抗する新しい時代の芸術創造を目指して、世界三八カ国から二五〇名の作家たちが参加した。ドイツからはナチスに追われて亡命中のハインリッヒ・マン、ベルトルト・ブレヒト、アンナ・ゼーガース、ヨハネス・R・ベッヒャー、レーオンハルト・フランク、エーリッヒ・ヴァイナートたちが参加し、ドイツ国内で非合法活動をしているヤン・ペーターゼンは、覆面姿で登壇して活動報告を行った。翌年のロンドンにおける書記局総会を経て、第二回の国際作家大会は、一九三七年、フランコと戦うスペイン共和国を支援して、内戦下のバレンシア、マドリッド、バルセロナと転々としながら開催された。

日本では、一九三一年の満州事変を契機にして大陸への侵略政策が推し進められた。国内における反戦勢力への弾圧が強まる中で、中井正一、新村猛、真下信一、和田洋一たちは、雑誌『世界文化』に拠って、また、戸坂潤、岡邦雄、古在由重、林達夫、羽仁五郎、三枝博音たちは、「唯物論研究会」に拠って、ファシズムに抵抗する文化戦線を形成した。国際的反ファシズム運動の紹介、日本社会の構造分析、日本精神などの思想文化の在り方への批判、日本思想史における進歩的伝統の掘り起こしなどを通じて、新しい文化の創造を目指して活動を展開した。

古在由重の『現代哲学』は、このような状況下で一九三七年に刊行された。哲学はこれまで「苛烈な現実から遊離」したものと考えられ、「時代の物質的諸条件に関わりない純粋精神の自己運動」として理解されてきた。哲学を現実の矛盾の中から生じ、その反映として捉えようとするとき、現代哲学はどのような母班と性格を持ち、帝国主義時代に入った現在、どのような社会的機能を果たしているのだろうか。こうした今日的な問題意識から古在は、新カント派、マッハ、ショーペンハウアー、ニーチェ、デューイ、ジェームスといった流布され、流行している現代観念論哲学を取り上げる。そしてこれらの哲学が時代の進行の中で、「論理実証主義的な科学主義」と「生の哲学的な人生観主義」に分裂していく過程を明らかにする。

「論理実証主義的な科学主義」は、「世界観なき科学主義」で、アメリカのプラグマティズムがその典型であるが、この科学主義は、資本の合目的性にも、官僚主義の合理性にも親和的で、世界観を欠いている分だけ強く、その支配を受けやすい。もう一方の「生の哲学的な人生観主義」は、「科学なき世界観主義」で、これは更に二元的な性格をもち、一方では濃密化して神秘性をおび、他方では強い実践性をおびて、その世界観主義がファシズムの哲学への基盤になっていくことを古在は解明する。

このように現代哲学は、科学的な合理主義と生の哲学的な非合理主義に分裂し、「自己分裂的な、しかし相互補完的な二つの形態」の哲学として、人々に影響を与えていく。そしてファシズム体制の進行によって、生の哲学的な方向が更に強まり、「逃避的、絶望的、自棄的傾向」と「攻勢的、行動的、戦闘的傾向」という二つの相を露わにする。これは、「ファシズムを生みだした社会的基盤に内在する脆弱性と凶暴性を反映したもの」と古在は捉えている。

自棄的なニヒリズムは、反転すると、戦闘的な実践の哲学に変貌する。こうして実証性と科学性を欠いた哲学は、「知は力」であることをやめ、キルケゴールやニーチェの哲学を栄養源としつつ「力が知」へ変換されていくのである。こうして人種論に基礎づけられて千年続くというナチスの第三帝国のような「完全に無内容な一個の世界観主義へ、哲学における一つの実践主義へと転化する」。ファシズム哲学の誕生である。

このように古在は、現代哲学がたどる分岐の過程と社会的に果たす機能を明らかにしたが、後に『現代哲学』を振り返って、「現代観念論への批判」を通じて「唯物論的世界観の相貌」明らかにしようとした、と語っている。理念によって現実が動くと考える観念論哲学の欠陥を突きつつ、現実の客観的矛盾に即し、その問題を反映した思考が拓いていく、もう一つの理論と実践の統一の地平を古在は追求しようとしたのである。

一　インターナショナルな反ファシズム文化戦線

「いすみ川のほとり」「父の記憶」、「木馬の歴史」などの古在由重のエッセイを読むと、時代と人生を見つめる眼差しが人物たちのなかに過不足なく行き渡ってその本質的なものを見抜き、こうして描き出された人間像がその時代の雰囲気をたっぷりすって生き生きと眼の前に立ち現れてくるのを感ずる。無駄のない描写と人間への温かい眼差し、叙事と抒情の緊密な融合、そこから醸し出される文学的香りと味わいが心に残ってしばらくするとまた読みなおしてみたい欲求にかられる。一種の短篇小説の魅力をもっているといったらいいだろうか。

　哲学者古在由重のイメージ——それは、この『現代哲学』や『唯物論と唯物論史』、『マルクス主義の世界観』などの代表的著作によって印象づけられた、堅固で硬骨の思考、峻厳で原則的な態度をもっぱらその本領とする重厚謹厳な哲学者というものではなかろうか。

　この印象と、エッセイから受ける味わいとの間には大きな落差がある。また古在と実際に会った者は、抱いたイメージと異なって、快活で闊達とした対話の名手、柔軟で好奇心にあふれた人間通の哲学者を発見して、著作の印象との相違に驚くことを語る。

　哲学的思索が人間と社会のあらゆることがらの抽象と圧縮の上に成り立っているという宿命からきたゆえの落差であろうか。それとも中村雄二郎のいうように「マルクス主義哲学の座標軸をたえず明らかにしておく役割を、まわりが古在さん一人に負わせすぎた」せいだろうか。

　古在は、生涯を通じて、時代の最も重要な、焦眉の課題と真正面から取り組み、国民を邪路へと陥れる一切の現われと果敢に闘った。戦前においては侵略戦争、日本精神、天皇制イデオロギー、搾取と抑圧と差別と対決し、戦後は平和の問題と取り組み、ベトナム反戦、反核運動に中心的な役割を果たした。こうした哲学上、実践上の仕事については様々に論じられてきたが、古在のもう一つの側面についてはエピソード的にしか語られてこなかった。

　ここでは、そうした側面へのアプローチの一つとして、古在と文学との関連に焦点をしぼってスケッチをしてみたい。その際に、問題点を敷衍するためにルカーチ、ゼーガース、ブレヒトの見解を素材につかった。

　古在由重が『現代哲学』、『ヒューマニズムの発展』を書いて反ファシズムのイデオロギー闘争の最前線にたっていた一九三〇年代の後半、ルカーチはモスクワで、ゼーガースはパリついでメキシコで、ブレヒトはデンマークに亡命しつつ、同じく反ファシズムの闘いの一翼を担っていた。

モスクワで発行されていた『言葉』紙上のリアリズムをめぐる論争もこの時期にあたる。スターリンによる粛清が始まり、社会主義リアリズムを掲げて反形式主義（反アヴァンギャルド）キャンペーンが展開された時期とも重なる。スターリニズムの影をうけつつも、ファシズムという共通の敵を眼前に見すえたインターナショナルな闘いの輪のなかに、四人とも肩を並べていたのである。

古在とルカーチは、理性、ヒューマニズム、民主主義に最大の価値を置く、当時としては異端のコミュニストだったという点でも、また近代の自己疎外に対して、人間の全体性の回復を主張する哲学者といった点でも、極めて相似た思想的立場に立っている。帝国主義段階のドイツ、アメリカ、イタリア、日本の観念論哲学を批判した古在の『現代哲学』が、ナチスの世界観にまで行着いたドイツ観念論哲学を批判したルカーチの『理性の破壊』と相通じた問題意識を持つことも指摘できよう。

ブレヒトは同じマルクス主義の立場に立っていても、ルカーチとは異質な個性であり、ルカーチと相似た古在は、晩年、ブレヒトに多大の関心をいだいていた。「ぼくは人を評価するのに安易に天才などという言葉を使うのは好きじゃないけれども、ブレヒトは天才と呼ぶに値すると思う」と古在は語っている。

二　全体的生の姿を求めて

古在由重著作集の『思想形成の記録』に収められている日記は、旧制高校、大学時代の若き日の古在が、寮生活や友人との交わり、哲学の勉強を通じて、内なる「全人的要求」に促されて生の全面的発現の在り方を求めて苦闘する、模索と形成のドキュメントである。

古在の文学・芸術への関心は、この寮の友人たちとの交わりのなかで初めて大きく展開する。農学者を父に持った家庭環境から、虫や草や機械に関心は持っても、文学への関心は、文学を作りごととして退ける雰囲気のなかで、育ちにくいものだった。その頃は数学に熱中していた。一高も理科甲類をえらんだように自然科学への関心が旺盛だったが、やがて数学や物理に「物足りない感じ」をいだき始めたのは、生きることへの問いからだった。

哲学への関心が高まる。「自分は哲学なる天地に於いて初めて、自己の命懸けの仕事を見付け得た様なきがする」という予感は、やがて「総てが哲学だ。俺の命は即ち哲学だ」と断言するに至る。高校三年の時である。

人生への問いは、同時に文学への関心も大きく呼び覚ます。そして大学二年になって「哲学と芸術——此の両者は、余が生活に不可欠のもの也。おそらくentweder-oder（あれかこれか）にはあらざるべし。哲学・芸術——之余が不朽の愛人たり」と宣言するにいたる。

それでは、哲学者古在由重にとって文学・芸術とは一体何であったのだろうか。高校に入って知った文学の世界は、古在にとつて今まで全く気付かなかった新しい世界の出現だった。ドイツ語の時間にゲーテの『親和力』、『詩と真実』やケラーの『村のロメオとユリア』などを読む作業がその下地になっているにしても、寮友たちからの刺激が決定的契機となったという。人生の真髄、愛や友情の本質、真善美の追求などについて話し込み思索する日々、日記を書き始めたきっかけとなった恋愛による人生の割れ目の自覚、なども文学的関心を触発させる土壌になっていったろう。

求道的人生探求者である倉田百三、阿部次郎、西田天香のものが広く読まれた大正という時代雰囲気のなかで、「如何に生くべきか」の問いが青年たちの意識の中心にのぼり、古在自身、西田天香の講演を聞いて感動しているが、そうした時代思潮も相乗的に作用して広く深く人生を見る文学への関心を呼びおこしたのだろう。

このなかで古在は、当時盛んに紹介され始めたロシア文学を熱心に読んでいる。トルストイの『戦争と平和』、ドストエフスキーの『虐げられし人々』、『カラマーゾフの兄弟』、『白痴』、ツルゲーネフの『ルージン』など。しかし、「詩人の胸底を理解する力なきことを悲しむ」というように、新しい世界への味到力のおぼつかなさを嘆いたりもしている。

一九二二年四月、大学入学。哲学の道を志した古在は、東大哲学科で、カントをはじめ、当時の主潮であった新カント派の哲学、コーエン、リッケルト、ナトルプ、ラスクの著作に没頭する。それと表裏のかたちでほとんど毎日小説を読んでいる。ダヌンツィオ、ゴーゴリ、ツルゲーネフ、シュニッツラー、リルケ、ドストエフスキー、ゲーテ、シラーとその旺盛さがうかがえる。

「カントの如き規則的な生活」を理想とするが、このなかに「生まれて初めて強く詩を作ろうとする衝動に襲われた」という心境の新しい発展をみる。「認識する我、意欲する我」に対して「情感する我」の発見である。詩作を試みつつ、その一言一句に自分の二十年の全経験が溢れうねっていることを自覚し、「詩の世界が現れたことを祝福せずにはおられない」と記す。

リッケルトの『認識の対象』と格闘する日々のなかで、対象の難解さに茫然となり、徹底的に思索できる清らかな喜びにひたり、不可思議な厭世感に襲われたり、という青年らしい揺れのなかに哲学三昧の生活であったが、そんななかにも「或者は労働し、或者は歌い、或者は描き、或者は学ぶ。その目する所、何処ぞや」という問いが脳裏をよぎる。

生きる意味への問いは、同時に、魂が全的に満たされないことへの苛立ちでもある。「ああ、とにかく現在の俺は全生命をなげうつべき仕事が欲しい。それは何でもかまわない。哲学でも、放埒でも、享楽でも、芸術でも、恋愛でも、また死でも――何でもよいのだ」。うちなる形成の力を予感し、何者かにならんとする生命のほとばしりは、哲学研究という悟性的枠組みと衝突し、その正当な対象を求めて彷徨する。

生きる意味への問い

夏休み明け。「久しぶりで丸善や白木屋に行ってみる。レクラムでツルゲーネフの小説を五冊、ゴーリキーのを三冊、ストリンドベルヒのを一冊、そしてラテン・ドイツの辞書一冊を求めて帰る。電車のなかでトルストイの『人生論』を読む」。

本の選択にすでに古在の欠乏感と苛立ちの所在があらわれている。それは、「純然たる概念的労作に蟄伏することの不満」、「空虚」から来ている。「論理の遊戯」をこえた人生をその深奥において把握し、味わい尽くしたいというファウスト的欲求。この魂の飢えをロシア文学の諸作品が満たしていく。

人生の無意義と格闘するトルストイの『私の懺悔』、スラブ的徹底さをみせつけ絶望的否定の背後に力強い肯定を暗示するツルゲーネフの短篇集、とりわけ「異常な感動を以て読み了った」『煙』。煙ならざるものありやなしやの深刻な問い。トルストイアンの民衆詩人、加藤一夫の小説からは、命への深い予感をうけとり、「悪戦と苦闘とによってを織り出されたる生活乃至と思想の転変と進展、あらゆる因習の破壊、真実の自我」に至る記録に深い感銘をもつ。ここに自らが「生活革命」と名付けた内面的転機への決定的助走が準備される。

学問する気になれない日、藤村、ゴーリキーを読み、詩作して過ごす詩的陶酔の一日を過ごす。「欠くべからざるは詩である。そこでは人生におけるあらゆるもの——歓喜、苦悶、焦慮、享楽、嫌悪、驚嘆、憧憬、陶酔、空想、記憶などが調和せる一個の姿と化して詩人の置ける文字を飛び石として駆り、これを踏み台として舞踏する」。

感覚的、叙情的、情感的自我の横溢のなかで生の究極の可能性へと向かおうとする命の奔流を感ずる。「私には我侭に奔放に思い、感じ、欲する時が来た。総ての生命の波の逆巻き、高鳴る時が来た」という確かな予感。この高まりを待って初めて「生活革命」は遂行される。

生活革命

「頑迷なる主知主義者の衣」を捨てると「根本衝動に応ずべく、新たに芸術の世界が嘗てなかった程、鮮やかに、親しみを以て展開された」。これは古在自身にとっても思いがけないことだつた。「私に最も離れていたものが、私の生活の一大要素にならんとは」。己れの存在そのもののなかに感じた「物足りなさ、不満の情」はこうして解消される。

「私は哲学する。恐らく生きている限りは。否、哲学のみする。併し〈哲学〉と云う言語の含む意味は、私の生活革命と同時にその改革を強いられた」。哲学的思索と生産は、文学が繰り広げる世界によって鼓舞され、裏付けを与えられて初めて十全に発展せしめられるのだ。概念的思惟と芸術的直観の統一。こうして「最早枯渇せる思索、徒なる概念的労作、空虚なる議論」は消えうせ、ここにおいて哲学は「全人格の具体化、知的思索と情的創作との渾然たる融合であり、最も大いなる、而して最も美しき、最も溌剌たる生命のコスモスへの努力そのもの」となったのである。

こうして文学は、古在の思想形成のなかで哲学的思考の不可欠の要素として、しっかり位置づけられた。

それは一方では古在自身のなかにあって気付かず抑圧され未発展の、情感的なもの、感性的なものの欝勃たる発現であり「理論的思索と芸術的体験とのアウフヘーベン」であったが、より本質的には、カント、リッケルトといった専門的研究の限定された枠組を、人生とは何か、いかに生くべきかというより広い観点によって破壊するダイナミックな過程でもあった。

「自分は単なる哲学徒と称せられる形の人たるの希望を捨てた。自分は空なる議論をもてあそぶ理屈屋ではもはやありえない」と述べ、「生命そのもの、人生そのものに、さらに深く、さらに鋭く触れねば止まぬところの、単なる哲学学徒以上、詩人以上なる」者になること、「勇敢にしてしかも敬虔なる人生の闘士」でありたい、と宣言した意味はそこにある。哲学学徒以上を志す古在の基底には、まさにこのような文学受容を経た詩人以上なる者への志があったのだ。

ひとつの円現をみた生、それは一方において身も軽々と「暮れていく夕焼けの空が絵のようだ。愛すべき初冬の黄昏よ。夜、散歩。この時こそ、私はゲーテの詩を口ずさみ、歌をうたいつつ、思うが侭に彷徨うのだ、(23.12 1)」というロマン的心情の発露となり、他方において大いなる意欲をもってのカントの三大批判書へのアタックとなる。

人生いかに生くべきかを問うトルストイやツルゲーネフへの関心は、以後も引き続き古在の中心におかれる。ツルゲーネフの『その前夜』を読み、「私の心は魅せられ、そうして泡だった。私はそこに情熱の革命者インサーロフをみた。……私の羨望はインサーロフに、そして私の同情は寧ろベルセーエフに向うのだった。私はたとえルージンの如き心持を痛感することが出来るにしても、インサーロフの燃ゆるが如きパトスに追従することができないのを悲しむ」。「哲学的思索に止まるべきか？　はたまた実行にはしるべきか？　ルージンか？　インサーロフか？」。これは新しい境地にたった古在に突きつけられた新しい課題だった。

「理論と実践の統一に同意するか」

「全世界は――わけても日本は、今、過渡期にある」。何者かにならんとする未定の自分と二重写しになったこの確認が、一九二〇年代の中葉、後半の古在の思想遍歴を特徴づける。

一九二三年の関東大震災の後の大杉栄、革命的労働者、朝鮮人の虐殺は、思索を好んでいた古在にも大きな衝撃だった。二五年、大学卒業の年には普通選挙法と同時に治安維持法が制定され、大学院を卒業した二七年には経済は深刻な転換期にあり、田中義一内閣は大陸への侵略計画を策定するなど、ファシズム台頭の予兆のなかで大正デモクラシーは終焉をつげる。

カントの認識論をニコライ・ハルトマンの存在論によって超えつつ、さらにヘーゲルの歴史哲学へ、というのが当時の古在の研究対象であったが、哲学することと生きることとの相克に苦しんだ古在は、やがてマルクスの『ドイツ・イデオロギー』を介して唯物論の世界観を受け入れていく。

経済の破綻と恐慌、大衆の生活の窮乏、失業者の増大、労働者の闘争は、「安閑と読書だけしているのはあいすまぬ」と古在の正義感と良心を揺り動かす。

動と反動の二つの力が闘っている、これこそが現実の真の姿ではないか。そして自覚した労働者の勢力こそやがて不合理な社会機構を作り替えるのだろう。腐朽した社会のなかで、この階級の未来には、自由への闘い、冷徹な人類発展の理論、新しい文化創造への欲求、真の理想主義のあることを古在は予感する。自我の内部の身をけずる格闘の果てに、ヘーゲルを介し、現実の激動を介して到達した科学的社会主義の世界、「まさにここでこそ、哲学ははじめて〝いかにいきるべきか〟〝なにをなすべきか〟の問いにただしい解決をあたえるだろう。理論と実践との、哲学と生活との宿命的な遊離もここで克服されるだろう」と、古在は確信するに至る。哲学学徒以上なる者への志の展開である。

一九三〇年、教鞭にたった東京女子大学で、学生のなかにみなぎる「時代の生気、理想、情熱というものに直接ふれ」て大きな感銘をうけるが、そこでの活動家学生との出会いが、古在にとって決定的な転換点になる。

「理論と実践との統一に同意するか」の質問に同意を表明すると、弾圧された労働者を救援する組織への助力を求められ「断る根拠はない」と引き受けた話は、「一見消極的な理由づけにみえながら、危険を承知のうえで、しかし真なるものにのみ従うという、いかにも古在さんらしい言い方」と藤田省三が評しているように、古在の実践活動に入る契機となったエピソードである。

「政治の優位性」を承認して実践活動に参加して初めて「このときほどわたしは自分を楽に、そして自由に感じたことはなかった」と古在は語る。自己疎外の克服から政治的人間の誕生へ、これは政治的になることが人間的になるという意味において、ルネサンス期の個人の誕生に比すべき、新しい人間像の誕生と意義づけられるものであろう。

文学の位置

青春日記をたどることによって、詩作し創作する詩人的感性に溢れた古在像が浮かび上がり、古在の人間形成に決定的役割を演じた文学の機能と位置が明らかになったが、一九二〇年代後半のこの転換にも文学が再度大きな役割を演じている。

レッシングの『人類の教育』からは、人間を超歴史的人格と捉えるのではなく歴史のなかで意欲し行動する歴史的存在として見る見方を教えられ、ストリンドベリの諸作品は、人類の歴史にはそれぞれの段階に

「時代の課題」があり、ある時代に解決されなかったものは次の時代に受け継がれて解決されるという連続性と質的変化について教えてくれた。

なかでもトルストイの『戦争と平和』の影響は、決定的だった。ヘーゲルの世界史的個人の考え方、ナポレオンを世界精神の体現者とみる偉人本位の歴史観に対して、民衆や人民こそが歴史の基本的源動力だとする見地を、対ナポレオン戦争を闘うロシアの国民の生きた姿、民衆の動向を敏感に受けとめる能力と決断力をもったクトゥーゾク将軍などを通じて実感する。歴史を決定していくのは民衆であり、勤労する民衆こそ歴史の主人公であるということに貫かれているリアリズムは、古在の唯物史観の理解に大きな助けとなるものだった。

こうした歴史哲学的な影響とならんで、トルストイの『粉屋の話』は人生と学問を考える上に大きな影響をあたえる。粉屋が知的好奇心から粉をつくることよりも水車の作り方、臼の作り方に没頭し、本来の粉屋の仕事を忘れる姿を描いたこの小説は、細かい哲学上の問題に没頭し、人間と社会の問題を根本から考える哲学の本来の任務を忘れ、無気力に惰性で生きる哲学教師のイメージと重なり、哲学する自分と生活する自分の分裂の止揚、新しい生き方への決定的なバネを与えたのである。

古在にとって文学とは、人間世界を知る百科全書であり、如何に生くべきかの素材を供する具体の宝庫であった。それは感性的充足によって心を豊かにし、想像力に働きかけて内なる世界を広げるものであったが、古在はそこから受け取るメッセージを常に思想的、概念的に捉えようとした。こうした姿勢はすでに青春日記のなかにその骨格を現している。

作品は「知、情、意の融合統一せる全人格の具体的表現」であるがゆえに、こうした多くの要素からなる作品に対するとき「感情のみにおける所謂芸術的或いは美的要素」だけでみるのは明らかに不適当であり「他の要素が混入するのは正当」と唯美主義的見方に反対する。古在は作品を何よりも「考えせしめる作品」として捉え、そこに思想的、人生観的意味を見出そうとする。この姿勢は以後一貫しているが、しかし感性を通じて存在そのものに浸透する文学の力は、古在の思想的発展と転換の決定的な牽引車となっている。

三 『ヒューマニズムの発展』から『批評の機能』へ

文学、芸術への古在の造詣は、論文、対談、エッセイにおいて多彩に展開されているが、文学論という形で書かれたものに、一九五〇年に書かれた『批評の機能』がある。古在は戦争中の一九三七年、『ヒューマニズムの発展』を書いて軍国主義と対決したが、戦後になって執筆された『批評の機能』は、この基礎のうえに立つ。

まず『ヒューマニズムの発展』にふれておけば、古在は日本による中国侵略の拡大、ヨーロッパにおけるナチスの強力化のなかで『ヒューマニズムの発展』を書いたが、その動機は、無謀な戦争計画の非科学性、教学精神の狂信性に対しては戸坂潤の科学的精神でもって戦うことができるが、対外侵略と内部弾圧の残虐行為に対しては、科学精神によるだけでは十分でないと考えたからである。けしからん、許せない、という倫理的告発、非人間的状況への告発という意味で、ヒューマニズムを正面に据えることの重要性を古在は考えた。

当時のマルクス主義陣営においては異端の考え方であったが、この観点を高く掲げることによって、侵略戦争に反対する勢力への連帯を表明したのである。人格的完成を求めるヒューマニズムから社会的矛盾に敏感なヒューマニズムへ、そしてこうして社会化されたヒューマニズムは、抑圧され、疎外されている者への連帯となるが、ゴーリキーのプロレタリア・ヒューマニズムが新しい文化と社会制度を作りつつあるソ連において、下からの非人間的状態の打破として現われていることに大きく注目する。

古在はヒューマニズムを人間の自己疎外の止揚という形でとらえるが、それは時代の課題と対応して多彩な姿をとる。特定の神に対する異端的反抗（ルネサンス・ヒューマニズム）は、進んで神一般に対する反宗教的否定（フランス唯物論およびフォイエルバッハ）となり、ついに、現実の非人間的環境にたいする社会的批判（ユートピア的社会主義者）となる。あるいは社会的諸害悪および機械文明に対する道徳的・宗教的非難（トルストイ的、ガンジー的ヒューマニズム）、さらに知的活動の精神的アンバランス対する教養主義的、教育主義的不満（フンボルト的ヒューマニズム）、等々。これらに貫かれる実践性に古在はヒューマニズムの発展をみ、これを文学の分野において解明しようとしたのが、『批評の機能』である。「芸術家は、ヒューマンなものの高揚という直接の肯定の形、あるいはまたインヒューマンなものの断罪という否定の否定の形において、ひとしくこの全一な人間性の旗手でなければならない」。これが『批評の機能』における古在の基本的観点である。ここで古在は「思想という活動」を通しての「芸術と芸術批評との有機的なつながり」を解明し、哲学とはちがった芸術の役割と芸術批評の職能を明らかにしようとしている。

最初に展開されるのは文学芸術論である。まず古在は、ヒューマニティのもつ階級性を指摘する。そして階級的制約を免れない今日の二つの人間性――ブルジョアジーとプロレタリアートの人間性――のいずれが現在の矛盾、非人間的現象の終局的解決を志向しつつあるのかを問い、「新しい人間的感情と行動をもって自己の歴史を作り始めた」労働者階級および勤労人民の立場に立って初めて真のヒューマニティが貫かれていくことを明らかにする。

それゆえ第二に作家は、人民の生活を描きだすことが主題となる。しかし同時に「これとの正しい関係において見られた他の諸階級および社会層をも描きだすべきである」。こうして初めて社会の客観的全体を描出することができるのである。

ここで芸術家の集中性、組織性、普遍性、そこに向かって収斂していく芸術家の世界観が第三に問題となる。ドブロリューボフが「芸術家は、とらえられたモメントの断片性をかれの創造的な感覚によっておぎない、かれの心のうちで部分的な諸現象を概括し、ばらばらな諸特質から一つの均整のとれた全体をつくりだし、見たところ連関のない現象のうちに生きた連関性と整合性を見いだし、生きた現実のさまざまな矛盾した側面を彼の世界観の全一性のうちに融合させ、再生させる」と述べているのは、芸術家の世界観の機能がどういうものかを語っているが、この世界観の背骨には、社会的、階級的、政治的意識を確認できる。これが傾向性と呼ばれるもので、どのような芸術家もこの傾向性をもっており、すぐれた作家は、アイスキュロスにしろ、ダンテにしろ、ミケランジェロにしろ、みな自覚的な傾向作家だった。

芸術における傾向性

傾向性は政治的性格をもつ。ここで政治的なものと芸術的なものの統一が第四の問題となる。「傾向というものは、わざとらしくなく、状態と行動から自ずから流れでてこなければならないということ、個々の人間を時代精神の単なるメガフォンとなっては困るということ、そして、理念的なもののためにリアルなものを忘れてはいけないということ」と古在はいう。「時代精神のメガフォン」とは、マルクスがラッサールの戯曲『フランツ・フォン・ジッキンゲン』を批評した言葉で、文学的形象化が不十分のまま政治的主張を作品に入れると、主人公が時代精神の単なる「メガフォン」になってしまい、リアリズムから離れてしまうと言ったことを指している。シェイクスピアの好きなマルクスは、ドイツの理想主義的作家であるシラーを引き合いに出しながら、文学的形象化においては「シラー化するのでなく、シェイクスピア化を」と述べている。

古在は更に「自分の天性を通されず、諸君の個性の烙印を受けないところのイデーは、詩的活動だけでなく、一切の文学的活動にとって死んだ資本である」というベリンスキー引きつつ、両者が統一して芸術となるためには「作家の世界観、傾向性と言われるものが彼の鋭利な肉眼として形象化の能力と結びつきながら、彼の人間性そのものに肉体化していかなければならない。単なる政見でも教説でも哲学でもなく、それが生きたモラルになっていなければならないということである。したがって、この意味においてもそれは人間そのものに食い込んだ思想、傾向、世界観でなければならない」とおさえる。

戦争中にトルストイの小説を読みながら「しなびている想像力がうずきだす」のを感じ「ものをつくり出してみたい衝動を覚える」場面が『戦中日記』に出てくるが、他のある作品を読んだ感想として、「思想がむきだしになっている」、「観念的な作為」が目に付くと批判している。紋切型のもの、作為的なもの、画一的なものに古在はとりわけ敏感に拒否反応したが、それは人間の本質にそぐわないものだからであり、それはまた芸術でもないものである。

このように思想の血肉化が『批評の機能』において大きな課題として提起されているが、それは書き手の側からいえば、まさにトーマス・マンの言うとおり、「作家の幸福は感情になり切った思想であり、思想になり切った感情」といいうるものなのだろう。

ついで古在は批評論に移る。批評も芸術も等しく時代の意識であるが「批評は哲学的意識であり、芸術は直接的な意識である」。そしてベリンスキー、ドブロリューボフ、チェルヌイシェフスキーなどロシア批評理論の発展が芸術と芸術批評に「思想の基準」を導きいれたことを古在は高く評価する。このことによって、美を中心にすえた主観的作品分析、古典の規範に従う作品分析、批評が批評主義に堕するドイツ的狭さといったものが克服でき、芸術も批評も「再現され批判さるべき」現実そのものにつながることが可能になるからである。

批評は、作品を現実の諸事実と対照し吟味する、作品の描写と現実の事実との矛盾を指摘する、現実のなかで、本質的なものと偶然的なものとを、積極的なものと消極的なものとを選び分ける。このように批評の独自な機能は「それぞれの作品の思想や世界観を取り出しつつ、これの形象化の成功または不成功をば現実との対決において吟味すること」なのである。

哲学はたえざる批判と論争の歴史である。これに対して芸術は、弁明や論駁を批評の仕事にゆだねた、あるいは批評の活動によって、哲学と文学芸術は繋がりあうと古在は述べている。こうした新しい立脚点にたてば、芸術批評は、芸術の特殊性にそって作品と現実との関係を解明するという枠をこえて、他の人間諸活動に対する批評という、更にひろい視野を獲得する。こうして芸術批評は批評的精神の活動そのものになると古在はいう。

こうした批評活動において、素人の立場が大きな意味をもつと古在は考える。夏目漱石の「玄人は全体的なアウトラインを忘れてディテールにこだわるが、素人は専門的知識は少ないが、全体を一眼でつかむ力を持っている」という指摘を根拠に、素人の立場を古在はここで、新しいヒューマニティの立場、人民の立場とおきかえる。

印象批評や古典の権威を振りかざす教条主義的批評とは異なった科学的批評は「作品や作者ばかりでなく享受者（読者、聴衆、観衆）もまた社会的、歴史的な存在であることから出発する。したがって享受者大衆の真の代表であるべき批評家自らも、一定の社会と歴史に属する人間であることを承認しなければならない。ここから必然的に批評家の思想的立場の、したがって批評そのものの階級性、さらに党派性が導きだされる」。そして真に人民的見地に立ったとき初めて、批判は人民啓発の力をもつ。古在は最後に「滅びゆく者に致命の打撃を与え、育ちゆく者に飛躍の拍車を加えることこそ自覚した批評の務めである」と締めくくっている。

四　現実をどう描くか

『批評の機能』を読んだ右遠俊郎は、古在との対談で「ぼくはいま、小説を書いていますけど、これはしばらく書くのをやめなければならないんじゃないかと思って、ぼくは小説家として殺されそうな心境にあるわけです（笑い）」とその感想を語る。

「今日我々が芸術ならびに芸術批評においてヒューマニティを口にするとき、かならず我々は労働者階級および勤労人民の立場に立たなければならない」、「作家はまず人民の生活を描きだすこと」、「単に民衆生活を描くばかりでなく、さらにこれとの正しい関係において見られた他の諸階級および社会層をも描きだすべきである。このことなしには民衆の生活そのものの真の姿もうきぼりにされず、現代社会の全貌も完結しない」、「民衆のありのままの世界観の代わりに、一層磨き上げられた世界観を身に付けること」等々の包括的要請に対して、どこでどのように接ぎ穂をみつけて答えたらいいのか、作家である右遠はすっかり途方にくれてしまっている。

皮肉なことだが、同じこの『批評の機能』で古在は、「政治的イデオロギーによる芸術的形象の破壊」の危険について指摘している。優れた芸術家は、必然的にある一定の思想性、傾向性、政治性を帯びざるをえないが、この意識的な思想ゆえに芸術性が疎外される場合があると。古在とて、問題の所在に鈍感であったわけでは決してなかった。

傾向性が思想方法に強くかかわるため、方法の問題が前面におしだされ、そこで形象化が「主知主義的あるいは政治主義的」に狭く限定されていくことは、警戒されねばならないことであった。芸術創造の全体的過程が問題であるのに、そこから方法の問題のみが取り出され、議論の中心になり、こうして基準化された方法によって、排除されていく広大な空白のあることを十分知っていた。思想の血肉化を古在が最大の課題として主張するのは、ことは方法の問題に限定されない、人間と社会と自然をも包摂した創造過程全体こそが肝要な問題であるからだ。

その思想が血となり肉となって己れの全存在を貫ぬいていること、「教説でなく生きたモラル」になっていること、「それはまっさきに感情、本能であって、そのあとではじめておそらくは意識的な思想になる」ところまで——それは、古在自身が唯物論者になって以後、自覚的に自分に課してたどった道程そのものであり、『批評の機能』は、その遍歴の刻印ゆえに、独特の迫力と魅力をもっている。

しかし、こうした体験が総括され理論化され、普遍性をもった理論として、当為として現れたとき、それはまた別の様々なリアクションを呼び起こす。

ここには、政治的なものと芸術的なもの、世界観的要請と創作、理論家・批評家と作家との関係を巡る、微妙で重要な問題が横たわっていよう。作家が理論家の要請をそのまま受け入れれば、思想をパラフレーズした紋切型の小説しかできず、まさに右遠のいうように芸術家として「殺されて」しまうし、創造者の実感、問題意識、葛藤とかけはなれた要請を理論家が求めるならば、作家は批評家に抗して、あるいは無視して仕事をするしかない。いづれにしても両者は不幸な関係にとどまりつづける。

直接性の深さと全体性

古在が『ヒューマニズムの発展』や『現代哲学』を書いて反ファシズムのイデオロギー闘争の最前線に立っていた一九三〇年代の中頃、モスクワのドイツ人亡命者の雑誌『言葉』紙上を中心にして、リアリズムをめぐる論争が起きていた。その総括的論文「リアリズムが問題だ」においてルカーチは、現実をどう捉えるのかについて、次のように述べている。

ルカーチはいう。「文学が実際に客観的現実の反映の特殊な一形式であるとすれば、この現実を実際あるがままの状態でとらえ、しかも、それでいて、直接的に現象するものをそのまま再現するだけにとどまらないことが文学にとってきわめて重要になってくる。作家が実際あるがままに現実をとらえ、かつ描こうと努めるなら、というのはつまりかれが真にリアリストであるなら、現実の客観的全体性という問題がひとつの決定的な役割を演じるのだ」。

このようにルカーチは、現実の客観的全体性の形象化をすることをリアリズムの文学の不可欠の条件としつつ、現実の直接性にとどまって、現象をそのまま受け取っている段階を克服して、現実を現象と本質の芸術的な統一のもとに描くことを求めるのである。

「卓越したリアリストなら誰しも、客観的現実の法則性に到達するために、より深いところにあって、隠され、媒介され、直接的には知覚できないような社会的現実の諸連関に到達するために、みずからの体験的素材を――抽象という手段を用いて――加工する。これらの関連は、直接的に表面にあらわれているわけではなく、またこの法則性は、きわめてもつれあい、極めて不均衡に、ただ趨勢としてのみ貫徹されるものであるため、卓越したリアリストにとっては、芸術的作業と世界観的作業という途方もなく大きな二重の作業が生じてくることになる。というのはつまり、その第一に、これらの諸連関を思想的にあばきだし、芸術的・形象化的に示すことであり、第二に、これは第一のことと不可分なのだが、抽象化してとらえられたそれらの連関を芸術的におおいつつむこと――つまり抽象化の止揚である。こうした二重の作業によって媒介された直接性が、生活の形象化された表面が生まれる。この表面は、それぞれの契機のなかに本質を明瞭に透けて見えさせる（これは生活そのものの直接性のなかにはないことだが）ものでありながら、それにもかかわらず直接性として、生活の表面として、あらわれるものである。しかもそれは、すべての本質的な規定をふくんだ生活の表面全体としてあらわれるのであって――ただ単に、この関連総体という複合体のうちの、主観的に知覚され、抽象によって誇張され、孤立させられた契機にとどまるものではない」。

これをパリで読んだゼーガースは、モスクワのルカーチに直ちに手紙を書き、ルカーチの主張に何ら異論はないけれども、言われていることより「言われていないことのほうが問題です」と、「直接性の止揚」に的をしぼって創作の核心問題に迫る。

ゼーガースにとって最大の関心は、現実を新しく、まだ誰も見たことのないような仕方で、直接的に無意識に取り上げることである。彼女にとっては、直接性の克服は課題ではない。現実の直接性の豊かさをまさに無限に感受することこそが、創作活動の鍵なのである。こうして感受され、意識されたものは、今度は作家の内部で無意識なものとして内蔵され、この無意識となった直接性の成果が多く蓄えられれば蓄えられるほど、作家の引き出しは豊かになるといえる。そして創作活動とは、この無意識になったものを意識化する作業だという。それゆえ、作家にとって何より大切なのは直接性のもたらす生産的役割であって、その止揚なぞではないのだ。

これに対する返事でルカーチは、資本主義の本質を剰余価値に見ないで、貨幣流通に見るような認識段階を表層に固執した直接性だといったまでで、無意識─意識の相互作用のことではないと述べ、彼女のいう「根本体験の直接性」がなかったらどのような作家的才能も存在しないでしょう、とゼーガースの主張を全面的に認めるのである。

両者の齟齬はこれで解消した。しかし、議論はまた行き違う。ルカーチは、ゼーガースの関心に沿って、現実をどのように描いて行くかという「今日のリアリズム」についての解明に進むのではなく、学者的な博識を駆使した「リアリズム一般」についての議論を展開し始める。そしてその基準に合う十九世紀の作家たちやトーマス・マンやロマン・ロランなどの作家を模範として称揚するのである。

ブレヒトはこうしたルカーチの論の立て方に「〝われわれのおばあさんは全く別の物語り方ができた〟などということをあまりしょっちゅう聞かされていると、われわれ今日の語り手は気が転倒してしまうのだ」と皮肉った。そしてルカーチやクレラとは、「一緒に国家ぐらいつくれるかもしれないが、とても本当の結びつきは生まれない。つまり彼らは創作活動の敵なのだ。創作活動が気味が悪くて仕方ないのだ。……その筋の有力者面をして、他人を操縦しようと思うだけなのだ。彼らの批評はいちいち脅迫めいている」と辛辣な評を、ベンヤミンに語っている。

意識と無意識

ここには理論家・批評家と、作家との宿命的ともいえる齟齬が指摘できよう。古在は芸術批評について「それぞれの作品の思想（世界観）をとりだしつつ、この形象化の成功または不成功をば現実との対決において吟味すること」と述べているが、分析的知性と方法意識のかったこの批評的営為と、無意識─意識の相互作用に基礎をおく作家の営為との間の相違は決定的である。

古在やルカーチのいう世界観、創作方法、分析視角の問題は、無意識になったものを意識化する段階に求められるものだろう。しかし作家にとって切実な問題は、そこにあるのよりもむしろ、何よりもまず新鮮で直接的な現実摂取であり、その意識性を一度無意識にまで沈潜し深めることなのだ。

メキシコに亡命した後、ゼーガースは自分の体験を踏まえつつ、芸術家はまず「自然の中で夢中に遊ぶ子供のように」、新鮮に直接的に現実を体験することの大切さをまず強調する。そうして蓄えられた体験を意識化しようとする際に、新鮮さと直接性が失われる危険性が迫ってくる。そこで芸術家は「その思考が第二の自然になってしまうような、生き生きした芸術形象になる新しい段階に到達しなければならないのだ」と。彼女にとって新鮮な直接性こそが第一義的意味をもっている。ところが傾向作家はとかく「正しいと認められた思想から出発する」。そしてそれに見合った現実を切り取り、芸術の創造過程における最も大切な新鮮な直接性の浸透力を欠いたまま、描きだそうとする。これから生まれるのは図式小説でしかないだろう。

現実を新鮮に意識的に摂取し、意識化されたそれが芸術家のなかで無意識になることの大切さをゼーガースは語っているが、古在のいう「思想の肉体化」と通ずる側面もあるものの、古在の場合は思想を貫ぬかせようとする自己変革的ベクトルが前面に出て、その分だけ現実と向き相って内面に摂取していく姿勢が弱くなり、芸術家にとって必須の、現実摂取の内的位相にまで眼差しが及んでいない。

かつて古在は「日記」のなかで次のように記したことがあった。「つまらぬ捏造と見苦しき技巧とを避けよ。子供の叫ぶ童謡に、たといひとつなりとも萎縮と枯渇をみることができるか。そこには技巧も捏造もない。あるのはただ燃ゆるがごとき驚異、踊るがごとき生命、夢みるがごとき神秘感、子供のごとく歌え。……因習にとらわれざる純情、麻痺の虜とならざる神秘、しかして、爆発性を蔵する驚異よ!」。子供のしなやかな感受性、豊かな現実摂取、本質そのものを見抜く眼差し。このヴィヴィットな感受性は古在が生涯を通じて心がけたものであるが、しかしこの現実摂取の内的メカニズムは、以後、言及され解明されていないようにみえる。これが古在の『批評の機能』の弱点になっていよう。

ゼーガースはいう、現実は「まず直視され、堪え忍ばれ、そして形象化される」のだと。体験し、観察したものが、即そのままものを書く材ではない。堪え忍び、長く寝かせ、このことによって無意識にまで転化した現実との全く新しい融合が生まれる。これが芸術創造の前提である。そのなかで再び浮かび上がってきた確かなイメージ、それを核に肉付けがなされるのだ。浮かび上がってきた島の姿を鮮明化し、島と島を結びつける。逆説的な言い方になるが、リアリズムとは客観的現実を描くのではない、既に内に存在している現実をいかに意識化して取り出すかということなのだ。リアリズムの質は、ここにおける意識化の成否にかかっており、方法の問題も世界観もここに関わってくる問題なのだ。

『批評の機能』は戦後の民主的変革の高揚期に書かれ、文学芸術についての古在の造詣を唯物論の見地から総括し、民衆の立場に立った新しい文学と批評の方向を指し示そうとしたものである。それだけに、一種宣言のようなニュアンスをおび、当為のかった展開になっている。右遠の古在への直言は、そうした問題のはらむ本質的な点を突いて、さまざまな想念を呼び起こす。右遠に触発されて、その一つの側面を考察してみたが、創造と批評をめぐっては、更に多くの面からのアプローチが必要だろう。「創造を励ます批評」と古在はいう。いろいろな前提、さまざまな特殊性の承認など、きめの細かな考察と配慮のうえに立って初めて、古在のこの理想は可能になるものであろう。

五　情念――同化による世界の深化

以上、『批評の機能』についてふれてきたが、古在における二つのモメント――青春日記によれば概念的思惟と芸術的直観――と文学芸術との重なりあい方についても一瞥しておきたい。

古在のこの両輪は、一方において、「実事求是」の科学的精神として、他方においては、文学精神、あるいは「圧服されえぬ人間的要求」実現のヒューマニズムとして大きく展開をとげた。人間の感覚に内在する、認識の方向へつながるものと、感情、情念の方向へつながるものの二つの方向を、理論と実践の結合のうえに最も正当に、最も見事に体現したところに思想家古在由重の最大の特徴があるが、とりわけ後者に関わって、感情、情感、情念の面をもっと掘り下げ、位置づけることの重要性を、座談会の中で次のように語ったことがある――「弁証法は、自然および社会と思考の一般的法則の科学である」あるいは「存在と思考の関係いかに」という言い方がされているが、この「思考」と言うことによって把握が狭められはしないか。「思考」というところに感情、情念、欲求など、すべてをぶちこんで考える、弁証法に限らなくても、一般的法則の研究の場合でもそうであるが。そうしないと人間の姿が全面的に出てこなくなってしまうのではないか――。

真理は、普遍性の相の下に客観的に語られても、プロパガンダにしかならない。普遍的なものを個別と特殊に結びつけて主体的、情熱的に語ったとき、それは初めて説得力をもったアジテーションとなって人々の心に入っていく。そんな喩で言いうるような、主知主義的理解を超えた地平を古在は常に模索した。

ファシズムの時代、繰り広げられる残虐行為に対する怒りは、科学的精神からはでてこない。ひどい、許せないという倫理的告発を含んだヒューマニズムの観点こそ、人々の心、感性に訴えて有効性を発揮する。『ヒューマニズムの発展』はその貴重な所産であるのだが、そのような試みは、もっと多彩に、様々な視点からアプローチされていいはずだった。

ハインリッヒ・マンの『アンリ四世の青春』などドイツ反ファシズムの歴史小説は、人々の政治・社会生活のなかにわけいって現実を意識化し、ヒューマニズムの観点を貫き、それまで一部上層の芸術的・精神的な問題しか扱ってこなかったドイツ文学を革新した。その功績は大きいにしても、しかしそれは「人生のあらゆる領域」をふくみこむものではなかった。

「傾向芸術は、大きな領域を等閑に付して放置しました。そしてファッシズムがのちにこの感情の空洞を自分のために利用しました」とゼーガースは一九四四年、亡命地メキシコで語っている。人々は反ファシズム闘争を闘っている側の呼び掛けよりも、血と大地のスローガンを掲げたファシズムの側により大きな魅力を感じ、惹かれていったのである。反ファッシズムの実践活動の一翼を担い、変革の立場から人々に訴えようとするとき、何が必要で、何が欠けているのか、古在もゼーガースもよく知っていた。

感情、意欲、反映との関係をめぐって古在は、次のように言う。「客観的な認識から、人はただちに行動へ立ち上がるのではない。われわれの感情や意欲を媒介してこそ、われわれは実践し、闘争する」のだと。理論は厳密でなければならない。しかし人々の胸に触れていくためには、科学的思考だけでは不十分なのだ。知的理解には限度がある。

たとえばアメリカ軍の爆撃にさらされるベトナム人民の苦悩と闘争。その事実に対面して「そこには、そこから押し寄せる烈しい感情の波動があるでしょう。心の振動がね。そしてこれこそまさに反映過程の徹底だと思うのですよ。それをこそ反映しなければ、真に事態をわれわれの心が反映したとはいえないと思う。

感動。自分のがわに、自分の内部に、感情の波がうねってこなければ、かれらの怒り、かれらの悲しみ、かれらの喜び、こういうものが同時に自己の喜び、悲しみとして、一緒に心をゆさぶられるのでなければ、しんそこからそれを理解したということにはならない。身につまされる、情にほだされる、心が震えるということ。……だから模写といってもいいけれども、ひとつの意識が意識を、私の心が他人の心を十分にわかるためには、共鳴、共感、共振が起こって、一緒に心が高鳴り、一緒に激しく振動することがなければ十分な反映ということにはならない」。

反映のプロセスは、心の振動によって初めて徹底する。そしてその心を、もうひとつの心が反映、模倣してひろがる共鳴の輪。反映論の深い展開がそのまま人々の連帯にまで広がっていくという、古在の面目躍如とする文章であるが、ここには、反映が写真撮影的、あるいは自然主義的な理解を脱却して、情念の貫徹によって初めて完結していくダイナミズムが明らかにされている。

そして「もはや現実ではなくなったところの過去のものへの、そしてまだ現実とはならない未来への反映――つまり後方と前方への想像としての反映の問題も、鏡による模写の例えに縛られずに究明する必要がある」と古在は言う。人間をその全体性においてとらえ、歴史的に俯瞰しつつ、反映と想像の相互作用のなかに感情の創造的機能の発現を求めるこの主張は、理論と実践の深い結合の在り方を示して貴重である。

創作する側での感情の問題をゼーガースは、次のように暗示する。彼女は一九三八年六月号の『言葉』紙上に『盗賊ヴォイノックの美しい伝説』という短篇を載せ、自由で孤独な山賊が一人雪の中で死んでいく話を書いているが、そのモットーの呼び掛け――「いったいあなたたちは、荒々しい夢や、やさしい夢を見ることはないのですか。厳しい一日の終わりの眠りの中で。そしてあなたたちはひょっとして、気付いているのだろうか。どうして時折、古いメルヘンや小さな歌が、いやある歌のほんの一小節ですらもが、いとも軽々と心に入っていくのを。その上を、わたしたちは、こぶしが血にまみれるほどに叩いているというのに。なのに鳥の一啼きは、軽々と心の底に触れ、そのことでまた、わたしたちの行為の根っこにも触れるのだ」。

リアリズムや表現主義の評価をめぐってルカーチ、クレラ、ブロッホといった人たちが世界観上、方法論上、イデオロギー上の議論に熱中し、忘れ去られた領域。それをゼーガースは一種のいらだちをこめてこう暗示した。人々の心を惹くのは高揚した闘争の合い言葉だけではない。さまざまな夢、小さな歌、古いメルヘン……それは反ファシズム文学や社会主義芸術がともすれば見落としてきた空白地帯ともいえた。

自分たちの運動における理想の若さと未熟さを自覚しつつゼーガースは、新しい芸術が神話や伝説もふくめ、感情や情念に関わるあらゆる領域をカバーすることの必要性を説いている。

亡命地メキシコの砂漠地帯と緑豊かな故郷ライン地方を二重映しにしながら、思い出の同級生たちが時代の激動のなかでたどる苛酷な運命を描いた『死んだ少女たちの遠足』は、こうした課題を果たそうとした佳品であり、以後、『死者はいつまでも若い』『決断』『信頼』の作品によって、新しい文学世界を切り開いていく。

六　認識——異化による世界の多層化

感情に働きかけ、心に響き合わない限り、芸術が芸術の持つ機能を果たさないことは確かである。しかし感動が、情動や感情の地平に留まっている限り、変革の契機の十分条件にはなり得ない。認識と思考にまで高まって初めて、現実に働きかける有効性を獲得する。感情同化を拒否し、認識と思考の在り方を徹底的に追求したブレヒトに古在はまた関心をもっていた。

「弁証法のための最良の学校は亡命である。もっとも鋭利な弁証家は亡命者である。かれらは変化によっての亡命者であり、かれらが究明するのは変化にほかならない。……もしかれらの敵が勝利するならば、この勝利がかれらにどんなたくさんの負担がかかったかを、かれらは算定する。そして、矛盾にむかってかれらは鋭敏な眼をもつ」という『亡命者の対話』の一節を古在は引きつつ、厳しい状況であればあるほど、その闘争のなかで魂を吹き込まれていくブレヒトの弁証法と唯物論的思考を評価した。

たしかに古在は、一方において感情、情感、情念に高い位置づけを与え、生の感情の野性の生気が認識によって去勢されることを懸念した。古在自身、激情の人でもあった。そして「失った愛は歌になる。失った金は歌にならない」というジョン・ラスキンの言葉を引いて、恋を失った乙女の魂の傷が精神の高い生産性へと転換していく作用の大きな意味を認める点で、アリストテレス的カタルシスの圏内に立っていたとはいえよう。しかし他方において、古在の科学的精神は、科学の時代の演劇を主張するブレヒトの非アリストテレス的理論に胸に落ちるものを感じていた。おそらく哲学者古在が文学を必要とした同じ基底から、しかし逆のベクトルで劇作家ブレヒトは、芸術的営為に科学的認識の眼差しを組み込もうとしたのではなかったか。

「観客を舞台上の行為に巻き込み、能動性を消費し、様々な感情を呼び起こし、既知で不変のものとして示された人間を共に体験する」という従来の演劇をブレヒトは、アリストテレス的、劇的演劇として否定した。これでは人間は自分の既成の枠のなかで感情と能動性を消費するだけで何ら変革されない。

これに対して自分の演劇は「観客を観察者にし、その能動性を呼び起こし、決断を要求し、知識を伝え、変わり得る人間を考察の対象とする」とし、これを非アリストテレス的、叙事的演劇となづけた。

ゾルゲ事件で刑死した親友の尾崎秀実の行動と思考に、ディドローのいう演技者のなかにある「観客の眼」をみてとり、その自己客観化の精神、理性的、科学的冷静さに思いを馳せ、高く評価する古在の眼差しと、それは交錯するものでもあったろう。

労働・生産・友愛

古在のブレヒト劇への言及は、NHK教育テレビが放映したブレヒトの劇団、ベルリナー・アンサンブルの『コーカサスの白墨の輪』へのコメントを聞いたにとどまるが、古在はブレヒトの知的挑発力、民衆性、問題提起力を高く評価していた。

子供を白墨の輪の中に立たせ、裁判官があい争う二人の母親を裁く話に材を取った劇であるが、通例の裁きと異なり、育ての親グルシェに母親の権利をみとめる。血のつながりという所有の観念が否定され、親と子の関係は、グルシェの払った愛情と苦労、友愛と労働の光のもとに新たに考察される。

こうした異化の手法によって開かれる新たな地平に古在は思いを巡らし、反乱のなかで領主の子を引き受けることになる女主人公グルシェ、権力の空白期間のどさくさで裁判官になり民衆の知恵を駆使するアツダクなどの人間像に大きな興味を示した。とりわけ舞台回しの二人の語り手の飄々とした態度には感嘆し反芻していた。かれらは語り、歌い、劇の筋に介入し、中断させ、説明し、問題に眼をむけさせる。抒情と叙事の機能を請け負いつつ、登場人物を相対化して、観客を感情移入から解放し、自由に登場人物たちの行為について思考と吟味を挑発する。その卓抜な距離の取り方、客観化の精神は、古在になにものかを与えたようだった。全体を見渡して劇の進行について考え統括する点で、かれらは考える人であり、哲学者であるともいえる。古在はここに、あるべき哲学者像を投影していたのであろうか。

この劇は、二つのコルホーズのあいだの谷をめぐる争いが和解する劇を枠構造として「白墨の輪」が置かれているという形になっている。昔から住んでいた山羊飼育コルホーズと新しく土地を利用したい果樹栽培コルホーズの間の紛争。その紛争は、土地をより有意義に活用できる果樹栽培コルホーズへの帰属という形で解決する。

ブレヒトはここで、原理的なかたちで社会主義と民主主義の問題を俎上にのせたのである。それゆえ私的利害と公的利害との対立の止揚、生産者の自己決定と自己組織化の能力の涵養、解決のプロセスの民主主義的習熟、等々がテーマとなる。それはまさに古在が常々主張している思考方法、活動方法としての民主主義の問題と深くかさなるものである。

また二つのコルホーズのうち、一つの名前が中央集権的なレーニンに対立したローザ・ルクセンブルクの名をとっているのは、ブレヒトの意図がどこにあったかもしめしていよう。

そして相談討議の後に余興として上演される「白墨の輪」。それを見るコルホーズ員たちは、かくあるべき未来の社会主義協同体の観客であり、劇と観客の二つをわれわれが見るという三重の構造、そしてそこで活躍する二人の舞台廻し。こうした重層的構造によってわれわれの思考と想像力は、幾重にも刺激され、発展する。「この劇の上演はわたしたちコルホーズ員の生活に関係のあるもの」という観点には、芸術を単なる娯楽として労働に対立して見るのではなく、生産のなかに織り込まれ生かされるものというブレヒトの考えも込められていよう。

極めて主知主義的にモデル化され、ある意図のもとに多くのメッセージをこめて創られたこの劇は、トルストイやツルゲーネフなど一九世紀的リアリズム文学に親しみ、「革命後のソヴィエット文学でめぼしいのは『静かなるドン』ぐらい」と評価する古在の文学観には異質に映ったろう。しかしそれを形式的実験などとはみなかったのは、古在の科学的精神が、弁証法的演劇と異化効果、科学の時代の演劇を目指したブレヒトの精神に深く呼応するものであったからだ。

劇作家ブレヒトの科学的精神に裏付けられた芸術的営為、そこにおける楽しさ、批判、笑い。哲学者古在とブレヒトでは、概念的思惟と芸術的直観二つのモメントの力点のおき方がちょうど逆であった。それだけに、ある種の予感を実現して見せたブレヒトを古在は天才と呼んだのかもしれない。

おわりに

一九九〇年をはさんで世界は激動、激変した。現実の社会主義は軒並み破綻をみせた。古在、ルカーチ、ゼーガース、ブレヒト等の試みも、ひとまず遠景に退くかに見える。しかしこうした事態はいま突然に現れたものではなかったろう。

『コーカサスの白墨の輪』は、ファシズムが打倒され、新生ドイツの社会主義への道が日程にのぼりはじめた段階で、スターリン主義の問題を熟知していたブレヒトが、それとは対照的な未来に希望を託し、未来を先取りする形でモデル化した美学的、政治的試みだった。しかし十数年の亡命生活の後に東ドイツに帰還したブレヒトは、一九五三年、労働者の不満をソ連の戦車で弾圧した六月一七日事件への抗議文を書いて以降、しだいにペシミスティクになっていく。

「都市が建設されていることは知っていた／ぼくは行かなかった／それは統計に属することだ／歴史に属することではない／いったい何ということだ都市にしても／民衆の知恵ぬきで建設されたとしたのなら」。

「ぼくは路傍に腰をおろし／運転手はタイヤを交換している／ぼくは好かない、ぼくの居た場所を／ぼくは好かないぼくの行くさきを／なぜぼくはタイヤの交換を見ているのか／いらいらと？」。

そうした詩を残してブレヒトは、スターリン批判の年、一九五六年に他界する。ブレヒトの葬儀で弔辞を述べたルカーチは、その直後、ハンガリーにおいて反スターリン主義の輿望を担って登場したナジ政権に閣僚として加わり、社会主義の民主化に奮闘するが、介入したソ連軍によって潰され、ルーマニアに拉致拘留される。ゼーガースは東ドイツの作家同盟の会長をしたが、晩年はアル中気味だったという。社会主義が理念として掲げたものは何だったのだろう。破綻したのはなぜだろうか。

かつてブルジョア革命は、市民たちが封建階級をまず経済的に圧倒し、文化的にも圧倒するかたちでヘゲモニーを握り、その後、政治的にも圧倒して権力を手にいれ新しい社会関係をつくりあげた。これに対してプロレタリア革命は、権力奪取が先行した。この決定的違いが、社会主義体制の脆弱さと強権支配を生んだ原因であろう。この限界を打破しようとするブレヒト、ルカーチ、ゼーガースたちの思想的・文化的営為も、結局は有効に働かなかった。一九八九年に始まる既成社会主義国の崩壊は、この逆転性と跛行性を社会主義内部で是正できないままきた帰結に他ならない。

最晩年の古在が、生産、共同、楽しみ、芸術、笑い、友愛、民主主義などの問題をモデル化しつつ、しかしユートピアとしてではなく、現実性の問題として提起したブレヒトの『コーカサスの白墨の輪』に最も大きな関心を示したということは、決して軽くない意味を持つエピソードだろう。

大正教養主義の時代、人格主義と理想主義のもとに育った古在は、個人主義の思想を止揚して、その特殊な立場が普遍性へ転化していく階級、その矛盾の解決が同時に国民的課題の解決と一致する労働者階級の立場へと自分自身の思想を移行させ、そこから人々の切実な課題と取り組んだ。それは良心的インテリゲンツィアの社会正義と公正を求めて歩んだ記念碑的道程といえよう。

大正デモクラシーのなかで精神形成をおこなった古在にとってコミュニズムとは、何よりも民主主義の徹底化であった。支配階級に対する民主主義と、闘う勢力の内部における民主主義と。そしてヒューマニズムの理念を勤労人民のなかでに新しく内実あらしめようとする試みと。階級的観点、ヒューマニズム、民主主義、友愛――これはそのまま社会主義の核心ないしはエートス（人倫）となるものである。古在の活動と思想と人柄は、人々に深い影響を与え、その友愛の輪のなかで人々は古在によって触発され、己れのなかの力を自覚し、己れのなかの良きものを引き出した。高橋和巳的表現を借りれば、古在はまさに「手に触れるものすべての精神に黄金をよみがえらせていった」のである。

啓蒙と当為

しかし今あらためてその生涯を振返るとき、古在はやはり「大知識人の時代」を生きた人であったという感慨に強くとらわれる。それは偉大さの確認であると同時に、時代の刻印の確認でもある。その特徴を端的にあげていえば『批評の機能』からも伺えるような、啓蒙と当為の観点である。知識人であることの自覚と自己否定が加わってそれが二重化され、政治的立場の使命感がそれを増幅し先鋭化させた。

「ゼーガースは使命感に基づいて創作することのできない作家だ。丁度ぼくが、使命感なしではどう書いたらいいか見当がつかないのとおなじように」とブレヒトは述べているが、古在の本質はどちらであったろうか。使命感と委託から解放される度合いの強い対話やエッセイの方が、古在の本領が現われ、示唆と含蓄に富んで感じられるのは個人的好みだろうか。それともブレヒトのいう使命感と古在にとっての使命感とはどこかでずれていたのだろうか。

啓蒙の観点は、必然的に「啓蒙―衆愚」の図式を内在させる。当為の観点は、他人に対して自己との同一性を無条件に求める。いずれもそこでは同化する個人が前提とされ、自分の似姿が色濃く他に投影される。

かつて人間の形成にとって不可欠であったこの観点が、このようにマイナスにしか受けとめられない状況が存在する。ブレヒトのベクトルは逆向きだった。「僕らの大衆観念は個人から理解されている。個別的という概念に至るのもこの大衆を分割することによってではなく、いくつかに括りあげることによってだ」。個人という捉え方は、大衆化状況のなかで可分なものとなり、幾つかの集団に属するものとして、清算、消滅してしまっているとブレヒトは考える。

近代社会において個人は、これ以上分かたれえないものを意味し、自己同一性と関わってそのかけがえのない価値が称揚されてきた。しかし今日のわれわれの自我像は、多くの魂をもち、多くの役割に分割された、分かたれたものというのがいつわりのない実感なのではなかろうか。古在はそれ以前の、こうした個人が実体をもっていた時代に生きたといえるのかもしれない。

「個人から大衆的なものを探す限り、個人について何を言い得るであろう。一度大衆的なものから個人を描くことによって、個人を組み立てることにしよう」とブレヒトはいう。

人格の発展、不可分の個人の自己実現は、個体性の喪失、分割可能な個人にとってかわられる。貫かれる操作と管理によって、一つの価値システム、集団のなかにくりこまれた人々は、受験豆戦士、企業戦士へと変貌していく。だが他方で、それに反発する大きなうねりは、自主と自立を求め、システムにとりこまれない下からの共同作業の様々な形態を生み出していく。

それは、ある前提のもとにある個人ではなく、プロセスの結果として生まれた新しい個人である。大衆化のなかから生まれた新しいタイプの人間、システムに同調しつつそれを乗り越えていく人間像。そこでの合い言葉は、啓蒙と当為ではなく、提案と試行であろう。

偉大なる生産

だからこそブレヒトは、亡命後半に社会主義を「偉大な秩序」と規定することをやめ、「それよりも偉大な生産と規定するほうがずっと実践的だ」と考えるようになったのだろう。そこでは啓蒙や当為よりも、大いなる学びと提案と試行が決定的な意味をもつ。リアリズム論争においてブレヒトが言いたかったのもこのことだったろう。

「生産はもちろん、最も広義の意味において捉えられなければならないし、闘いは全人類の生産性をすべての鎖から解き放つことなのだ。生産物はパンやランプ、帽子や楽曲、チェスの駒やダム、人の顔色や性格、娯楽、等々でもありうるわけだ」。

人が人を助け合う偉大な秩序としての社会主義は人類の夢であるにしても、今日では語りにくいし語っても意味は少ない。なぜなら発展はかくあるべき理想から生まれるのではなく、日々営まれる多様な生産活動のなかに孕まれ進んでゆくからである。そして生産の人間的形態の追求は、生産の疎外的形態との闘争を必然とする。

利益中心主義からくる生産の奇形的発展が生産過剰や資源浪費を呼び起こし、人間の環境にも、地球の環境にも破壊的な力になりつつあることは、既に人々の共通の認識になっている。「搾取されつくされる生産性」から「活用されつくされる生産性」への転換——それは、すべての生産者と消費者の利害と関心に基づいた生産活動と消費活動の意識的・計画的コントロールを、われわれ市民大衆のなかからどのように自覚的に実現していくかにかかっていよう。

今日、物質的生産の必然の領域においても自由の領域においても、こうした生産の人間的形態の追求と自己実現を求めるさまざまな試みがうまれている。そこに生きる人々の合い言葉は、ブレヒトや古在と同じく、労働、生産、共同、友愛、笑い、等々であるだろう。これからの文学芸術は、これらの人々の顔をどのように描いていくのだろうか。

（『転形期の思想』所収、一九九一年）

〔引用・参考文献〕

古在由重著作集　全六巻、勁草書房、一九七五年
中村雄二郎「古在さんとの遠近」（『古在由重著作集』第二巻「月報」）勁草書房、一九六五年
『古在由重――人・行動・思想――』同時代社、一九九一年
古在由重・右遠俊郎『思いだすこと　忘れえぬひと』同時代社、一九八一年
『日本マルクス主義哲学の方法と課題Ｉ』新日本出版社、一九六七年
古在由重『戦時下の唯物論者たち』青木書店、一九八二年
ジェルジ・ルカーチ「リアリズムが問題だ」佐々木基一訳（『ルカーチ著作集』第八巻）白水社、一九六九年
アンナ・ゼーガース「ゼーガース＝ルカーチ往復書簡」佐々木基一／好村富士彦訳（『ルカーチ著作集』第八巻）白水社、一九六九年
『表現主義論争』池田浩士編訳、れんが書房新社、一九八八年
ベルトルト・ブレヒト「表現主義論争への実践的提言」池田浩士訳（『ブレヒトの仕事』第二巻）河出書房新社、一九七二年
ベルトルト・ブレヒト「オペラ『マハゴニー』への注釈」野村修訳（『ブレヒトの仕事』第二巻）河出書房新社、一九七二年
ベルトルト・ブレヒト「コーカサスの白墨の輪」内垣啓一訳（『ブレヒト戯曲選集』全五巻）白水社、一九七二年

ベルトルト・ブレヒト「偉大な時代　オシャカの」「タイヤ交換」野村修訳（『ブレヒトの仕事』第三巻）河出書房新社、一九七二年
ベルトルト・ブレヒト「個人と大衆（についてのノート）」五十嵐敏夫訳（『ブレヒトの仕事』第一巻）河出書房新社、一九七二年
ベルトルト・ブレヒト『作業日誌』秋葉裕一／岩淵達治／岡田恒雄／滝野修／谷川道子／丸本隆一訳、河出書房新社、一九七六年
ヴァルター・ベンヤミン「ブレヒトとの対話」石黒英男訳（『ベンヤミン著作集』第九巻）晶文社、一九七一年
アンナ・ゼーガース『トルストイとドストエフスキー』伊東勉訳、未來社、一九六八年
アンナ・ゼーガース『盗賊ヴォイノクのもっとも美しい伝説』長橋芙美子訳（『世界文学全集』第九四巻）講談社、一九七六年
臼井隆一郎「直接性・現実・意識化」（『ルーネン』六号）、一九七四年
高村宏『ドイツ反ファシズム小説研究』創樹社、一九八六年
Anna Seghers : Über Kunstwerk und Wirklichkeit. Akademie Verlag 1971.

第六章　ギュンター・グラスの物語る精神

ギュンター・グラス　Günter Grass　1927 年—

自由都市ダンツィヒ（現ポーランド、グダニスク）に生まれる。父はドイツ人、母は西スラブ系少数民族のカシューブ人。家は食料品店を営む。14 歳でヒトラー青少年団員、16 歳で国防軍に召集され、負傷し米軍の捕虜となって敗戦をむかえ、46 年に帰還。その後、西ドイツ各地で、農事手伝い、坑夫、石工などをしながら、美術学校で彫刻と絵画を学び、生活費を得るためにジャズバンドの団員もつとめる。この頃から、詩と戯曲を書きはじめ、58 年に赤貧のなかで文学集団〈47 年グループ〉に参加して才能を認められ、59 年、32 歳で、ダンツィヒを舞台とした長編処女作『ブリキの太鼓』を発表、一躍世界の注目を集める。同作品は映画されて、79 年カンヌ映画祭グランプリを受賞。また、40 年後の 99 年ノーベル文学賞受賞につながる。話題作を旺盛に発表する一方で、60 年代から、ウィリー・ブラントを支えて社会民主党を積極的に応援。ドイツ再統一に対しては、反対の姿勢を貫いた。（写真左ギュンター・グラス、右クリスタ・ヴォルフ）

一　ノーベル文学賞受賞演説

一九九九年にノーベル文学賞を受賞したギュンター・グラスは、映画化もされたベストセラー長編小説『ブリキの太鼓』で、日本でも馴染みの深いドイツの作家であろう。

この作品は、三歳で成長をとめた主人公オスカルの眼を通して、第二次世界大戦前夜のポーランドの町ダンチッヒを舞台に、そこに生きる人々の姿、ポーランドとドイツの緊張関係、その後のナチス支配、そしてナチスが打倒された後、西ドイツに移ったオスカルの生活にまで及ぶ一大歴史ロマンである。

物語は、一九世紀末、一八九九年一〇月のある日の午後、オスカルの祖母アンナが、ポーランドの広大な大地、カシュバイ地方のじゃがいも畑で、警官に追われる放火犯コライチェクを四枚のスカートの下に匿い、そのうちに呻き声と共に母アグネスを妊む、という土俗的かつ年代記風の場面で始まっている。

放火犯であることを消すために他人になりすまして筏師になり、祖母アンナと暮らすが、結局は素性がばれて筏の河に消えた祖父コライチェク、ドイツのライン地方出身のマツェラートと結婚し、ダンチッヒで食料品店を営む母アグネス、大人の世界に入ることを拒否して九四センチで成長をとめ、白痴を装うオスカル、等々――卓抜な構想力と奇想天外な人物設定によって、ダンチッヒを舞台にした市民たちの日常生活とそこに忍びよるナチスの影を描きつつ、ポーランド郵便局をめぐるナチスとの攻防戦の高揚と壊滅をひとつの山場にして、二〇世紀前半のバルト海沿岸のこの地帯の叙事詩が語られる。

ギュンター・グラス自身は、今はグダニスクと名前を替えているポーランドのダンチッヒに、一九二七年に生まれた。家は食料品屋を営んでおり、一四歳でヒトラー青少年団員となり、一六歳のとき兵隊に取られる。そして一七歳でアメリカ軍の捕虜になっている。

「筋金入りの反ファシストでもなく、ナチスでもなく、それには半分早く生まれすぎ、半分は感染するには遅すぎた年代の偶然の産物」と自画像を語っているが、「戦争の正しさを疑ったことはない」少年だった。それだけに敗戦後の価値観の転換は、徹底した大人不信と懐疑精神を呼び起こす。「三八人の同級生の内一二人しか生き残れなかった」事実の重さと、自分だけ偶然に生き延びたという罪の意識は、彼らの「代理人として」あの時代と、そこに生きた人々の姿を語り尽くすことを、いわば天職・使命としてグラスに課すことになるのである。

こうして『ブリキの太鼓』が生まれた。一九五九年、グラス三二歳のときであった。シュレンドルフ監督による映画化は、その二〇年後の一九七九年である。

ノーベル賞受賞は、この『ブリキの太鼓』を主な対象とするものであった。出版されてから四〇年、カシュバイのじゃがいも畑でのあの事件から数えてちょうど一〇〇年目の受賞は、二〇世紀百年の歴史とも重なりあって、今世紀を描き続けたグラスには、時宜を得たものであったといえよう。同時にしかし、一九七二年のハインリッヒ・ベルのノーベル受賞以来、グラスはずっとノーベル賞の万年候補であり、社会民主党支持の政治活動や、ドイツ統一についての発言などでも耳目をひいたアンガージュの作家であっただけに、引き延ばされた末の受賞か、という憶測や感慨をも呼び起こす。

一九九九年一二月一〇日のストックホルムでの授賞式の講演は、『以下次号』というタイトルだった。そこでグラスは、「最初に物語があった。人類は、文字を持つずっと以前から、人は人に物語り、洪水や飢饉や戦争などの諸事件を、神話として、伝説として、英雄物語として語り伝えてきた」として、「物語る」ということが人類の根源的欲求であることを強調している。

少年時代にこうした物語に夢中になり、一二歳のときにカシュバイ地方の中世に材を取った『カシューブ人』を書いた思い出が、まず語られる。しかし丁度その頃、母の従兄がナチス自警団に襲われたポーランド郵便局の防衛戦に加わり、殺されるという事件が起こった。不可解なことに、この敬愛した伯父のことがその後一切話題にされなくなってしまう。この出来事がグラスに大きなわだかまりを残したという。

親しい人の不在という深い欠落感から、グラスの中にそれを再生させたいという疼きが生まれ、小説のなかで生き返らせたいという強い欲求が生まれた。物語りたい欲求の根底には、不満や怒りや抑圧された想いを解放したいという強い疼きが流れているのだ。

しかしグラスは、真実を物語ることで、問題ある作家という烙印を押されてしまう。「愛すればこそ自分の国に求めたものが、巣を汚すものとして読まれてしまった」というアイロニカルな状況に追い込まれるのである。こうした経験からグラスは、タブーや規制、検閲と闘うことこそが文学の役割であることを強調する。「敗者に言葉を与える者が勝利を疑うことができる。そうした敗者と交流して初めて、真実を直視する仲間になれるのだ」。だからこそ、ピカレスク・ロマン、悪漢小説は必要なのであり、自分はその系列の物語り手を自覚的に目指したのだという。

アドルノの「アウシュヴィッツ以後、詩を書くのは野蛮だ」という有名なテーゼに対して、グラスは批判的である。それは戦後の芸術家たちを呪縛する倫理規範となり、破天荒な芸術的試みに足枷をはめてしまった、とグラスは考える。この禁欲的なテーゼが、物語る欲求を阻害し、「以下次号」と胸をときめかす楽しみを萎えさせてしまったのだと。過去が我々のところにやってくる長編小説の面白さに、モラルと倫理規範を持ち込むのは筋違いなのだ。

起こったことは、たちまち過去のものとなる。だから「絶えず過去になっていく現在こそが、作家を揺り動かし、聞き取りに向かわせるのだ」という。とりわけ権力は、過去を暴くことを嫌い、過去を過去として忘却させせしめようとする。物語ることは過去を現在に奪還することであり、過去を過去として葬ることへの抵抗、闘いなのである。このように物語ることの意義を強調したノーベル賞受賞講演には、二〇世紀の歴史の全体的な姿を現前化せしめようとする長編小説作家としてのグラスの大いなる意地と自負を読みとることができよう。

以下、グラスの作品の特徴を、故郷ダンチッヒを描いた初期の作品群、後の西ドイツをあつかった作品群、そして最近の民族の和解やドイツ再統一を考えた作品群の三つのグループに分けて、それぞれ考察してみよう。

二 「ダンチッヒ三部作」とナチスに浸透される小市民的世界

グラスの故郷ダンチッヒを舞台にした『ブリキの太鼓』(一九五九年)、『猫と鼠』(一九六一年)、『犬の年』(一九六三年)は、「ダンチッヒ三部作」とよばれている。

第一次世界大戦後の講和条約で、ヴァイクセル河の河口一帯は、ドイツから離れて自治領とされ、ポーランドはダンチッヒ市域に自由港と鉄道、郵便局をもつことになった。ドイツ人、ポーランド人、ユダヤ人、カシュバイ人が混住し、国際的であると同時に土俗的で民話的な雰囲気も残すダンチッヒという町は、国家や民族といった枠を超えた広い視界と気風、そして太古に至るまで過去を深く見つめる眼差しをグラスに与えたことは疑いない。

そのラングフルール地区の雑踏をグラス少年は、活発に歩き回り、友だちと連れだって河口で沈みゆく夕度から描き上げられたのがこの「ダンチッヒ三部作」である。
日をながめた。そういう思い出や、そこに生きる人々の記憶を余すことなく拾い上げて、それぞれに違う角

『ブリキの太鼓』と小市民たち

『ブリキの太鼓』は、グラスの名前を一躍世界的に有名にした、いわゆる出世作であるが、冒頭で述べたように、主人公オスカルは、三歳の誕生日にわざと階段から落ちて成長を止め、白痴を装った太鼓叩きとして、大人社会の規範からは自由な存在となる。グラスの生年と同じ一九二七年のことである。つまり、グラス自身が生きた時間と空間を、「人よりも三倍賢い」オスカルが、アウトサイダーとして、赤裸々に見つめるという設定である。しかも、ナチスが勢力を伸ばして第二次世界大戦が始まる時期のダンチッヒの町の人々の姿、そしてその後の運命を、戦後に東方難民として西ドイツに引き揚げ、三〇歳になってデュッセルドルフの病院に入院したオスカル自身が、ベッドの上で想起しながら、この物語を語る、というのが全体の構造になっている。

三部構成になっていて、「第一部」が一八九九年から一九三八年まで、「第二部」が一九三九年から一九四五年まで、そして「第三部」は戦後を描いている。

祖母のスカートの中で妊まれた「ぼく」オスカルの母のアグネスは、ドイツのライン地方からやって来たマツェラートと結婚するのだが、以前から従兄で郵便局員のヤン・ブロンスキーと親密な関係にあり、マツェラートと結婚第一日目に交わりを持ってしまうほどの仲で、オスカルの本当の父親は、実際は二人のどちらなのか分からない。

この三人は仲良くトランプのスカート遊びをするのを常としたが、オスカルはテーブルの下にうずくまり、

机上の知的ゲームとは別に繰り広げられる、机下での痴的ゲームを眺めることになる。オスカルのこの下から眺める眼差しは、様々な局面で全編を貫いている。下半身の本能的活発さは至るところに描かれ、例えば、オスカルの四歳の誕生日祝いで、何組かの夫妻が集まって会話を楽しんでいるのだが、突然停電になって、しばらくして灯りがつくと、暗闇の間にあっという間に別の幾つものカップルが出来ている、という具合である。長じてオスカル自身も、八百屋の奥さんのベッドに潜り込むことになる。そんな猥雑な性の描写に、ギュンター・グラスならぬ「ポルノ・グラス」だなどと眉をひそめられることにもなるのだが、小市民の表面的な堅実さとは裏腹の性の世界が、これまた小市民的に描かれていて、違和感のないリアリティーを醸し出している。

オスカルが玩具屋のマルクスの所で太鼓を修理してもらい、パン屋のシェフラーのところで勉強を教えてもらうといった幼少年時代の平和な街のたたずまいも、一九三三年にヒトラーが政権に就いたのを境に、ポーランドの自由都市でありながら、ダンチッヒにも少しずつ変化が現れはじめる。

オスカルをサーカス団に誘うことになる小人の団長ベブラは、「われわれ小人は、舞台の上にいないといけない。舞台の上ならいいが、前に並んではいけない。観客になったらおしまいだ」と弱い者が生きにくくなっていく時代の危険な兆候をオスカルに語る。父マツェラートは「秩序の力を認めて」ナチス党に入る。ベートーベンの肖像の横にヒトラーの写真が並び、時代の空気は微妙に変化しはじめる。太鼓をたたいて鋭い声を挙げて、ガラスを割る能力のあるオスカルは、ナチへの反感から、集会の行進曲を太鼓のリズムで狂わせて演説会を台無しにしたり、示威行進の列を乱したりする。

微妙な変化、些細な兆候が、ある時、突然膨れ上り、ひとつの方向に時代を大きく変えていく。歴史の秘密とでもいえるそんな兆候をグラスは、ダンチッヒの町の人々の意識と行動のわずかな変化の中に読みとり、それが一九三八年のユダヤ教会の焼き討ちへ、オスカル行きつけの玩具屋のマルクスの店が破壊される「水晶の夜」事件へと連鎖していく様子をリアルに描き出していく。

こういったグラスの発想と語りは、ピカレスク・ロマン顔負けの多様さ、ユニークさである。放火犯の祖父コライチェクは、実はポーランド独立に向かって火を点けて回る男という隠喩ともとれるし、焼け落ちる建物に現われたという聖母の話は、歴史的にポーランドのカトリック教会が民衆の側に立っていたというこの人々の集合意識を象徴させているのかもしれない。放火犯で逃げたこの祖父が、アメリカで火災保険会社の社長になったという噂も、妙にリアリティーをもったブラック・ユーモアだろう。

ところどころに出てくる三という数字も象徴的である。一が絶対性、二が対立性、三が安定性を示すと考えれば、アグネスとマツェラートとヤンの三角関係が、ダンチッヒを軸にしたドイツ・ポーランド関係と平行関係にあるのではないか、という連想も誘う。三人の相対的安定がドイツ・ダンチッヒ・ポーランド関係の安定と重なり、アグネスが魚の過食で死んでしまうとこの安定が崩れ、やがてポーランド郵便局に勤めるヤンに対してマツェラートがナチ党に入ると、二人は対立的な運命をたどることになるからだ。

ヒトラーのモスクワ攻撃を境にした戦争の泥沼化は、オスカルと八百屋のグレフ夫人との性交渉と平行して描かれる。そしてナチスの敗退と対比しつつグレフ夫人の練兵場がオスカルを一人前の男に仕上げていくというのも、比喩と茶化しの巧みな描写といえよう。

やがて、オスカルのこの街における「まったくかび臭い小市民的環境」での修業時代が終わる。小人ベブラの「前線慰問劇団」にオスカルは参加することになり、これまでの生活と異なったより広い世界へと出立することになる。

ナチスの時代

個体保存のための食への欲求、種族保存のための性への欲求、人間を類的存在たらしめた知への欲求は、人間の三つの根源的な欲求といえるが、性と食において貪欲な人々の姿はさまざまに描かれるものの、知恵と洞察力に満ちた人々の姿は乏しい。

「前線慰問劇団」に加わってドイツ占領地帯を一年間巡業して、ダンチッヒに戻ったオスカルを待っていたのは、「施設行き」の通知であった。ユダヤ人のみならず、身体障害者も抹殺しようとするナチス政府の意向に対して、父マツェラートは何度も抵抗する。しかし後妻に入ったマリアは、オスカルを愛してはいるのだが「わたしは決して平気じゃない。でも、今のお時勢ではみんなそうするんだといわれれば、私だってどちらがいいのかわからなくなる」といった態度である。状況に流され、状況に追従していく怯懦で貧しい精神。精神において未熟であるが、本能においてきわめて意欲的な小市民たち。非政治的な彼らが過剰反応し、大勢に順応していったとき、どれほどの犯罪的な機能を果たしていくのか――小市民たちのそうした姿がリアルに描かれ、そこへと焦点化させていく、グラスの批判的な眼差しが浮かびあがる。

そうした描写の中での日常性と非日常性、持続性と破壊性の対照的な描写も、印象的である。例えば、一九三九年の初秋のダンチッヒ。同じ町の中に、一方においては人々の平穏な日常生活、他方においてナチの攻撃を受けて攻防戦ただ中のポーランド郵便局という非日常の世界が併存して描かれる。

郵便局内でも、戦闘の激化という非日常と、それをまぬがれた部屋でのヤンとオスカルたちが最後のトランプゲームをする日常の場面。そして一九四五年、ソ連軍の進攻を受けて三日で焼失するダンチッヒで、避難した地下室に侵入したソ連兵の前で、父がナチ党証を飲み込みそこねて暴れて射殺されるが、その傍らでオスカルはどこまでも続く蟻の行軍をじっと眺めている、等々。

極限的な破壊と暴力に併存して描かれるこうした日常性の描写は、ここにまで至らしめた選択と行動の意味や人間の所業の凄さを際立たせると同時に、人々の意識の底に強固に宿っている平穏な持続性への強い愛着をも示して興味深い。

オスカルのアイデンティティーであるブリキの太鼓は、赤と白の模様で、これはポーランドの国旗を暗示している。その太鼓の音は、『猫と鼠』にも、『犬の年』にも、遠くから聞こえ、ポーランドのかすかな自己主張のように響いてくる。それゆえ、ポーランド郵便局の攻防戦の最中に、オスカルがブリキの太鼓を必死で探すのは、故なきことではない。しかし負傷者の血で太鼓が汚されてしまったとオスカルが考えた時点で、太鼓とポーランドの同一性は消えていく。

オスカルの自己表現であると同時に芸術表現の象徴でもあるこの太鼓は、ポーランドとは運命を共にしないのである。それは、個別規定性を抜け出て、常に普遍をめざす芸術の本性を示しているようにも見え、同時にまた、その芸術を武器にしてオポチュニスト的に生を全うしていこうとする芸術家の欺瞞的側面を暗示しているようにも見える。オスカルも決して純粋な観察者ではないのだ。

母、二人の父、彼の小人の愛人ロスヴィータたちの死にも、微妙にオスカルは関与していて、時代の共犯者の側面が常につきまとう。ナチスのあの時代に生きた人間が、生き抜くために否応なく直面させられた打算、過酷な決断、意図とは異なる思いがけない結末、等々が随所に描きだされている。

ソ連軍が進攻して父マッツェラートが死ぬと、それを契機にオスカルはブリキの太鼓を捨てるのだが、大戦終結の後は、継母マリアの姉をたよってドイツのデュッセルドルフに向かい、そこでモデルをやったり、ジャズバンドを作ったりして、再びブリキの太鼓を手にすることになる。そこでオスカルはブリキの太鼓のソリストとなって成功し、戦後の西ドイツを生き抜いていく。

黒い料理女

それにしても、物語の中で時々影のようにコメントされる「黒い料理女」とは、一体何者であろうか。塔が多く並び、鐘が鳴り響き、中世の息吹を伝えている町のなかに連綿として残っている何物か。魔女狩りの時の集団ヒステリーの心性。高慢な確信が中世的心情の偏狭さに結合したとき生まれる悪魔的なもの。ヒトラーはさしずめその体現者といえるかもしれないのだが、そうした未熟で歪んだ精神の象徴として、市民たちの心の奥深くに巣くっている邪悪な何物かを暗示しているのだろうか。

オスカルは常に黒い料理女の存在を意識し続ける。「黒い料理女はいつだって僕の後にいた。今も彼女は僕に向かってやってくる、黒々と。黒い言葉でマントを翻し、黒々と」。

それはナチスに傾きがちな小市民性の象徴なのだろうか。ドイツに向かう列車の中で見かける「黒い料理女」でもって、グラスは戦前と戦後の変わらないドイツの連関性を暗示しようとしているのだろうか。様々な手法を駆使して語られる『ブリキの太鼓』の中で、実はグラスは、この「黒い料理女」の正体を摑む作業をこそ目指していたのかもしれない。

オスカルを不安と恐怖に落としこむ「黒い料理女」の対局にあるのが、「祖母の四枚のスカート」だろう。彼はよくその中に潜り込んで安らぎを覚え、三〇歳になったデュッセルドルフにおいても、そのスカートに深い憧憬を抱く。それはオスカルにとって存在の拠り所である。しかし戦後世界を生きるオスカルにとって、祖母が住んでいる地は、もはや「鉄のカーテン」の向こう側になってしまっていた。

『猫と鼠』と「うごめくアダムのりんご」

圧倒的なベストセラーとなった『ブリキの太鼓』に続いて、グラスは『犬の年』を書き始める。その中の一章として入るはずであったのが、「ロマーン（長編小説）を破壊するノヴェレ（短編小説）の要素がある」とグラスが判断し、新たに構想して独立させた作品が『猫と鼠』である。

この作品はダンチッヒの港や海辺、海水浴場やギムナジウムを舞台にした少年たちの物語、とりわけ潜水の名人である少年マールケの物語である。「戦争が始まって間もなく、ヨアヒム・マールケは一四歳になった」とあるから、一九三九年から五年間ほどが語られる。

マールケは一人っ子で、機関車の罐焚きだった父を事故で失い、母と伯母の三人で暮らしている。オスカルのように、大人社会に胡散臭さを感じて成長を止め、そこに入ることを拒否する少年とは逆に、自分の精神的かつ肉体的弱さを強く自覚して、それを克服し、迷いに打ち勝ちながら大人の世界に入っていこうとする、向上心と感受性の強い少年である。当時の模範的なコースであるヒトラー青年団に入り、ついには海兵隊に志願して、戦場での軍功によって、騎士十字勲章を与えられるまでになる。しかし最後は、かつての遊び場であったダンチッヒ港口近くに座礁している掃海艇の中に消えて、おそらくは自殺してしまうのだ。少年の憧憬や向上心は、未来への大いなる可能性を開く決定的契機であるが、それがナチス的にしか形成され得なかった時代のひとつの証言になっている。

冒頭、運動場に寝転がっているマールケに、黒い猫が彼の喉仏を鼠と間違えて、飛び掛かるシーンがある。マールケは勉強はよくできたが、しかし体育も水泳も免除してもらった病弱な少年だった。男性のシンボルである喉仏がないのを気にしていた彼は、体を徹底的に訓練し、翌年の夏には誰よりも速く泳ぎ、潜水ができるようになる。しかし今度は、異常な発達をしだした喉仏にマールケは悩むようになる。彼はそれをシャツの襟巻きや房飾りで隠すのに腐心する。そのマールケの動く喉仏を黒い猫が狙うのである。

「喉仏」は、別名が「アダムのりんご」であり、成熟した男性の象徴であると同時に、アダムの喉に引っ掛かった禁断の木の実であり、原罪をも象徴している。それゆえこの『猫と鼠』は、猫が鼠と間違えた「アダムのりんご」を軸にして、マールケ自身の罪とそして彼の魂と体を狙って食らいついたものの罪を、二つながら描き出そうとした小説といえようか。

白い雲、そよ風、水を切る快速艇、かもめの群れ、海のにおい……沈没した船に潜って少年たちは、船の部品、銘の刻まれた札、ブロンズや銀のメダルなどを次々に探していく。他の少年が船の前部だけしか潜らないのに、マールケは、魚も通らない隔壁を通って機関室や狭い船室へ潜る勇気をもっていた。そして蓄音機までも引っぱり上げてきて、自分のお宝にしていた。

その頃の少年たちはみんな、イギリス、フランス、ポーランドの新型艦に精通していた。戦前の日本の小国民たちが「大和」や「武蔵」などの戦艦に強い関心を持っていたのと同じように。「マールケはこの点でも抜きんでていて、日本の駆逐艦の名前を、三八年完成の『霞』クラスから、古い二三年型の『朝風』クラスまで、すらすらと淀みなくいってのけたのである。すなわち〝文月、五月、夕月、帆風、灘風、追風〟」といった具合に。日本の戦艦情報がダンチッヒの少年にまで届いているのは驚きだが、熱中した少年は、どんな大人もかなわないほどの豆博士になってしまう姿が浮かんで、ほほえましい。戦争の最中にも、きらめく少年時代は存在しているのだ。

マールケが喉仏を隠すために考案した房飾りがファッションとして流行し始める。彼は独創性に富んだ少年でもあった。ヒトラー青年団や教会へも通うが、学校を出たら「サーカスの道化師になって皆を笑わせたい」とも語る。時代がひとつの流れをつくりつつあるなかで、何物かにならんとする若い魂が激しく揺れ動く。道化師になりたいという言い方のなかには、真の自己実現へのかすかな諦めと、仮面による自己防衛とがないまぜになった心が表現されてもいよう。

しかし、海軍大尉が学校に講演にやってきた時、「マールケの喉仏は狂ったようにおどる」。そして気持ちが昂じて大尉の騎士十字勲章に心を奪われ、それを盗んでしまうのだ。自首して転校を余儀なくされたマールケは、海兵隊に志願して戦場へ赴く。ロシアの戦車を多数撃破して軍功を立て、下士官に昇進。そして遂に騎士十字勲章を受けるに至る。

辛苦の末の栄光を背にマールケは母校の全生徒の前で講演をして、名誉回復を望む。しかし学校の名誉を傷つけた人間として、校長に拒否されてしまう。傷心のマールケは、休暇期間が過ぎても帰隊する気持ちが起こらず、友人のピレンツに地下室を隠れ家として貸してくれと頼む。しかし断られ、すべてに絶望した彼は、最後に少年時代の思い出がいっぱいに詰まっている掃海艇「ラビトヴァ」に向かって泳いでいったまま、姿を消してしまうのである。

この物語は、地下室の提供を拒否したピレンツが、消えてしまったマールケに責任を感じて綴った思い出の記という形をとっている。戦車兵の服を着てピレンツと並んで立ち、首に勲章を垂らしたマールケの姿を思い浮かべ、「それは、否定しがたい信仰をもって猫と鼠に打ち勝ち、意気揚々と引き上げる生真面目な道化師の姿であった」と回想する。

自分の弱さに打ち勝つこと、その辛苦が大人の世界をも凌駕していくと信じて刻苦精励したマールケ。しかし大人の世界からも拒絶され、人生の道化師の宿命をたどるのである。それは虚弱体質ゆえに剣道とボディービルに熱中した三島由紀夫の姿にも重なり、社会的承認を失った時に死を選ぶ姿においても、似た構造を指摘できようか。少年の魂に食らい付き、翻弄し、破滅の淵に追いやり、マールケを人生の道化師にさせたもの、鼠と猫の関係が社会的視野の中にあぶり出される。こうした社会的諸力の葛藤を描きつつ、しかしそこには、しなやかで初々しい少年たちの感性が浮かび上がり、あの時代の典型的な少年たちの物語となっている。

『犬の年』とグラスの物語ワールド

その二年後に発表されたのが第三作目の『犬の年』である。「犬の歳月」と訳しうるタイトルは「惨めな歳月」という意味をも含み持ち、ヒトラーに支配されたひどい歳月という意味にも取れるが、文字通り一匹の犬をめぐる物語でもある。

指物工場主リーベナウ一家の愛犬ハラスが産んだ子犬が、プリンツと名付けられて、ヒトラーの四六回目の誕生日を祝って、ヒトラーに護衛犬として贈られることになる。ヒトラーからサイン入りのお礼の写真が返ってきて、一家は一躍名士になり、親戚や隣人たちがナチスに次々に入党することになる。親犬のハラスは、ダンチッヒ郊外に自分の臭いをつけて回るが、その範囲の拡大と、市民たちが次第にナチスに心酔し、政治的になっていく様子とが重ね合わされて描かれていく。「歴史をつくる」犬のプリンツがヒトラーを護衛するように、普通の市民たちがナチスを支え賛美し、新しい歴史をつくっていくのである。

ダンチッヒ占領と共にやってきたヒトラーは、護衛犬プリンツの飼い主リーベナウと接見し、人々の感激と高揚は頂点に達する。しかし、数年後のナチスの敗退とベルリン陥落の後、護衛犬プリンツは、西へと逃亡するのである。

ユダヤ系の少年アムゼルと粉屋の息子マテルンの二人の少年の物語が、もうひとつの筋を構成していく。

「日没と血、粘土と灰、そして風」のヴァイクセル河口に繰り広げられる少年たちの物語が、まずは牧歌的に民話的に語られる。

犬をめぐる物語も、リトアニアかロシアかどちらかの狼を先祖とするシェパード犬の血をひいたマテルン家のセンタが六匹の子犬を生み、そのうちの一匹がリーベナウ一家に引き取られてハラスとなり、プリンツの母となるのだが、しかし、この犬をめぐる年代記風の物語の語り初めの頃は、犬と権力との結びつきはなく、センタは「弱々しくバルト海に向かって吠えている」だけで、人々の生活のなかに牧歌的に繰り込まれていた。

裕福な商家に生まれたアムゼル少年は、対象を生き生きと写し取る才能に恵まれ、幼い頃から「案山子作り」が得意だった。姿が似ているばかりか、その効果も抜群で、「目的もなくただそれ自体のために作られた彼の作品」は、鳥たちを恐慌におとしいれるほどだった。やがてヴァイニンガーの『性と性格』など、出自を問うイデオロギーが流行り始めると、アムゼルは、おのれのユダヤ性を克服するために、聖歌隊で歌い、体育協会に入る。

アムゼルとマテルンは、八歳のときに義兄弟の契りを結ぶ。ただアムゼルは、創造力と芸術的感性でマテルンより常に一歩先にいたから、「従者の流儀に従って、粉屋の息子は、常に新しい案山子の製作者の半歩後」をいくという風だった。主と従、ユダヤとドイツ、芸術家と行動家と対照的な二人だったが、マテルンはアムゼルをよく援護した。やがて悠々と流れるヴァイクセル河そのもののような前史は終りをつげ、ナチスの時代がやってくる。

『犬の年』は三部構成になっている。第一部の「一番方」は、アムゼルの眼を通して、二人の生まれた一九一七年から一〇年間の牧歌的少年時代が語られる。

第二部の「愛の手紙」は、指物工場主リーベナウの息子ハリーの眼を通して、海辺の掲揚マストがバルト都市国家旗からナチスのハーケンクロイツの旗にかわっていく時代の市民的日常生活に起こった事件や、犬の物語を軸に、一九二七年から一九四五年までの物語が、展開する。

そして第三部の「マテルニアーデ」は、一九四六年から五七年までの戦後ドイツが、マテルンの眼を通して、自分をナチスへ追いやった者への断罪の行脚を通じて語られる。

「昔むかし一人の子供がいて……」「昔むかし市電があって……」といった民話調の語り口で、物語は始まる。前二作の登場人物たちも、遠景に姿を見せる。ブリキの太鼓も聞こえてくる。「食料品屋の息子だろう、頭がふつうじゃないんだ」とオスカルも登場して、グラスの物語ワールドが繰り広げられる。犬のハラス、水の精のツラ、捨て子イェニー、そして出征することになるハリー、等々の多彩な物語が展開する中で、戦中の人々のナチスへの変容が浮かび上がる。人々の変容と犬たちの変容が重なり、まさに「犬の歳月」が始まるのだ。

その時代、アムゼルは、アトリエでナチス突撃隊員の機械仕掛け人形の制作に勤しんでいた。すると突然、覆面の男たちが襲いかかり、アムゼルの歯は全部折られてしまう。アムゼルの創作態度を不純とみたマテルンの仕業だった。直後、アムゼルはベルリンに赴いて折れた歯を全部金歯にし、ハーゼルオフと名を変え、ユダヤ系でありながら完全に変身をとげ、意識的に時代の追従者となって、芸能界に入って生き抜いてゆく。そして戦後は経済的な成功者となる。

他方、純粋で真面目なナチス突撃隊員マテルンは、その純粋さと屈折した罪の意識から次第に生活が荒れはじめる。そして、突撃隊から追放されてしまう。

戦後、マテルンは、自分もそこに追いやられたナチス的なものへの断罪の行脚を始め、八〇人を越えるかつてナチスに関わった人たちを尋ねては詰問し糾弾する。しかし効果的な追及はできず、「命中させたと思ったのに、ブーメランのように彼自身に戻って命中してしまう」という具合だった。自分自身の不確かさに動揺し、過去が温存されている西ドイツにも絶望して、「建設の意欲に燃え、平和を愛する、ほとんど階級のない、健康的な、エルべ河東岸のドイツ民主共和国」に行くことを考えるが、これも中途半端に終わる。ベルリンでブラウクセルと名を変えたアムゼルとマテルンは再会する。少年時代の屈折した思い出に、ドイツ・ユダヤ問題が依然として根深いことが暗示される。

筋が破天荒にうねり、イメージが多彩に突出して、整然とした筋の運びとは程遠い、極めて難解な『犬の年』であるが、伝説風、年代記風の語りは、グラス独特の物語ワールドを形成し、膨大な歴史と民族と人々の姿をちりばめたバルト海沿岸地方の叙事詩となっており、以後のグラスの人物像の源泉にもなっている。

ダンチッヒ三部作

グラスは『ブリキの太鼓』『猫と鼠』『犬の年』の「ダンチッヒ三部作」が合わせて読まれることを強く望んでいて、その共通点を四つ挙げている。（一）語り手は罪の意識から書いていること。（二）場所と時代が同じであること。（三）実際のことに虚構が加わることで現実世界の理解が更に拡大していること。（四）政治的・歴史的理由から失われた故郷を最終的に記録しようとしたのが、ダンチッヒ・ラングフールで起こったことはブレスラウ、ケーニヒスベルク、シュテティンといった他の町でも、容易に起こりえたことであること、である。

つまり「ダンチッヒ三部作」は、これらの共通点のもとに、それぞれの角度から、ナチスの時代を形象化しつつ、起こった事柄の因果関係を検証しようとする作品群になっている。既に失われてしまった故郷をめぐる三つの物語は、単に年代記でもなく、懐かしい回想記でもなく、例えば『ブリキの太鼓』の黒い料理女、『猫と鼠』のマールケの喉仏に飛び掛かる黒猫、『犬の年』のヒトラーの黒い護衛犬のプリンツといったような、ユニークな符丁でもって社会の問題を象徴させながら、あの時代の狂気を支えていたものが何であるのか、その裏の本質に迫ろうとしているのだ。語り手や登場人物の罪と罰という主体的契機を織り込みつつ、奈落に向かう歴史のさまざまなベクトルをグラスは、庶民の生活感覚の次元から見据え、二〇世紀の新しい物語を織り上げたのである。

「話の糸を切るなよ！　なぜって僕たちが話を語っている限り、僕たちは生きているからだ。話が僕たちの頭に浮かぶ限り、巧くても拙くてもいい、犬物語、うなぎ物語、案山子物語、ねずみ物語、洪水物語……何でも結構。話が僕たちを楽しませてくれるかぎり、どんな地獄も僕たちのお相手をすることはないんだから」。

『犬の年』の中にある台詞である。アムゼルの案山子が意図も目的もなく作られながら、鳥たちを追い払ったように、物語ること、過去を現前化させることそれ自体が、迂回路のように見えながら、深部から確実に現実に働きかけて何かを動かしていくのだ——物語ることにすべてを賭けようと決意した若きグラスの確信が、ここに生き生きと宣言されていよう。

三　「精神なき繁栄」の中の啓蒙主義的理性

『ブリキの太鼓』『猫と鼠』『犬の年』の「ダンチッヒ三部作」は、ナチス時代を中心にしたギュンター・グラスの故郷の町ポーランドのダンチッヒの物語であったが、東西ドイツという分裂国家の成立と経済発展の戦後ドイツも、部分的には舞台になっていた。特に『ブリキの太鼓』でグラスは、オスカルの「成長」に象徴的意味をこめた。ソ連軍のダンチッヒ占領下で「小ナチ」だった父が死んだとき、オスカルはブリキの太鼓を父の墓に放り込む。それと同時に、三歳の時に大人の世界の虚偽に抗議して九六センチで成長を止めたオスカルは、発熱を伴いながら成長を始める。ナチス的世界が崩壊したことに呼応しているのだが、しかし一二一センチ以上は成長せず、その背丈でオスカルは戦後ドイツを生きていくこととなる。かつて日本占領の連合軍総司令官マッカーサーは「日本人は一二歳だ」といったが、それと同じような、戦後ドイツに対するグラスの認識が、ここには示されていよう。外国人のコメントならまだしも、同国人のグラスによるこの断定は、ドイツ人にとってはまさに「巣を汚す」言動と映っただろう。

一九六三年、戦後の西ドイツをリードしたアデナウアーが退き、アデナウアーのもとで「奇跡の経済復興」を演出した蔵相エアハルトが首相になった。経済的繁栄と物質的安定のもとで西ドイツでは、思想し、文学する精神は衰退し、保守主義と権威主義が再び覆い始める。ナチズムの過去の検討と克服も、次第に等閑視されるようになっていく。現状に追従し、安住する小市民たちの奥に潜んでいる問題的な在り方は、何ら変革されてはいない。

かつてマルクスは、ドイツの小市民性について、それは「挫折した革命の所産」だと述べて、その特徴として「怯懦、偏狭、孤立無援、いっさいの創意性への無能力」という手厳しい評価を下したことがある。反封建を掲げたフランスなどのブルジョア市民たちの革命は、自由、平等、連帯という共和の思想を生み、国民的体験となって独立不羈の自立した市民を歴史に登場させた。この革命は、人間性の新しい変革を生み、来し方・行く末を歴史的な相の下に捉える見方を育み、その骨太な批判精神は、さらなる社会発展の推進力となった。しかし、ドイツにおける革命的経験の欠如は、人々を旧態依然の世界に閉じこめることになるのである。

近代以降、体制の追随者でしかありえなかった人々は、外面の虚勢と内心の卑屈、大勢追従と奴隷根性、軽信と救済願望といった、社会的視野の乏しい、狭隘で利己的なメンタリティーを形成することになるのである。

トーマス・マンは、「ドイツ的自由」を分析し、それは内部における自由が全くないだけに、外部に向けられると、自己膨張の主張にしかならず、露骨な加害者の役割しか果たさないことを指摘している。しかも自分が不利になるとそれは容易に被害者意識に屈折していく卑劣かつ戦闘的な奴隷根性である、とまで言っている。グラスは「三部作」を通じてその本質を、黒い料理女、黒い猫、黒い護衛犬というように、黒で象徴させたのだった。

こうした母斑の克服と閉塞状況の打破を求めて、戦後のグラスは、積極的に実践的政治参加を開始する。一九六五年、公然とエアハルトの退陣を求め、以後、社会民主党を支持して活発な政治活動を続けることになる。九〇年代に入って、難民をめぐって亡命権の制限に傾いた社会民主党と距離をもつようになるまで、それは三〇年間にわたって続いた。

グラスにとって政治活動とは、「個人個人の理性に働きかける行為」である。カントは『啓蒙とは何か』において「啓蒙とは、人間が未成年状態から抜け出ること」であり、そのためには「他人の指導」が大切だと述べている。一二一センチの未成年状態から成長しないオスカルに象徴させた戦後ドイツに対して、グラスは啓蒙主義的理性を対置しようとしたのである。

ではなぜ社会民主党なのか。敗戦直後、グラスはある鉱山で働いた。悪意のないナチ信奉者、社会民主主義者、共産主義者たちがいたが、彼らとの議論から多くのことを学ぶ。ヒトラー青年団の「旗」と「血と土」に対する誓いに「やけどを負った子供である私」は、共産主義者の言動のなかにも、似たような道具立てを感じたという。グラスはむしろ「言葉少なの社会民主主義者を頼りにした」。「彼らは千年王国についても、世界革命についても、景気のよい言葉を吐かなかった」。「彼らは私に、雲の中の目標なしに、象徴と軍旗なしに、英雄的な典型の射的人形なしに、生きることを教えてくれた」と。

「改良主義の伝統を持った社会民主党は、理性と啓蒙主義に基礎をおいている」というのがグラスの政治的確信である。それは反ナチ抵抗運動を行なったヴィリー・ブラントへの敬意によって更に強められた。グラスの活動は、一九六六年の大連立による社会民主党の政権参加、そして遂に一九六九年のブラント政権成立へと結実していく。作家は高踏的に社会の上にある存在ではいけない、社会の中にあって積極的に発言し、偏見とタブーを打破していかなければならない、というのがグラスの一貫した姿勢である。

以上のことを踏まえつつ、以下、六〇年代後半から九〇年代にわたるグラスの文学的営為を概観してみよう。

四　『局部麻酔をかけられて』と介入する思考

一九六九年に発表されたこの小説の舞台は、六七年の初頭のベルリンである。当時、アメリカのベトナム侵略戦争は激烈を極め、ナパーム弾による焼き尽くし、殺し尽す作戦が、ベトナムの人々の上に展開されていた。

高校教師シュタールッシュの生徒であるシュールバウムは、ナパーム弾使用に抗議して、無関心を決め込んでいるベルリン市民を目覚めさせるために、愛犬を市の中心部クーダムの高級ホテル・ケンピンスキーの前で、通行人の多い午後にガソリンをかけて焼き殺す計画を考える。「犬の損害の統計のほうが、人的資源の損失よりベルリン市民を震撼させる」ほどに犬好きのベルリン市民の意識を逆手にとってのアピール行為である。

教師の方は、この計画は無意味と反対し、中止させようとする。この問題をめぐる対応がこの小説の筋を構成している。『局部麻酔をかけられて』という題名から伺えるように、一つは、現代社会のなかで人々の痛点の在り方が問われ、いま一つは、教師シュールバウムの説得を通じて、啓蒙の可能性が問われている。

ベトナムのメコン・デルタの惨劇を見てシュールバウムは、「先生は怒ったり、悲しんだりしないのか」と詰問する。「悲しくなろうとする。努力して腹を立ててみる」と答えるシュタールッシュ。痛みを感ずる能力の鈍磨が指摘され、想像することでその痛点を取り戻そうとする可能性が暗示される。情報化社会と大量消費社会のなかで、人間の感性が摩滅し、あるいは麻酔にかけられている問題がここでは問われている。

教え子の問題提起に、シュタールッシュも、女教師ザイフェルトも、それぞれの自分の過去を呼び覚まされる。シュタールッシュは、シュールバウムと同じ一七歳のとき、ヒトラー体制に反逆した少年ギャング団「塵払い団」に属して逮捕された経験をもっている。罰として送られた前線は、援護射撃もないまま地雷撤去作業に従事させられた。戦後、セメント工学の研究で業績を挙げ、社長令嬢と婚約したが、向こうの意向で破棄され、転職して、現在、ギムナジウムで国語と歴史を教えている。今日の過剰消費社会への憤怒をもち、生徒の計画に共感を持ってはいる。ザイフェルトの方は、シュタールッシュとは正反対に、一七歳の時には使命感に燃えたナチスの女子青年団の管区長で、罪のない農民を党本部に密告した苦い体験がある。戦後はその罪の意識にたびたび苛まれる。

小説の展開の中で、こうしたさまざまな痛みと思いの位相が明らかになる。生徒シュールバウムは、自分の意図が人それぞれの思惑よって曲解されていくことに苛立つ。同級生のガールフレンドのレーバントは、毛沢東語録を信奉する極左急進主義者で、シュールバウムの計画を格好の反資本主義プロパガンダと位置付け、毛沢東のいうように「断固として、犠牲を恐れず」早期に実行せよと迫る。女教師ザイフェルトは、「一七歳で犯罪的国家組織と一体になった烙印を押された私たちには、時代を引っ繰り返す力はなかった」という思い出が強いだけに、一七歳の若い生徒の行動に期待する。彼女の心底には、その行動が自分の「積年の悪夢に終止符を打つ」と考える自己救済の思いがある。

痛みと思いをそれぞれが自己本位に解釈していく中で、シュールバウムは次第にやる気をなくしてしまう。結局、生徒新聞の編集を引受けて、啓蒙的な記事を書くことで生徒の意識改革をはかることにし、それぞれが内心期待していた過激な行動は、しりすぼみになる。

この過程は、同時に、シュールバウムを説得しようという教師シュタールルッシュの啓蒙の過程でもある。犬を焼殺すれば逆に殴り殺されるかもしれない、あるいは何かを待ち望んでいる人々の卑俗な好奇心を満たすだけ、と説得し、性急な決起とその結末をめぐる様々な歴史的事実を教え、「急進的な暴徒から穏健な高校教師」になった自分の体験を語る。シュールバウムは「先生の人生は終わっている」、「四〇歳になって一七歳の時の行為を吹聴するような真似はしたくない」と批判する。

啓蒙とは、対象に新しい観点を介入させることであり、その人に内在する観点以外の、外在的な観点を提示していく行為といえよう。それ故、外在的契機がどれだけ普遍妥当性を持つかが問題となる。しかしここでは、普遍妥当性の観点よりも、シュタールルッシュの個人的、世代的な体験が語られるだけである。しかも過去を手繰り寄せながら、現在にどうそれを介入させていくかの十分な媒介項を欠いている。結末を見るかぎり啓蒙は成功しているとはいえない。

この小説は痛みを主題にしている。痛みの除去という歯医者の自然科学的方法が語られ、歯の局部麻酔の間に、備え付けテレビに心理的トラウマを投影させてトラウマ除去のカタルシス療法が探られる。痛点の自覚と癒しの関係など、様々な考察がモンタージュとコラージュの手法で描かれる。

小説の最後は、「なにごとも長くは続かない。いつも新しい痛みがある」としめくくられる。それは啓蒙の挫折の痛みであるが、逆説的に言えば、痛みの自覚は感性の回復であり、問題の在りかを示し、問題解決の希望へとつらなるものでもある。問題を日常性の中に探っていこうとする試みは、小説を読みにくいものにしているが、それは、現在の同時進行の事態に介入し、それを内部から語ろうとすることの難しさを示しているのではなかろうか。

五　歴史の再解釈――『ひらめ』から『女ねずみ』へ

母権制・父権制・その転換

『ひらめ』（一九七七年）は、『グリム童話』の「漁夫とその妻」の話を素材にしている。漁夫の釣り針にかかったひらめは、逃がしてもらう代わりに漁夫の妻、強欲なイルゼビルの願いをかなえようと約束する。約束どおり豪華な家に住めるようになり、すべての願いが満たされた彼女がさらに「神のようになりたい」と願うと、元のあばら屋に戻ってしまうという話である。

現代のイルゼビルは語り手「私」の妻で、妊娠している。この夫婦は、物語の初めから終わりまで、つまり新石器時代から現代まで登場する。一方ひらめは、新石器時代にヴァイクセル河の河口で、「私」（＝当時の名はエーデク）に捕まるのだが、これまでの母権制に代わって父権制を確立させることを約束して、海に返される。イルゼビル（当時の名はアウア）は、天上の狼から火をくすねては料理に使うなど人類に貢献するのだが、男たちは、ひらめの示唆で、石から金属を溶解して武器をつくり始め、沼地から出て群れをなして部族をつくり、青銅器、鉄器時代を経る中で、母権制は覆り、父権制に変わっていく。

しかし、一九七〇年代に入って石油危機の頃から、ひらめは男性支配の終焉を悟る。リュベック湾で三人の女性解放運動家に捕まったひらめは、ベルリンに空輸される。そこでひらめは、「男性中心社会のイデオロギー的支柱になった」という罪状で裁判にかけられる。ここから物語が始まる。

「ひらめ裁判」は、イルゼビルの妊娠一ヵ月から九ヵ月まで続き、その罪状の証人として、古代から現代まで、食を通じて男性支配社会に貢献した女の料理人が一一人喚問される。それが皆カシュバイの女たちで、その証言を通じて、故郷の歴史、食の歴史、性の歴史が語られていく。一一人目にダニスクのレーニン造船所の食堂の賄い婦マリーが登場したりする。

裁判が終り、最後にひらめは、デンマークのメン島からバルト海に放たれる。イルゼビルには女の子が誕生する。語り手の「私」は、自分の発祥の地、すべてが始まったダンチッヒに飛ぶ。そして二人の関係が、これまでの愛の支配・被支配関係を超えた、まったく新しいものになっていくことが暗示されて、物語は終っている。

この作品に対しては、ひらめ裁判と父権制批判との内的連関が不十分だという指摘や、グラスの描く女性像は男性の眼からみた一方的なもので単純化された姿でしかない、等々の批判はあったが、しかし『ひらめ』は、人類の歴史をフェミニズムと食の歴史の観点から一挙に転換してみせた、破天荒な構想と語りに満ちている。

それは男女間の単なる権力交替ではなく、相互の在り方の質的な転換を求めている点でも、また食と栄養によって一切が支えられ、男たちの殺しあう武器よりも、飢えをしのぐジャガイモのスープのほうが人類の幸福にどれ程貢献しているかを史実に即して明らかにしている点でも、根源的かつ説得力豊かな発想転換の面白さに満ちている。その解体的眼差しは、新しい男と女の関係の在り方への問題提起のみならず、当時の米ソの軍拡競争、次第に明らかになりつつある南北問題への問題提起の書ともなっている。歴史解釈の卓抜さが堪能できる『ブリキの太鼓』以来の面白さを備えた小説である。

不安の欠如――未来からの警告

『ひらめ』から一〇年後、「相変わらず男たちが主導権をにぎっている」社会にあって、人類の破局をあつかった作品が『女ねずみ』である。東西冷戦が極みに達し「終末時計」三分前とまで言われた一九八六年に出版された。

一読しただけでは判りにくい構造になっているが、語り手の私がクリスマスプレゼントにもらったメスのねずみとの対話を軸に物語は展開する。このねずみは、人類の滅亡したポスト・ヒューマンの時代である未来のねずみ社会からのメッセージを語っていて、語り手の私の方は、人類が危機にあることは確かだが滅亡を免れる可能性はまだある、とする現在から反論している。

これまでもっぱら過去を呼び出してきたグラスは、「過去・現在・未来」という新しいカテゴリーを、この『女ねずみ』で登場させて、時空を超えて四つの物語を展開させる。

ひとつの物語は『グリム童話』からヘンゼルとグレーテルを登場させて、森林枯死の問題をテーマとしている。森がなくなれば、七人の小人もいばら姫も赤頭巾も狼も存在できない。グリム兄弟を環境大臣と次官として登場させ、見識ある施策への期待が表明される。

二つ目は、バルト海の汚染と異常発生のクラゲの調査、そしてポンメルン湾の水没都市ヴィネータの探索の話である。女性たちの安息の地としてのヴィネータは既にねずみに支配されているが、女性の復権という『ひらめ』のモチーフは依然として追求される。

三つ目がリュベックの教会のフレスコ画の修復にからんだ贋作事件で、これに絡ませる形でアデナウアーの西ドイツとウルブリヒトの東ドイツを、共に贋作国家の象徴として撃とうとする。

四つ目の物語には、『ブリキの太鼓』の主人公のオスカルが再び登場する。六〇歳になったオスカルはビデオ制作会社の社長になっていて、前記の三つのテーマを映画にしようと考えている。そして祖母の一〇七歳の誕生日を祝うために、ダンチッヒに赴く。しかし世界中の原子爆弾や中性子爆弾が同時爆発して世界の終末が訪れる。

世界終末の後に残るのは、遺伝子操作でうまれたねずみの頭をもった「ねずみ人間ワトソンクリック」である。しかし、人間を欠いた世界では、ねずみは生きられない。爆発的繁殖による食料難から戦争になり、ねずみの歴史は人類の歴史と同じ運命をたどるのだ。

不思議なリアリティーを感じさせる荒唐無稽の物語なのだが、明らかにわれわれがそこに安住しがちな慣習的思考と感性への挑発が意図されている。女ねずみが再三再四語る「人類の不安の欠如」は示唆的である。「不安のないことが、人を盲目にし、愚かにする」。しかし不安はパニックへの引き金でもあり、両刃の剣である。これに対して「不安を信じ、不安を明らかにする」ことが危機的現実の認識の最も聡明な姿勢となろう。グラスはドイツの小市民たちの、危機を自覚せず、状況に流され追従するという在り方を、依然としてここでも問題にしているといえよう。

六　『鈴蛙の呼び声』から『果てしなき荒野』の見晴らす眼差しへ

ドイツ再統一後の国家意識と民族意識の高揚、外国人排斥といった騒然とした時代状況の中で生まれたのが『鈴蛙の呼び声』（一九九二年）である。

小説は「偶然が、妻をなくした男を夫をなくした女の横に立たせた」で始まる。リトアニア出身のポーランド人女性がダンチッヒでドイツ人男性と知り合う。彼はもともとダンチッヒの出身だった。かつてこの地にはたくさんのドイツ人が住んでいた。しかし今やドイツ人たちの墓は荒れるにまかされている。それを見て二人は、「ドイツ・ポーランド墓地協会」をつくる。ポーランド人の理解もえつつ、ダンチッヒを追われたドイツ人も、希望すればこの地に埋葬できるようにし、死後の宥和を意図したのである。

この活動は広く受け入れられる。しかし再統一のあおりで、協会は利潤追求の資本主義的企業に変貌してしまう。協会の活動から身をひき、再婚した二人は、平穏な生活をおくる。だが、旅行先のイタリアで思いがけず自動車事故で死んでしまうのだ。

国家と民族に対して故郷を対置し、それを今一度反転させて、偶然に客死したイタリアの地に葬られるという結末は衝撃的である。同時にしかし、偶然性を超えたある歴史哲学的な想念をも呼び起こす小説である。それはソ連やドイツといった国家の意思によって翻弄された人びとのなかに息づく人間としての想い、人類的な感情である。その想いを映して、過去と未来を新しくつなごうとする柔らかな思考のリアリズムが感得できる、興味深い作品になっている。

果てしなき荒野――こんがらがった問題

そしてグラスは、一九九五年、『果てしなき荒野』を上梓した。ベルリンを描かせたら屈指といわれた一九世紀の小説家フォンターネを軸にしたパロディー小説の形で、コールによるドイツ再統一と一二〇年前のビスマルクによるドイツ統一をとりあげ、二つながらに俎上に乗せたのである。

題名の「果てしなき荒野」は、フォンターネの小説『エフィー・ブリースト』の最後の台詞から取られ、「こんがらがった難しい問題」という意味をも合わせもつ。ベルリンの壁が崩壊した一九八九年から二年間ほどの物語である。

主人公のフォンティは、東ドイツの合同庁舎に務め、フォンターネ研究家でもある。気質、家族構成、友人関係も、新教徒ユグノーの末裔という点でも、フォンティはフォンターネをそのまま再現し、彼がフォンターネ作品の登場人物を臨場感豊かに語ることによって、「マルク・ブランデンブルクの貴族の偉大さと滅亡の歴史」と一九世紀のベルリンが甦り、それが二〇世紀ドイツに重ね合わされる。

フォンティに「つきまとう影の男」とよばれるホーフタラーは、東ドイツの秘密警察である。二人の関係は半世紀に及び、監視しているのか、世話をしているのか、判然としない関係にある。

この作品が発表された当時、ドイツ文芸批評界の大御所ラニッキーが「これを失敗作である」と断じて、本を引き裂くモンタージュ写真が代表的週刊誌『シュピーゲル』の表紙を飾り、一大センセーションとなった。登場人物の形象がなっていないし、歴史を歪曲しているという批判だった。「ドイツの統一ってのは、いつも強欲野郎と卑劣人間の統一でね。当時はまだ第四身分といって労働者階級があった。あの頃、彼らにはまだ希望があったよ」というようなフォンティの言辞がポンポン出てきて、統一ドイツに水をさすものだ、とラニツキーには気に入らなかったのだろう。

かつて東ドイツの青年組織「自由ドイツ青年同盟」の活動家であったフォンティの娘と東側で不動産ビジネスをやっている西側の資産家との結婚、ユダヤ人教授との交友と自殺、ホーフタラーによって明らかにされる戦争中のフォンティの恋と対独レジスタンスへの協力、そして孫娘の登場等々、それぞれの人生に時代と歴史が深く交錯し、その渦の中に生きる人々の機微が様々に映し出されていく。

グラスの場合はいつもそうだが、語りの複雑な構造にまず眼がいく。どのような語り始めにするか、グラスは悩んだというが、冒頭に置かれることになった「われわれ資料館の仲間は、彼のことをフォンティと呼んでいた」というフレーズを思いついて、一気に筆が進んだという。フォンティはホーフタラーに監視され、二人は「フォンターネ文書館のわれわれ」に監視されている。この見る―見られるの明確な構造は、グラスの客観性への欲求の強さが現われているように見える。物語でありながら、ドキュメント性も合わせ持った客観性への欲求。それが語り手を「フォンターネ文書館のわれわれ」とする設定になったのだろう。

ラニツキーは「フォンターネの引用と創作の境界がはっきりせず、思想的なものにまで昇華されていない」と評したが、情報と資料を軸にしたドキュメントと創作の関係は、まさしく現代の興味深い課題であろう。フォンティの講演会に、東ドイツに実在のハイナー・ミュラーやクリスタ・ヴォルフがやってくるなど、独特の臨場感が醸し出され、客観的な事実とフィクションの中の事実とのこうした融合によって、どれだけ歴史的真実に迫ることが可能かが試されている。

一九世紀の作家フォンターネは「晴れやかに超えていく」強さをもっている。対してフォンティは、そのようには出来ないという。苦悩が生を打ち砕こうとしても、「いつも確固たるものが現われて抵抗し、生活を貫く堅固な基本線は決してくずれない」と、パウル・ハイゼ、シュトルム、ケラーの一九世紀の市民作家たちについて、かつてルカーチは評したことがあったが、フォンターネも、その系列に属していよう。フォンターネとフォンティのこの一〇〇年の落差は大きい。

しかしフォンティも問題の多かった東ドイツを生き抜き、最後にかつての恋人と孫娘の故郷であるフランスのセヴェンヌ地方に落ち着くと、「フォンターネ文書館」に絵葉書をこう送るのだ。「お天気が安定していると、はるか遠方まで眺められますよ」。「荒野には終わりがあるってことが、この私には分かるんです」と。

フォンターネと重なるような、晴れやかな眼差し。かつて喧伝されたナチズムの晴れやかさでも、コミュニズムの晴れやかさでもない、それは、今に存在する矛盾を矛盾として見つめ続ける、しなやかな理性の眼差しとでもいいうるものであろうか。

（『民主文学』四一七号、四一八号、二〇〇〇年）

［翻訳］

ギュンター・グラス『ブリキの太鼓』高本研一訳、集英社、一九六七年
ギュンター・グラス『猫と鼠』高本研一訳、集英社、一九六八年
ギュンター・グラス『犬の年』中野孝次訳、集英社、一九六九年
ギュンター・グラス『局部麻酔をかけられて』高本研一訳、集英社、一九七二年
ギュンター・グラス『ひらめ』高本研一／宮原朗訳、集英社、一九八一年
ギュンター・グラス『鈴蛙の呼び声』高本研一／依岡隆児訳、国書刊行会、一九八四年
ギュンター・グラス『果てしなき荒野』林睦實／石井正人／市川明訳、大月書店、一九九九年

［参考文献］
船越克己「G・グラスの『犬の年』について――過去とその克服への原点」（『独仏文学』第一三号）一九七九年
大羽武「ギュンター・グラス『猫と鼠』――主人公ヨアヒム・マールケの生と死について――」（『かいろす』第一九号）一九八一年
恒川隆男「文学的想像力とデモクラシー」（『文化評論』第三二五号）新日本出版社、一九八七年
杵淵博樹「痛みと共感の人間性――『局部麻酔をかけられて』の一断面――」（『ヨーロッパ文学研究』三九号）一九九二年
石井正人「ギュンター・グラス『果てしなき荒野』における語り手」（『世界文学』八六号）一九九七年

第七章　核時代のユリシーズ

——クリスタ・ヴォルフの『故障事故』——

（1987年10月5日『故障事故』のサイン会）

クリスタ・ヴォルフ　Christa Wolf 1929年―2011年

戦前にランツベルク（戦後、ポーランド領）に生まれ、16歳で敗戦をむかえる。イェーナ大学、ライプツィッヒ大学でドイツ文学を学び、編集や批評の仕事から作家活動を開始する。ナチス崩壊から社会主義へ移行する時期に青春をおくり、東西ドイツ分裂という冷戦構造のなかで、苦難にみちた東ドイツ社会主義の道と歩みをともにする。63年、34歳のとき『引き裂かれた空』を発表し、壁建設前後を舞台に東西ドイツ分裂の悲劇をとりあげ、新旧の人間像の葛藤のなかから、一人の女性の社会主義への決断をえがいて、東ドイツ新文学の旗手として鮮烈なデビューをかざった。『クリスタ・Tの追想』（1968年）、『幼年期の構図』（1976年）などでは、自分自身になる道をファシズム時代の経験や現体制の問題との関係で問うている。76年ビーアマン追放への抗議活動を契機に、作家同盟の役員をおろされ、シュタージの監視下におかれるようになる。89年の社会主義刷新の運動にあっては、12名の作家・芸術家とともに「この国にとどまって、民主主義的な社会主義をつくろう」と呼びかけるが、実ることはなかった。『どこにもない場所』（1979年）、『カッサンドラ』（1983年）、『残るものは何か』（1990年）、『メデイア』（1996年）など。

はじめに

日本でもよく知られているアンナ・ゼーガース、ヨハネス・ベッヒャー、ベルトルト・ブレヒト、ボード・ウーゼ、アーノルド・ツヴァイクといった作家たちが、ナチスに追われた亡命生活の中で国際的な反ファシズム運動の一翼を担い、ナチスが打倒された後は、東ドイツを選び、五〇歳台の働き盛りを社会主義の建設に奮闘した東ドイツの第一世代であるのに対して、一九二九年生まれのクリスタ・ヴォルフは、敗戦の時に一六歳で、ナチス崩壊から社会主義へ移行する一大転換期を青春時代に体験し、東西対立とベルリンの壁構築という冷戦構造の中で困難の多い社会主義への道と歩みを共にした、東ドイツの第二世代に属する。新しい社会形成の途上に生ずる様々な問題を描いた彼女の作品は、『引き裂かれた空』『クリスタ・Tの追想』『現代版　牝猫の見解』『幼年期の構図』など既に幾つか邦訳されているが、その他にも『モスクワ物語』『どこにもない場所』などの小説、『作家の立場』という評論集もあり、とりわけ八〇年代に入り、戦争と平和をめぐる問題に鋭く切り込んだ『カッサンドラ』は大きな注目を浴びた。ここでは最新作『故障事故』を取り上げよう。

一　主婦の一日

一九八七年に刊行され、「ある一日の報告」という副題のついたクリスタ・ヴォルフの『故障事故』は、前年の一九八六年五月二六日のチェルノブイリ原発事故の数日後、事故が初めて東ドイツに伝えられた日の、メクレンブルク地方に住む一人の主婦の一日を描いた作品である。

「ある日、その日のことを現在形で書くことはできないのだが、桜の花は満開だったように思う。私は〝爆発したように咲いた〟と考えることを避けるようになっていたと思う。一年前なら、まったく無意識ではないにしろ、桜の花は爆発したように咲いたと考えることもできたし、口に出して言うこともできたろう。緑がいま爆発したように広がっている。いつまでも続くように見えた長い冬の後にこの春の暖かさに出会うと、今年ほどこの言葉が自然の移り行きを見事に表現している年はないと思う。咲いた花があの日に落ちて実となった果実を食べてはいけないという後から出された警告のことなど、いつもの朝と同じように播いたばかりの野菜畑に入ってきた隣家の鶏を腹を立てて追い払ったあの朝には、私は何も知らなかった」。

ドイツの春は一気に訪れる。「一夜明けたら一面の春」とグリム童話にあるように、花も緑も〝爆発したように咲き広がる〟、と好んで使われるこのいつもの表現も、しかし、事故の報の後は、不気味で無機的な言葉に変質する。自然の命の讃歌の表現が反対イメージに暗転する戦慄が、小説の冒頭にまず語られる。

それはまた、これまで自然・人間・社会を律してきた自明の基準がゆらぎ、「あの最終的判断の根拠」が、根底から考え直されなければならなくなった時代の到来をも意味する。「これまですべてのものがそれに向って動いていた、遥か未来のあの目標が、吹き飛ばされてしまったのだ。原子炉の核分裂物質と共に、あの目標は四散させられた。ありえないような事態――」。科学技術の発展が人類に幸福をもたらすという近代の自明の基準が揺らいだ瞬間である。

その予兆のなかで、主人公である「私」の一日が語り始められる。丁度その日は弟の脳の手術の日でもある。「七時だ。弟よ、あなたが今いる所では、すべてが時間通りに始まる。鎮静剤は三〇分前に注射されただろう。もう病室から手術室へ移送されたかもしれない。あなたのような病状の人は、その日の最初の手術だから。今あなたの剃られた頭に回転メスが入る。しかしそれほど不快とは感じないだろうと私は想像する」。「私」は「弟」に思いをはせながら、シャワーを浴び、朝食をとり、ニュースを聞き、郵便局へ行き、そこで引いたクジが当って幸先のいいのを喜ぶ。帰宅すると、五月の陽光のもと、警告を無視して畑仕事をする。ベルリンに住む娘に電話をすると、ベルリンでは野菜やミルクが自由に口にできない状態にあることを知る。その後、出会った隣人から戦争中の話を開く……。

「私」の一日を具体的にこのように描きながら、そこに、「私」の脳裏に浮かぶ様々な思念を、次々に折り込ませていく。「チャイナ・シンドローム」という用語は、幼い日、弟と一緒に庭に穴を掘り、手紙をつけた塩酸入りの瓶を埋めて地球の裏側の住人に届くよう念じ、返事を期待した思い出とも重なる。百分の一ミリの正確さで切除するコンピューターメスは、しかし、扱う外科医の経験と指先の感覚に依存しており、ごく僅かなミスも弟を廃人にしてしまうことを危惧する、等々、といった具合に。幼年時代の楽しい空想と核時代の恐怖、先端技術と人間の経験とのつながりなど、「私」の連想、思考が「弟」への語りかけの形で折り込まれ、一日の事態の進行と、それに触発された思考とが、重層的ドキュメンタリータッチで淡々と描かれていく。

手術中の弟への語りかけの形をとったのは、想念が切実感をもちつつ、自由に飛翔できること、脳手術と原発事故という最先端技術に関わる問題を重ねることで、知的営為のはらむ問題性を問いやすくしたこと、姉弟という共有された体験の期間の長い関係を設定することによって、事柄を構造的にだけでなく歴史的にも追求しやすくしたこと、等々といった作家的意図によるものだろう。

義妹から一時に手術成功の電話が入り、愁眉を開く。友人や娘たちにその報告をする。『スター・ウォーズの科学者たち』という雑誌論文を読んで、あれこれ考えているうちに夕方になり、夕陽を見たくなって自転車で丘に登ると、敗戦の年に娘をこの村で亡くした一家が、その葬られている場所を尋ねてやって来たのに出会う。日常性の中に潜む過去の重みが暗示される。帰宅してロンドンに亡命した友人のユダヤ人女性の手紙と小説を読む。もらったウナギが放射能に汚染されているかを気遣いつつ料理して夕食。テレビを見、弟の様子を電話で確かめ、就寝。夜中に自分の泣き声に驚いて眼を覚ます。

二　日常的思考のリアリズム

筋を追うことは、しかし、ほとんど意味をなさないといっていいだろう。物語小説を期待すると戸惑ってしまう。一日の「私」の行為を描きつつ、主題は「私」の思考内容にあるのだから。その意味で詩的言語というより、思考言語の勝った小説といえる。「弟」との対話といっても、実際に言葉を交すのでない以上、それは「私」の一方的モノローグとなり、おのれの思考の提示となる。

アンナ・ゼーガースはかつて「物語られうるようになったものは、既に克服されたものである」と述べた。物語作家の本質は、既に起ってしまった事柄、結着ずみの事件を三人称で書くところにある。これに対してクリスタ・ヴォルフは「人間をいま不安にさせ、動揺させている事柄に関心が向き、それを克服するために書くのだ」という。

心が吸いよせられる現在進行形の事態、それに主体的に関わろうとすれば、当然そこには「私」が大きく介入せざるをえない。この一人称小説の形をとって、核時代に生きる人間の危機の特異な様相を取り上げ、日常を生きる「私」の立場から、それに対峙しようとしたのがこの小説である。それゆえ、単なる心象風景の描写や個我意識が悪無限的に広がる世界はここにはない。隣人と対話し、畑仕事をし、五月の陽光にゲーテの詩を口ずさみ、紺碧の空にパウル・ツェランの詩を想う。本を読み、友人と電話し、活発に外界と交渉し、それによって内界が次々に触発される。外界を取り込み、内界で咀嚼し、それを再び外界に投げ返しつつ問題点を鮮明化していくダイナミズムが、この小説の基調音である。

「私」の存在はこの相互移行のダイナミズムの上に築かれている。しかし日常的思考の常として、どれも理路整然と展開されているわけではない。電話、来訪者、食事の仕度などでその度に断ち切られる。読み進んでいくにつれて、我々の日常的思考の在り様がここにリアルに描かれているということが、自然に納得させられる。

三　生きたロゴスの展開

連想、思考、中断、回想……この中で「私」が思考した問題の幾つかを取り上げてみよう。

「光の放射する空」「白い雲」というごく普通の表現にも、「爆発したように咲き広がる」という言葉と同様に、別の感性が強要されてしまう。作家である自分自身が重ねられている「私」だけに、言葉の問題が大きな比重をもって語られる。

ブレヒトの抒情詩「マリー・Aの思い出」の中の「白い雲」。しかし放射能を帯びた「見えない雲」が「白い雲のもつポエジーを文書館の中に追い払ってしまった」と「私」は考える。「雲が白く、その雪がポエジーと純粋な水蒸気から成り立っていた時代」は過ぎ去ってしまったのだ。

人間の基本的心性の一つである抒情が、核時代に入って否定、追放される。万人に強要されたこの「歌の別れ」は、しかし、かつてのように新しい質の人間の歌を生む契機になることは、最早ない。

あるいは、新しい科学用語、「半減期」、「セシウム一三七」、「ヨード一三一」などが実体不明のまま、断片的に日常生活の用語として次々に侵入してくる事態が語られる。こうした在り様は、「私」によって、日常の生活の必要とはかけ離れて発展する科学、その下で研究に励む科学者たち、人間の経験則とそれを超えて自己運動する科学全体の在り方、等々に孕まれる問題の一つとして捉えられる。

「弟」の手術中に、「私」が脳手術に関する専門用語を覚えようとするさり気ない描写があるが、ここには、現代科学を幾ばくかでも自分の中に位置づけようとする、ささやかな試みが見て取れ、それは、我々の日常的感覚、コモンセンスから科学を見直し、検討しようという、今後、人類にとって不可欠となる課題が暗示されていて興味深い。

「私」の想念は、言葉の起源、機能にまで拡大する。人間の人間化に寄与する言葉、それは人間の差別化、排除にも寄与する。その二重性の考察。そして言葉が完全に話せてもイギリス社会に融け込めなかった友人の亡命ユダヤ人女性の場合は、「言草の層の下に隠されているもの」、文化の問題が関わってくる。言葉と文化の問題は更に、「ステレオタイプの社会コード」に順応を強いられ、仮面をかぶったまま「真正なる自己」を偽って生きざるをえない人間にとっての自己の取り戻し、自己実現の問題にまで広がって考察されている。

雑誌論文『スター・ウォーズの科学者たち』が「私」に触発する問題もおもしろい。アメリカの戦略防衛構想を担う有能で勤勉な科学者ハーゲルシュタイン。「悪魔でなく技術の魅力に魂を売り」、X線レーザーの発明でノーベル賞を狙っている。恋人のジョゼフィンは、彼の研究に疑念を抱く。宇宙戦争に有効な新技術開発に成功したのを機に、ジョゼフィンは彼から去っていく。「私」はこの記事を読んで「知識欲ではなく名誉欲にかられたファウストと、彼に破滅させられるのではなく彼を救い出そうとするグレートヒェン」という『新ファウスト物語』を書きたい衝動にかられる。後にハーゲルシュタインも、この仕事に疑問を感じてやめるのだが、ここには、「高度に訓練された頭脳をもつ半子供」の男性に対する女性の役割、女性の感性と思考による男性的思考のもっている跛行性の克服という興味深いテーマが出されている。

ともすれば人間全体をもまきこむこの奇形性、跛行性に対して、陽光、黒い土、緑の野菜、友との会話といった日常的喜びが、この小説全体を通して対置される。「私」は、料理、洗濯、繕い、童話、お話といった子供をもつ母親の生活の「仕事と楽しみのリスト」をつくり、それを万人のものにするのがいい、と空想したりする。

「これを作ってどうなるのか。実のところ私にも判らない。ただ私たちの脳の各部分が相互に作用し合って、自分の子供に何カ月も乳を飲ませている母親に、自分の乳を毒するかもしれない最新技術など支持しないように、言葉と行為で頭のある部分に阻止作用するのではないか、と考えただけなのだ」。

日常の思考と女性の思考。それは、観念の自己増殖でなく、直接性、感覚性、具体性に依りながら、生きていることとの現実的基盤から決して離れることなくロゴスを発展させる態度であろう。クリスタ・ヴォルフはこの小説で「私」に、この思考を意識的に体現させることを試みつつ、そこから今日的な様々の問題を提起し、核時代の危機を克服していく契機を探ろうとする。

ジェームス・ジョイスは、トロイヤ戦争後の故郷帰還譚であるホメーロスの叙事詩を下敷にして、ブルムの故郷探し、ディーダラスの自分探しを、一九〇四年六月のある一日をとって『ユリシーズ』で描いたが、クリスタ・ヴォルフはこの小説で、一九八六年四月二六日から数日たった一日の「私」を描くことで、原子力による新しい恐怖の時代を克服していく契機と基準を日常生活の中から模索しようとした。

『故障事故（Störfall）』のシュトゥーレン（stören）とは、正常な流れの阻害された状態を指しており、原発事故だけを意味しているのではないだろう。事故で阻害された日常生活、腫瘍により正常機能を失った弟の脳、人類のこれまで通用していた常識の破産、等々が全体として含意されていよう。それらの正常な流れの回復の方途は？　核時代のユリシーズである「私」は、人間の日常生活の根幹を見据えつつ、探り続ける。

この小説を読むと、人間は一日にこれだけ多くの事を考えるのだと気付かされて、深い感慨にうたれる。人類の歴史と経験の総体を、個人の場で切り取ったもの、それが日常生活なのだ。そこから紡ぎ出す思考は、一見して平凡そうに見えようとも、精錬を重ねていけば、人間と歴史に自覚的で本質的な変化をもたらしていく。クリスタ・ヴォルフの眼ざしは、そこを凝視している。

（『民主文学』二七九号、一九九一年）

［翻訳］

クリスタ・ヴォルフ『チェルノブイリ原発事故』保坂一夫訳（『クリスタ・ヴォルフ選集』第二巻）恒文社、一九九七年。ただしここでは本稿執筆時の拙訳による。

［参考文献］

クリスタ・ヴォルフ『作家の立場』保坂一夫訳（『クリスタ・ヴォルフ選集』第七巻）恒文社、一九九八年
ベルトルト・ブレヒト「マリー・Aの思い出」手塚富雄訳（『世界名詩大成』8　ドイツⅢ）平凡社、一九五九年
神品友子「クリスタ・ヴォルフの『故障事故』」ワイマール友の会（『研究報告』一三）一九八八年

第八章　「私」を超える地平の模索

——クリスタ・ヴォルフの『夏の日の思い出』——

（写真右クリスタ・ヴォルフ、左アンナ・ゼーガース）

（写真左クリスタ・ヴォルフ、右ハイナー・ミュラー）

一　一九八九年の秋

一九八九年三月一八日、東ドイツでクリスタ・ヴォルフは六〇歳の誕生日を迎えた。旧東ドイツの文学といっても、我が国ではそれほど馴染みがないだろうが、そのなかでもクリスタ・ヴォルフは、『引き裂かれた空』、『クリスタ・Tの追憶』、『幼年期の構図』、『現代版・牝猫の見解』などの作品によって、我が国でも比較的よく知られている作家の一人である。近年、まとまって『作品集』七巻も刊行されている。

クリスタ・ヴォルフが『引き裂かれた空』において、東西ドイツの分裂の悲劇をマンフレートとリータの恋愛を通して取り上げ、新旧の人間像の葛藤のなかから、リータの社会主義への決断を描いて、鮮烈なデビューを飾ったのは、一九六三年、三四歳の時であった。東ドイツ・ドイツ民主共和国が一九四九年に建国されて一五年、新しい社会の建設が進む中で、この作品にあふれる感覚のみずみずしさに、社会主義がつくり出しつつあった生活内容に即した、若い世代の考え方や感じ方を見出して、大きな興味を持ちつつ、この小説を読んだ当時の記憶が生々しい。

それから四半世紀が経ったのだ。クリスタ・ヴォルフも還暦を迎えたという事実に、あれから早くもそれほどの年月が過ぎ去ってしまったのだという驚愕の念とともに、その間に東ドイツがたどった歴史の過程、そこにおける彼女の作家活動との絡み合いなどとも重なって、さまざまな感慨を呼び起こされた。

しかしこの一九八九年の後半の政治的にドラスティックな展開を誰が予想し得たであろうか。周知のように、八月一九日にハンガリーとオーストリアの国境が開放されたのを契機に、東ドイツ市民の西への大量流出が始まる。それまで沈黙を強いられてきた国内では、民主化の要求が鬱勃として沸き起こり、ライプチヒの月曜デモで叫ばれたスローガン Wir sind das Volk「我々こそが人民だ、主人公だ」は、人民の名をかたって独裁政治を行なってきた社会主義統一党の支配に対する激しい批判であると同時に、社会主義を刷新していく国民的運動の合い言葉となったものだが、年末にいたって Wir sind ein Volk「我々はひとつの民族だ」というスローガンに変質していき、ドイツ民族主義が一気に噴出。一一月九日のベルリンの壁の開放による東ドイツ経済の壊滅的打撃と破綻がそれに拍車をかけ、東ドイツは、西ドイツへの吸収合併という急転直下の過程を辿り、翌年の一九九〇年の一〇月三日、四一年の歴史を閉じる事態となった。

一九八九年秋の社会主義刷新の運動のなかで、クリスタ・ヴォルフは、一一月八日、一二名の作家・芸術家たちとともに「皆さん、この国にとどまってください。そして民主主義的な社会主義を作っていきましょう」と呼び掛け、東ドイツ社会のさまざまな問題点、病理を剔抉し、社会主義の民主主義的再生の道を模索しようと提案したが、現実の過程はクリスタ・ヴォルフの意図どおりには進まず、その希望を、捨て去った方向、見ることのできなかった道として埋葬してしまう。

一九九〇年に入ると、彼女自身、かつて国家保安省の秘密警察によって監視されていた体験を描いた『残るものは何か』を出版したが、「今頃何を言っているのか、一九八九年以前だったら告発の意味もあったろうが、今ではアリバイ作りの意味しかない」と西ドイツで激しい批判を浴び、これに対して「ポスト・モダン・マッカーシズム」という批判や、ギュンター・グラスのクリスタ・ヴォルフ擁護が出されるなど、さまざまな議論を巻き起こした。さながら魔女狩りのようなこの様相は、資本主義体制下の商品生産機構およびジャーナリズムの苛酷さと、クリスタ・ヴォルフを象徴とする民主化を闘った東ドイツ文化人の行く末の厳しさを思わせるものであった。

ここでは、その彼女の六〇歳の誕生日に合わせて出版された『夏の日の思い出』を取り上げて、その提出している問題、彼女がこの作品で何を考え、探ろうとしたのか、そして作者自身にとってこの小説の持っている意味は何なのか、などを考えてみたい。

二　メクレンブルクの夏の日々

「それはこの奇妙な夏のことだった。後に新聞はこの夏のことを〝百年に一度の夏〟と呼ぶかもしれない。もっともこの夏も、洋上の〝潮流異変〟や北半球の天候の微妙な変化の原因となっている太平洋上の潮流の状態のある種の変動によって、次に巡ってくる夏によって乗り越えられてしまうかもしれないが。こうしたことを私たちは何も知らなかった。私たちの念頭にあったのは、一緒にいたいということだった。この年をいつか私たちがどのように思い出すのだろうか、自分や他の人にこれらの日々について何を語ることになるのだろうか、私たちは自らにそう問いかけているように見えた。しかし、私たちの時が限定つきだったということなど、実際は思ってもみないことだった。すべてが終わってしまった今、この問いもまた答えられなければならない。今、ルイーザは旅立ち、ベラは永遠に私たちから去り、シュテフィーは死んだ。家はつぶされて、私たちの生の上に、再び思い出だけが支配している」。

冒頭のこの一節からうかがわれるように、この小説は、友人たちと過ごした夏の回想である。登場人物は、エレンとヤン夫妻、その娘のソーニャとイエニー、ソーニャの娘のリトルマリーの一家。ルイーザとアントニウス夫妻。イレーネとクレメンス夫妻。そしてそこを訪れる友人たち。バルト海に近いメクレンブルク地方の村の空いた農家をそれぞれ借りて、ともに夏を過ごした彼らの充実した、光輝く日々がまず描かれる。「あざやかな色に覆われた大地に身を投げ出した何人かの人たち。その上には空、高い天球、紺碧、雲はなく、夕方は黄金色に染まる。やっと訪れた夜の深さ、無数に散らばる星々。今だ、そうすべてが私たちに呼び掛けていた」。

エレン、ルイーザ、イレーネはいずれも物を書くことを仕事としていて、共に書けない悩みを語り、「自分の一部を食っていく芸術のこわさ」などについて話し合う。エレンは夫のヤンと、どこか心の距離のあることを自覚しており、ギリシアでパルチザン闘争の経験のあるルイーザの夫アントニウスは、ここではもっぱら古い家や骨董品の魅力のなかに沈湎している。都会の喧噪や多忙から離れた田舎の生活、気のおけない友人たちの集まり、自然に囲まれ、村人たちのなかでゆっくり過ぎていく時、しかしそのなかに、それぞれの抱えている不安や問題が、次第に浮かび上がり、交錯していく。

アントニウスが軍事政権崩壊の報をうけてギリシアに帰ったあと、ルイーザのもとにベラが子供を連れてやってくる。アントニウスのいない淋しさに、ベラの子供を溺愛するルイーザ。彼女は、ベラとエレンが仲のいいことを嫉妬したりもする。文中にベラの詩が引用される。

「猛鳥よ、空気は甘い／私はお前のようには人々や木々の上を旋回しはしなかった／もう一度太陽を貫いて飛ぶことはしない／私はただ奪ったものを光のなかへと運んでゆく／そして私は夏を貫いて飛んでいくのだ」。

この詩は、この小説のモットーに揚げられているものと同一であることから、ベラが詩人のザラー・キルシュであることが明らかとなる。「登場人物はすべて作者のフィクションである」と断ってあるが、この小説が、クリスタ・ヴォルフがかつて一緒に過ごした夏の思い出を素材に創作されたものであることは、ザラー・キルシュ自身が同じこの夏を素材にした小説『アレライ・ラオ』の中で、「私はそれから何年かのあいだ、クリスタに会うと、しばしば、あの素敵な夏のことを話題にした。そして私たちは、あの村祭りのことを思い出した。彼女に会うたびに私は、いつかこの夏の日々のことを書くべきだと話している」と語っていることからも明らかである。

エレンがクリスタ・ヴォルフ、ヤンが夫のゲルハルト・ヴォルフ、ルイーザがカローラ・ニコライ、イレーネがヘルガ・シューベルト、そこにシュテフィーが子供を連れてやってくるが、彼女は乳ガンにかかっている。彼女が、『お早よう、素敵な女たち』で東ドイツの働く女性たちの喜びと悩みをレポートして一躍ベストセラー作家になり、一九七七年に四三歳でガンのために亡くなった、マキシー・ヴァンダーがモデルであるのは歴然である。

一〇〇年に一度の異常気象の夏といわれ、ヴォルフ夫妻がメクレンブルクで夏を過ごすようになるのは一九七五年であるが、マキシー・ヴァンダーのガンの発見と手術が一九七六年の秋で、翌年には亡くなり、ザラー・キルシュは七七年に東ドイツを去って西ドイツに移り、また七六年にはヴォルフ・ビアマン追放事件がおこっていることから、この小説はこうした友人たちをモデルにしつつ、一九七七年の架空の夏を描いているとと考えられよう。

追想の中で語られる断章としての夏。生気に満ちた夏の自然、家を借りることや古道具買いなどを通じて生まれる村人たちとの交流、七〇歳を過ぎてもかくしゃくとして好奇心に溢れた村の老人たち、しかしその背後には、今なお戦争の傷跡が重く隠され、強制収容所で殺された母の記憶を語る村人、生き別れのポーランドにすむ妹との再会した話、戦死した若者と結婚した老婆の話など、村の日常にはらまれた歴史の重みが暗示され、それらのエピソードは同時に、村の生活全体を流れている連綿としたものへの感覚を、都会からの漂泊者である彼らにも呼び起こす。

その夏の想い出の頂点に、村祭りが置かれている。イレーネはこの祭りにちなんで劇を皆でやることうにしようということになり、『囚われとしての愛』、『田舎の生活』などの題名があがるが、芝居の題は『Sommerstück』に決まる。そして、それぞれが自分の性格や人生によく似た役割を演ずることで、この劇を作り上げていこうとする。〝夏の断片〟、〝夏の芝居〟〝夏の出来事〟などとも訳しうるが、これがそのまま、この小説の題名にもなっている。それぞれがそれぞれに自分自身を探求し、語り、演ずること、完成した芸術作品ではなく、自前の、即興の、自分たち自身のためのものを、自分たちで共同でつくり、共に演じあうこと、それをひとつのプロセス、断章として。そこにクリスタ・ヴォルフのこの小説の性格にたいする意識的な位置付けも伺えよう。ここには、芸術作品がそれ自体としてあるのではなく、商品でもなく、生きることを手探りしようとする私たち自身の中に自覚的に置かれるべきものなのだという合意が、二重の姿をとってこだましあっているようだ。

「ひとりになってしまう時はかならず来る。それに備えて一緒にいることの蓄えをしておこう」――そんな暗黙の思いを、それぞれが抱きつつ、牧歌的な生活がつづく。しかし、村の牛小屋が焼け、エレンとヤン夫妻の家の芝生が燃える事件も起こって、それがあたかも何かの予兆であったかのように、彼女たちの共有しあう時、引き合う糸の結び目が、次第に解けていくのである。最後の章は、ガンで死んだシュテフィーとエレンとの架空の対話になっており、ガン患者の心理、告知の問題、生きること、老いること、友人であることの意味などが二人のあいだで語られて終わっている。

三　追想する小説・問う小説

「眼をつぶると何が見えてくる？」、「あなたはこのことをどう考える？　ルイーザ」……自問と呼び掛けを交錯させつつ「私」が「あなた」や「あなたたち」に語りかけると、エレン、ルイーザ、ヤン、等々が姿を現わして、物語が展開していくこの小説は、かつての豊かな思い出を反芻し、なつかしみ、記憶しておきたいという強い欲求から生まれた〝追想する小説〟であることはもちろんであるが、しかしそれ以上に、何ごとかを探り、解き明かしていきたいという意志に貫かれた〝問う小説〟という性格をも強くもっている。エレンと「私」とは同一人物で、「私」が追想しつつ舞台回しの役をしているという、作者自身の主体的関わり方からも、作者の切迫した模索の姿勢は明らかである。

振返ってみると、デビュー作である『引き裂かれた空』を執筆ののち、一九六八年に書かれた『クリスタ・Tの追想』以来、自分自身のなかへ探りを入れていこうという志向は、彼女の創作活動の大きな特色となっている。

夭折した親友Tの思い出を書こうと、日記や手紙を読んでいるうちに「思いがけず自分自身に出会ってしまった」ヴォルフ自身のアイデンティティー探し、という側面をも合わせ持つ『クリスタ・Tの追想』は、社会主義を自明のものとして受け入れた世代が、その根っこのところで、第一世代からの押しつけでない、自身自身へと至る道を、試行錯誤を繰り返しつつ探ろうとした、内面のドキュメントである。

〝悪しき主観主義〟という批判を浴び、東ドイツでは当初少部数しか出版されないという狭量な仕打ちをうけた作品であるが、骨格を強固にしつつある新しい社会と、そこに生きる人々がそれぞれに自己を発見し実現して行く道を探っていくこととの間に存在する、軋み、矛盾を、クリスタ・Tを辿ることによって自分自身の問題として確認したヴォルフは、己れ自身へと向かう新しい里程標を、この作品をかくことで、獲得することになる。それは、現実の多様なあり方と社会主義、多と一とのあいだをめぐる弁証法的といってもいい関係の模索であり、真の批判精神と文学精神こそが、社会形成への生産的な刺激となるという作家的使命の自覚であったといいかえてもよい。

ドイツ敗戦を一六歳で迎えた彼女たちの世代にとって、ファシズムは批判し闘う相手ではなく、己れの内部に浸透した何物かであった。こうした自分自身を歴史的スパンのなかで検討しようとしたのが、一九七六年の『幼年期の構図』である。

〝ファシズムはすでに克服された〟と公式見解はいう、しかし、「過去は死んではいない。過去は過ぎ去ってしまってはいない。私たちが過去を私たちから切り離し、私たちと無縁なものにしてしまうのである」。過去の克服を宣言したところで、その母斑が容易に消えるわけではない。こう宣言する安易さこそが問題だろう。

今はポーランド領になっている故郷を訪れる主人公ネリーの、物語る今の状況を一人称で、故郷を訪れる二日間の状況を二人称で、そこで思い出す幼年期の状況を三人称で語り、この三つの状況を相互に連関させることによって、現在を規定している過去の諸相を浮かび上がらせる、という複雑な手法をこの作品はとっているが、こうして、歴史的存在としてある自分自身を重層的に探りながら、クリスタ・ヴォルフは、過去のもつ重みを、東ドイツ社会に向って問題提起するのである。

だが、この二つの作品は、自分を問うという切実な関心に裏打ちされているとはいえ、クリスタ・Tにしろ、ネリーにしろ、作者と主人公のあいだには明確な距離が存在していることは、『夏の日の思い出』と読み比べると、歴然だろう。前二作では作者は、物語作家の眼で、余裕をもち、探求心に発して主人公にむかっている。

これに対して『夏の日の思い出』においては、等身大の作者自身が二重の姿で登場する。この相違はどこからくるのだろうか。自分自身を考察の正面にすえてクリスタ・ヴォルフは、ここで何を探り、何を明らかにしようとしているのであろうか。『夏の日の思い出』を構成しているモチーフを、まずは幾つか抽出してみよう。

田舎の生活・モダンへの問い

「人は何物にも寄り掛かって生きるべきではない、ということは当然のことだった。若かった頃は、家というような概念は何ら重要な意味を持ってはいなかった。全く別の言葉が頭のなかにひしめいていた、とエレンは思い出していた。今、何が彼女を家というものを求めることに駆り立てるのか」。それは後退なのか、逃亡なのか。

ともあれメクレンブルクの農家を眼にしたとき、故郷に帰ったような気持ちになり、そこでの生活のなかで「眠りには適さない都会の疲れが、重く健康な田舎の疲れに変化していく」のを感じる。基本的トーンは、何者かに回帰し、そこにたゆたいたいとする強い欲求である。作家としての危機を自覚したエレンは、生きる者としてのおのれの場を、ここにもう一度求め、見つめることから歩き直そうとしているようだ。

農家の庭に立つリンゴの木は「五〇年前に農夫が、子や孫がリンゴを取ることができるように、植えたものだった」。生活の必要に集約されて流れている農民たちの想いや知恵。ここでは、連綿とした人々の営みが自然と調和しており、父や母、祖父や祖母たちの世代のもつ堅固な生活と確かな肌ざわり、自足と安息の気分が伝わってくる。「祖父母たちの輪郭は、私たちのそれと比べると、遙かに持続性があるように見える。私たちの世代は、私たちの輪郭を自ら解消しているかのように見える」。

古い生活と新しい生活、この対比は、アントニウスの古道具買いに同行して、近郊の町や村に出かけた描写にも現れている。経済中心に成長した村には、「学校、百貨店を従え、新しい道路網と結んだ、ぞっとするような新築の目的別建物がつくられている」。これに対して、昔ながらの村にある通りは、絵画的美しさをたたえているのだ。そして、田舎の風景も、家畜小屋と納屋とが草原と畑に向いて機能的に建てられ、すべてが極めて実際的見地から構成されているにもかかわらず、「この実用的感覚は、美への眼差しを決して曇らせてはいない」のである。二つの実用性のもつこの落差はどこから来るのか。自然に寄り添いつつ定立される人間の営みの内的論理は、同時に美の法則にも寄り添っているということであろうか。ここには、等身大のもの、人間的手ざわり肌ざわりを体現したものへの強い希求がある。

昔ながらの日常用品も、ここ数年の間に次々と捨てられてユニット製品に変わり、古いものの持つ用の美を、若い人たちは貧困の象徴としか見ない。都会に憧れ、村を出ていく若者たち。亡くなったお母さんの持ち物を、町からやってきた息子が全部捨て、両親の結婚記念写真までが道に捨てられて風に吹かれている。古い時代の体験や歴史の重みに対する感覚が全く欠如した若い世代に、「これは罰あたりだ、神様がいたら許しっこない」と思わず叫びたくなる。スクラップ・アンド・ビルドは、東ドイツのみならず、近代の押し止め難い経済原理でもある。そしてその反面で、余裕のなさ、とり残されることへの不安、退屈と空虚への恐れという近代の生み出した心性が世を覆い始める。

「この急展開する時代の力に、破局に至るまえに、どうブレーキをかけられるのか」。この力は、天空をも崩して、われわれの生存までも危うくするのではないか、という予感。都会生活から田舎の生活への転換という構図から明らかなように、ここには都会生活、近代的生活が自分の身も心も歪め侵犯していくことへの危機意識があり、総じて近代がもたらしたものへの批判、その対極にある等身大のものへの探りが、ひとつの重いモチーフになっていることが指摘できよう。

中年の時――新しい矛盾の凝視

無限の可能性を予感しつつ、夢中で生きた若い時は過ぎ去り、人生の地平線が見えてきた四〇歳半ばの人たちが避暑地に集うという構図からは、もう一つのモチーフが浮かんでくる。

「夫と妻は遅かれ早かれ親戚同士みたいになってしまうことは確かだ。情熱が鎮まったとき、それは自然にそうなっていく。彼がエレンの髪をつかんで、頭をうしろに引っ張ることなど、これからあるだろうか」。情熱や意欲の弱まりは、人間の関係に一種の希薄化を招き、そこに老いの自覚が忍び寄ってくる。エレンは「老いなんて、そんなことは大事じゃないと、たいしたことではないと思ってしまうこと」、「老いるということは、いろいろなことを他人のせいにすることをやめること」だという。そこには否定しようもない諦めのトーンがある。

一回り若いイレーネは、「かつて革命を信奉した人たちが、あっさり田舎の生活に入り込んでしまうのは、どういうことだろう。降伏ではないか」と詰問する。〝自然にかえれ〟というルソーの言葉は、フランス革命の時のように革命を準備するスローガンには最早なりえない、と批判しながら、エレンたちの世代がかつて何に感激し、現在、何に幻滅しているかを知ろうとする。〝いざ、生きめやも〟のパトスとベクトルは、どこから生まれるのだろうか。時代的かつ個人的な衰退の兆候は、シュテフィーのガンの宣告とその死によって頂点に達する。

しかし、訪れたシュテフィーは、例えばベラと話すとき、ベラに自己憐憫がない分だけ、それが自分にやさしく作用して、そのとらわれのなさが、身にしみてうれしく、手術後はじめて「不安のない人生の喜び」を感ずるのである。こうした友人同士のふれあいの意味が、小説の進行とともに決定的に比重を高めていく。シュテフィーはエレンに、次のように手紙を書く――。「私たちは初めて本当に出会ったのだと思うわ。似たような体験が共に私たちを揺さぶったのだから。死んでしまうかもしれないという体験、そして荒涼とした冬、とあなたは書いてよこしたわね。でも社会のガンよりも、もっと悪いものがあるといったら慰めになるかしら」。

エレンは、死を前にしたシュテフィーに逆にはげまされる。それぞれが、それぞれに矛盾と煩悶をかかえているのだ。東ドイツ社会の矛盾を否応なく一身に受け、衰退、病気、別れや死を身近にかんじ、挫折や後悔がひとしお身に染みることの多くなった中年をそれぞれが迎えながら、それでもなお、こうした問題を、越し方と行く末を、何よりも今の自分自身を、自然のなかで、友人たちのなかで、村人たちとの交流のなかで、振返り、反芻し、ゆっくりと過ぎてゆく時のなかで整理し直してみたい、さらに生き続けるために――そうした欲求の在り方を、とつおいつ探っていこうとするモチーフもここに指摘できよう。

トピア・アトピア・ユートピア

モダンから帰ってきた人たちの、人を求める心、コミューンへの志向が第三のモチーフとして挙げられる。「出会うと、もうそこで宴が始まるのは、初めは偶然からだった」が、次第に三人で、五人で、大空の下で、居間で、台所で、納屋で始まるようになる。それはやがて「討論のための宴、慰めのための宴、遊びのための宴になり、私たちは陶酔を愛することを学んだ」。

ベラの息子を可愛がるルイーザとベラの間の三角関係、エレンとイレーネの対立、古道具買いの小旅行、野外劇のエピソード、等々が話題になり語られる。そして、医療の仕事をしているエレンの娘のソーニャの仕事上の悩み、仕事をすぐ変える次の娘イェニーの婚約者、都会のアスファルトに慣れて決して土の上を裸足で歩こうとしない孫のリトルマリーなど、若い世代の問題も織り込まれる。ここに流れている基調音は、おしきせでない生活、精神の自由なあり方、自立とやさしさ、人と人との結びつきのしなやかなあり方への模索であり、またその確証でもある。

それは、あの夏に、一断章としてであれ、実現したと今は思える、生きたユートピアの検証となる。このなかで男性の影が全体として薄いのは、女性の生きることの探りがテーマだからだろう。去って行ったパリの恋人に、手紙を書いては怒って引き裂き、風に舞わせているベラの場面に男と女の問題が出ている程度で、もっぱらエレン、ルイーザ、イレーネ、ベラ、シュテフィーなど女性の物語になっている。これはクリスタ・ヴォルフが、恋愛よりも友愛を、生きることの基本的価値とみなしているからではないだろうか。個にとどまり、個の枠を出ようとしない西ドイツの文学とは違った、こうした広がりは、やはり社会主義という土壌があってこそ可能であったことなのだろう。

「自分自身へと回帰したい」という志向は、自分の存在の不安と表裏をなしている。物を書く人間の悩みがルイーザやイレーネにも語られるが、エレンの場合はとりわけ深刻である。

「彼女のなかの過去が突然に現れた。泣きたいような郷愁。私に何が起こったのか、と彼女は自問した。彼女が忘れていた感情。そもそも私を苦しめていたもの。私は、皆と同じく、自分のしたいことを決してそのままにしないように、慣らされてきた。私の言いたいことを決してそのまま言わないように、慣らされてきた。その結果、おそらく気付かないままに、私が考えたいと思うことを最早考えなくなっていたのかもしれない。多分、降伏と呼ばれるものがこれだろう」。

ベッドに入り、ラジオの勝利のトランペットのメロディーを聞いて、一挙にふきでた感情。そのうしろに長い煩悶の歴史が暗示される。「楽しみと生きる歓びが生みだされうるような地上の一角」を夢見て、創作にたずさわってきた者への抑圧と排除、生きてゆくための妥協。エレンの存在の不安定は、一にここに収斂する。

この創作上の悩みが第四のモチーフとして指摘できるが、これがこの小説を成り立たせた最大のモチーフといっていい。心を癒し、整えたいという秘かで切実な欲求は、友人に囲まれた牧歌的生活のなかで満たされ、次第にエレンは「書くために必要な酵母、〝自信〟」を見出していく。「それは彼女に完全に失われていたものだった」。

友人たちのあえかなる輪、このコミューン的なものへの志向は、しかし、単純で規則正しい生活の秩序、確固とした安定感の支配する田舎の共同体的世界への憧憬を意味しはしない。村人たちの生活や歴史に大きな関心を払いつつも、距離をとっているのは、モダンを生きる人間の魂が、地縁、血縁で固まった自己完結的な生活空間、自明性の支配するプレモダン的な世界とはストレートには相容れないことを意味していよう。存在の不安がそこで終わりを告げる地点としてのコミューン。それは、利害関係を捨て去った人々の、想いだけで成立する束の間の場所なのかもしれない。

人はよりよい共同の場があって初めてよりよく自立する。その共同の場であるトピアとは、現実に定立される場というよりも、友愛関係において現実には断片としてのみ成立する架空の場なのであろう。ユートピアとは、ア・トピア、どこにもない場所、希求される場所なのだ。コミューンのユートピア性が、二重の意味で、断章の夏として浮かび上がってくる。

そして、友人であるということも、常に一緒にいることではない。ベラ［ザラー・キルシュ］が離れていっても、ルイーザ［カローラ・ニコライ］がギリシャに旅立っても、シュテフィー［マキシー・ヴァンダー］が死んでしまっても、友は友である。そしてエレン［クリスタ・ヴォルフ］はエレンなのだ。そしてそこには永遠の、内在化された友と私の対話がつづくのである。生きるとは何か。友愛とは何か。自信とは何か。最後の章が、エレンの死んだシュテフィーとの架空の対話であることは、その本質を語っていよう。レクイエムは歌わない。

四 モダンに疲れ傷ついた人間の自己回復

クリスタ・ヴォルフの創作活動は、自分自身への徹底した探りという契機と、時代の課題への意欲的なアンガージュという両極の微妙なバランスの上に成立している。

こうした夏の友愛の輪の体験の後に書かれ、一九八三年に出版された『カッサンドラ』は、トロイア戦争を描きつつ、男性原理で動いていく社会に対して、女性の感性と思考のヒューマンで生産的な側面を明らかにし、あわせて核戦争の危機に直面している現代への警告を発した書である。こうした問題意識は、一九七〇年代に始まるフェミニズム運動を抜きにしては考えられないだろう。フェミニズム運動のクリスタ・ヴォルフの側からの捉え直しがこの作品であるといえようか。

また、一九八七年の『故障事故』は、チェルノブイリ原発事故に直面して、人間の経験則をこえている原子力の孕む問題、人間の手から離れて自己増殖をとげる科学技術の問題に対して、日常性の思考、生活者の思考を解きあかしつつ、人間復権の論理を模索したものである。八〇年代に入ってのこれらの作品は、田舎の生活を通じて自信を回復させたヴォルフが、その眼差しと筆とを、ここでひとまわり大きなスパンのなかで位置づけ、「私」の問題を「私たち」の問題、人類の問題として大きく展開させたのである。

こうして見た時、『夏の日の出来事』は、近代の意味が問われている今日、自分という存在を凝視しながら、農村と都会、連帯と孤独、知恵と知識、父母の世代と我々の世代、等々の問題を描きつつ、前者の大きな価値を再発見し、我々の今日の生活に即して再検討しようという小説、いいかえればモダンの意味と問題性をプレモダンに戻して考え直し、ポストモダンの可能性を探ろうとした小説というように規定することも可能だろう。近代への反省を、都会から田舎へと引きこもることで対照させ、田舎の共同生活を描くことによって、自然や生活する人々のかもしだす力を背景にしながら、近代に疲れ、傷ついた人間の自己回復と、そこから旅立っていける新しい連帯の在り方を、ひとつのモデルとして提出したのだと。

しかし、この小説の末尾には「この初稿は一九八二年から八三年にかけて書かれ、『どこにもない場所』と平行して書かれた。一九八九年の出版に際して書き改められた」とある。こうした成立事情を見るとき、この小説はまた別の光のもとに読むことが可能となる。

同根の危機意識から生れた三様の小説

『どこにもない場所』(一九七九年)は、いずれも自殺したドイツ・ロマン派の劇作家クライストと女流家ギュンダーローデという二人の作家の架空の出会いを描いて、時代の矛盾に大きく眼を向ける作家の覚悟、人間の自己実現の厳しさを、ドイツ社会の閉鎖性との関係で描いた作品である。

「人間は自己を実現するように定められているという確信は、しかし、あらゆる時代の精神に、鋭く対立するものなのだ。それは一種の狂気なのだろうか」とクライストは問う。対してギュンターローデは大きな壁に直面して「それに耐えなければ、窒息してしまい」、「解決しようとすれば、私を引き裂く」過酷な現実のなかで、ドイツにおける女性作家の先駆けであることと女性であることからくる二重重圧に呻吟する。その中で「私たちは道からそれて、どこへ行くのか、時代が私たちを誤解せざるをえないのは、ひとつの定めだ。しかし、それをやり遂げていくことが、遠い将来に何らかの価値を持つことになるだろう」と確信を語るギュンダーローデ。実は、この言葉はクリスタ・ヴォルフ自身の内面の告白でもあったのである。

『どこにもない場所』の成立事情を振り返って、クリスタ・ヴォルフは、次のように語っている、「挫折の前提である、社会への絶望と文学上の挫折の関係を究明しなければならなかった。私は、当時、壁を背にして立ち尽くし、正しい歩みができないという強い感情にとらわれていた」。

どう歩み出していいのか判らないほどの、挫折と絶望とは、一体何であったのか。それは、クリスタ・ヴォルフを襲った最大級の地震、ヴォルフ・ビアマン追放事件と、それをめぐっての党や政府との確執をさしている。そしてこの事件を契機にして、当時、東ドイツでは「文化的仕事に携わるさまざまな分野で、二極分解が進んでいた」のだという。

一九七六年一一月、シンガーソングライターのヴォルフ・ビアマンが、西ドイツ公演中に東ドイツ政府から国籍を剥脱され、西ドイツに追放される事件が起こった。クリスタ・ヴォルフはこの処置の撤回を求めて、ヘルムーリンやミュラーやハイムら一二名の作家たちと公開質問状を出す。これはまったく無視され、こうした態度表明に出たクリスタ・ヴォルフは、作家同盟の幹部からはずされ、東ドイツ社会でアウトサイダーの位置に立つことになる。民主主義と公正と友愛の上に築き上げられるべき社会主義社会が逆の方向に向かっているという絶望感は、何よりも身を苛むものであったにちがいない。

この事件が引き金となって、作家・詩人たちの中では幻滅して西側に出てしまう人たちが続出し、七七年には親友のザラー・キルシュも西ドイツに移住する。自分の妹とも呼んでいたマキシー・ヴァンダーはガンで死ぬ。夫との間に齟齬が生まれ、家も火事になったという噂があったのは、丁度この頃で、まさに内的・外的に大きな危機に立たされていた。一九九〇年に出版された『残るものは何か』は、この頃、つまりビアマン事件後に、秘密警察に監視された体験を一九七九年に描いたものである。

まさにこの時、社会主義とそれが生みだす成果に大きな信頼をおいていただけに、最大の危機に陥ったクリスタ・ヴォルフは、挫折の意味と絶望の質のなかに分け入り、何かを書くこと、この書くことによって自他を再検討し、自らを整え直していくことが、おのれの存在にかかわる決定的事柄として、内的に要請されていたのである。「自己への疑念の力が強力に自分を脅し続けた時に、自己認識の手段として、負担軽減の手段として、書くことを自分自身が必要としたのです」と彼女はテレーゼ・ヘルニックに語っている。

『夏の日の出来事』は、そういうクリスタ・ヴォルフ自身の世界観上、創作上の最大の危機に際して書かれた、癒しと模索の書であり、出版年はずれるとはいえ、『どこにもない場所』および『残るものは何か』といわば、時を同じくする、三位一体の自己凝視の書であったのである。これら三つの作品には、同根の危機意識が、三様のかたちをとって現れている。

東ドイツへの絶望

このように考えると、『夏の日の出来事』のなかには、東ドイツの現状に対する批判が、そして、その中での呻吟が、コンテクストを変えた形で随所に散見されるのに気がつく。「私たちは、半分死に体である」、「引っ込み思案はもうやめよう」、「美への嘲りが特徴的である時代に、何の希望が持てようか」、「私が本能的に求めているもの、第三の道はなかったのか。黒と白のあいだ、正と不正のあいだ、友人と敵とのあいだの第三の道、それは単純に生きるということなのか」。こうした言葉のなかに、政治的アンガージュの裏での苦い経験が、一種ペシミスティックに語られている。

「老いは後退である。あなたはそれを自分で前もって自覚していないが、自分の中に先取りされている後退なのだ」、「緑色の壷に挿した七本のバラのうち、三本が微かに凋落の兆候をしめしている。その傍らに私はずっといたのに、気が付かないうちに、バラは咲くのではなく、しぼむ決断をしていた。樹液の様態や成分の何かが変わってしまったのだ」。出生の枠組みを常に変革して成長するのでなくして、その枠組みのなかで硬直化し、宿命論的に下降線をたどっていく東ドイツ社会の姿が、ここには象徴的に表現されているといえよう。

抑圧と排除を強める国家への深い絶望、一九七六年から七七年にかけての冬は、エレンがシュテフィーに書いたように「荒涼とした冬」であった。つまりクリスタ・ヴォルフにとって、メクレンブルクの農家での夏の生活は、こうした挫折の深い層を見つめ、友人たちとの交わりのなかで少しずつ自己回復を遂げようとする起死回生の時であったのである。

「私はお前のようには、人々や木々の上を旋回しなかった」、甘きこと、よきことを享受することの少なかった私は、「もう一度飛ぶことはしない」、人々のなかに入っていくよりも、自分自身のなかに沈潜し、そこで得たものを「光のなかへと運ぶ」、こうして「私は夏を貫いて飛んでいくのだ」。

こうしてクリスタ・ヴォルフは、この夏を回想して書くことによって、単に政治的世界に限定されない、より普遍的な課題を、自分自身に回帰しつつ明らかにしようとした。それ故そこには、社会とのダイナミックな関係の構築という現実に吸い寄せられた課題ではなく、夫婦の間の行き違い、愛情のあり方、老いるということ、友人であるということの意味の問い、離れていても死んでしまっても友人であり得るのだという確信、等々が、かつて共に過ごした夏の追憶を通して、死んだシュテフィー、去ってしまったベラやルイーザを通して、豊かに追求され、回生の道が探られる。

その意味で『夏の日の出来事』は、様々な関係と問題の中にある彼女自身を考察した『クリスタ・ヴォルフの追想』といいかえうる性格を持った小説でもある。距離を置いて眺めているので、人を見る見方が極めてやさしいという印象が強く残るが、自分自身であるということ、友人が友人らしくあるということ、他人が他人であるということ、それがどういうことであるのかは、日常生活で最も切実な問題であり、人生の意味、自己実現のあり方と深く重なり、このテーマは、今日の我々自身の問題とストレートにつながってくるものである。

書くこと――充実した世界の可能性に向けて

この作品の題名に戻れば、劇の題名がもともとの『囚われとしての愛』から『田舎の生活』へ、そして『Sommerstück』（劇中題＝小説題）へと――邦訳は『夏の日の出来事』となっているが、「夏の芝居」「夏の作品」「夏の断章」とも訳しうる――このように変化しているところに、ひとつの意味が隠されているようにみえる。

友人同士の反発や引き合いという小さな空間の囚われた状態や、そこでの私小説的世界を描くには、前二つの題で可能であろう。更にそれを、共に過ごした夏の体験として閉じこめ、この一回かぎりの体験を永遠化すると同時に、その在り様を生きた断章として人々のまえに差出し、検討の素材に転換させたいという強い意志がよみとれよう。それは作品と受け手との間のダイナミックな関係構築へのひとつの企てと言いうるものである。

「書くことを、その最終的生産物から見るよりも、現実生活をともに歩み、それを規定し、解決しようとする経過として見るほうが、私には有益に思えます。より充実した世界のなかに存在する可能性として、また考え、話し、行動することの高まりとして見るほうが」とクリスタ・ヴォルフは言う。ここには芸術を完成品として見る、芸術至上主義的な考え方はない。ギリギリにまで高まった自分の体験、自分の思索を、その過程のままに結晶化させること、それを率直に人々の前に提示し、思考のよすがにすること、この姿勢のなかには、生活のなかに芸術を解き放っていこうとする彼女の基本的考え方が流れていよう。

クリスタ・ヴォルフは『夏の日の出来事』を書くことによって、挫折と絶望、混乱と不安のなかにあった自分を、ひとつの新しい方向へと整序する。一九八三年に刊行されて大きな反響を呼んだ『カッサンドラ』は、こうしたクリスタ・ヴォルフの最大の作家的危機を乗り越えた時に、はじめて生まれた作品であったといえる。

東ドイツにおけるクリスタ・ヴォルフの位置は、社会主義形成の途上におけるさまざまな問題を正面から取り上げ、批判し、その克服を願ったものであった。その意味で彼女は、東ドイツの苦しみをリアルに見つめ、身をもって生きたといえよう。

一九九〇年から始まる西ドイツジャーナリズムの激しいクリスタ・ヴォルフ攻撃は、様々なことを考えさせる。東ドイツの政治を担ったホーネッカーやクレンツといった政治家たち、体制に忠実であった作家同盟会長のヘルマン・カントなどはどうでもいいし、商品価値もない。社会主義についてもっとも良心的に考え揺れ悩んだ部分こそ問題なのだ。そこに攻撃をかけて喜ぶサディスティックな心情、仮想敵を常に必要とし、いけにえを求めないではいれない西ドイツ社会の暗部、統一ドイツの闇の部分が、ここにおぞましくも露呈している、といったら言い過ぎであろうか。

もちろんここには、東ドイツから西ドイツに移らざるをえなかった作家たちの屈折した思いや、クリスタ・ヴォルフが結局は東ドイツの現実を是認していたという批判なども折り込まれていよう。統一ドイツが文学にどのような影を投げかけるかは、見守るしかない問題だが、失意と攻撃の中にあるクリスタ・ヴォルフが、それでもなお打ちのめされることなく、更なる〈夏の断章〉を経て、新たなる自信を獲得し、書き続けてくれることを、祈るような思いで願っているのは私だけではあるまい。

（『世界文学』七二号、一九九一年）

［翻訳］

クリスタ・ヴォルフ『夏の日の出来事』保坂一夫訳（『クリスタ・ヴォルフ選集』第五巻）恒文社、一九九七年。ただしここでは本稿執筆時の拙訳による。

［参考文献］

クリスタ・ヴォルフ『カッサンドラ』中込啓子訳（『クリスタ・ヴォルフ選集』第三巻）恒文社、一九九七年
Sarah Kirsch : Allerlei-Rauh. Deutsche Verlags-Anstalt 1988.
DIE ZEIT : "Was bleibt" Bleibt was? Pro und Contra: „eine ZEIT-Kontraverse über Christa Wolf und ihre neue Erzählung" Nr23-1 Juni 1990.
DER SPIEGEL : Nötige Kritik oder Hinrichtung? SPIEGEL-Gespräch mit Günter Graß.Über die Debatte um Christa Wolf und die DDR-Literatur 16. Juli Nr 29 1990.
Therese Hörnigk : Christa Wolf. Volks und Wissen 1989.

第九章　ベルリンの壁崩壊から一〇年

——文学に映し出された歴史意識のトリアーデ——

ハイナー・ミュラー　Heiner Müller 1929年—95年

ザクセン州ランツベルク（現在ポーランド領）に生まれる。父はフランケンブルクの市長をつとめたが、社会民主党系であったため、戦後、西ドイツに亡命、息子は一人で東ドイツに残り、働きながら大学入学資格を得た。ジャーナリスト、作家同盟の研究所員、ゴリキー劇場員をへて、59年から作家として独立。建国期の労働現場をあつかった生産劇を皮切りに、劇作をつぎつぎに発表するが、『移住者』（1961年）が東ドイツ文化政策に抵触するとして上演禁止にあい、作家同盟も除名され、以後、ソフォクレスやシェイクスピアの古典の改作にむかい、これがブレヒトの教育劇をひきつぐものと評価され、ヨーロッパを代表する劇作家としての地歩をかためた。東ドイツでは排斥されつづけたが、東ドイツが西に吸収・合併されたあとは、旧東ドイツ科学アカデミーの総裁、ブレヒトの創設したベルリーナー・アンサンブルの総監督を引き受け、東ドイツの遺産管理執行人の役をつとめた。『賃金を抑える者』（1956年）、『プロメテウス』（1968年）、『ゲルマーニア・ベルリンの死』（1971年）、『ハムレット・マシーン』（1977年）、『闘いなき戦い』（1992年）など。

はじめに

東西ドイツが再統一されて早や一〇年が経過した（初出は一九九九年執筆）。東ドイツの人々の西ドイツの生活水準への憧憬、ドイツナショナリズムの高揚、統一ドイツの首相であろうと欲したコールの政治的野望の三位一体で進んだドイツ再統一であったが、東ドイツの人々への決定的吸引力となった西ドイツ並みの生活水準と市民的生活とは、この間に実現されたのであろうか。

確かに旧東ドイツの道路、電話、流通網などは着々と整い、町の美化も進み、とりわけベルリンは首都の移転とそれに伴う建設ラッシュが続いている。旧東ドイツの地域に対しては、大幅な財政投与が行なわれ、自由と物質的な豊かさを享受する選択の幅も拡大した。しかし、それが有効に機能しているとは言い難いようだ。国有企業が解体された後に、新しい大きな産業は起こっておらず、東ドイツ地域は、国内総生産の一割も担っていないという。EU通貨統合のための緊縮財政、雇用創出措置のカットなどによって、最近の旧東ドイツの各州の失業率は、実質は三〇％にも及ぶというし、治安も悪化している。

西ドイツ地域の人々は、東ドイツ地域に対しては沈黙、無関心、あるいは経済的におんぶにだっこの地域ぐらいにしか思っていないし、そんな西の態度と雰囲気が東の人間にとっては傲慢としか映らない。価値観と生活スタイルの違い、目的を失って絶望した若者たち、ネオナチ、外国人排斥問題、東の人と西の人がそれぞれ相互にオッシー、ヴェッシーとマイナス感情をこめて呼びあう心の溝、等々のさまざまな問題は、今後一〇年どころか何世代か経たないと解決されないという極論すらある。今にして思えば、ギュンター・グラスの主張した、西ドイツと東ドイツはそれぞれ相互の独自性を尊重した二つの国家の連合でよい、という考え方が見識であったのかもしれない。

再統一後の文学的表現とは、この新しい状況をどう描くか、東西ドイツに起った問題の矛盾を見すえるなかでの相互の溝の架橋ということであろうか。ただ、転換はあまりに突然に訪れ、その後の変化も、考えられないほどの猛スピードで展開していった。新しい現実は「まず直視され、堪え忍ばれ、そして形象化される」とアンナ・ゼーガースがかつて言った意味での咀嚼が、いまだに続いているというべきだろう。

西ドイツの文学状況

こうした新しい現実に見合う文学作品を旧西ドイツで探しても、それ程見るべきものはない。例えば、ウーヴェ・ティムの『聖ヨハネの夜』(一九九六年)などは、ベルリン再開発のなかで様々な新しい職種にうごめく人間模様、にわか成金と零落する人々、西と東の人々の間に横たわる感情の溝を描いて、再統一後の社会の断面を描いてはいるが、現象を追った風俗小説の域にとどまっている。

繁栄社会の人間疎外を描いた劇作品で知られるが、ナチスの犯罪の相対化をめぐる「歴史家論争」を契機に書かれた『膨れ上る山羊の歌』(一九九三年)で、神話的時間の回復とドイツの新しいアイデンティティーを主張して新右翼を宣言したボード・シュトラウス、母の故郷スロベニアへの関心からユーゴ問題への公平な眼差しを主張した作品でセルビア擁護にまわったペーター・ハントケ、かつてコミュニズムへの連帯を表明したが、政治を排した小市民的生活の擁護へと変わり、『幼年時代の擁護』(一九九一年)で現代の病理的社会と対置しつつ幼児期への退行を描いたマルチン・ヴァルザー、等々の西の既成の大家たちの作品は、直接にはドイツ再統一と関連した文学表現とは言い難いだろう。

そういう中でギュンター・グラスは一九九五年、一九世紀のベルリンを描いた作家フォンターネを素材に、一八七一年のドイツ統一と一九八九年のドイツ再統一を重ねあわせた『果てしなき荒野』を発表して大きな反響をよんだ。

東ドイツの文学状況

ドイツ再統一を契機にした新しい認識と表現への欲求はむしろ、国家の消滅に直面した東ドイツの作家たちの方が強いようにみえる。それはまず回想的ドキュメンタリー文学という形であらわれた。

ヴァルター・ヤンカは、スペイン内戦の際に共和国を防衛する国際旅団の司令官としてフランコ反乱軍と戦い、その後メキシコで亡命生活を送って、戦後に東ドイツ帰還後は、代表的出版社アウフバウの編集長を務めた反ファシズムの闘士であるが、一九五六年のハンガリー事件の際にルカーチを救おうとした廉で裁判にかけられ、社会的に抹殺されてしまう。その経緯を綴った一九九〇年の『真実の難しさ』で、スターリニズム的政治の実態とその中での作家たちを描いた。

ギュンター・デ・ブロインは、信仰の裏付けによって獲得できた自律と自己省察の書『中間決算——ベルリンの青春』（一九九二年）を著わし、また、ハイナー・ミュラーは、自伝『闘いなき戦い——二つの独裁下の生』において、まずナチス独裁下における生活を描き、その後の社会主義的秩序を創造しようとした独裁に対しては、「新しいものが最初にその姿を現すとき、それは恐怖である」と肯定しつつも、その中を生き抜いた波乱に満ちた紆余曲折を描いて、今はなき東ドイツへのレクイエムを語っている。一九九五年に他界したが、ドイツ社会主義、ナチズム、プロイセンの歴史への強い関心は、『ゲルマニア3——死者にとりつく亡霊たち』を遺作として残した。

小説では、クリスタ・ヴォルフが国家公安省（シュタージ）に監視された一〇年前の体験を描いた『残るものは何か』を一九九〇年に出版した。これに対しては、今頃になって「東ドイツのお抱え作家のアリバイ作りか」と西ドイツのマスコミから徹底した攻撃を受け、一九九三年にはシュタージ協力疑惑ももちだされた。作品評価とは異次元の度はずれた攻撃に、ギュンター・グラスが「品位と礼節」の必要を強調するほどだったが、「思い出と苦悩とアイロニーの作品」と述べたフランス文化大臣ジャック・ラングの評価にかえって作品の本質が語られていよう。

ウーヴェ・ゼーガーは、『茨のある風景』（一九九三年）で、人間を自立させなかった東ドイツの教育の中で育った若者たちが、露骨な競争社会に直面して自暴自棄になり、犯罪と死に落ちていく姿を描いて、東と西のどちらも問題の多い価値観をめぐる深刻な問題を剔決した。途中から西ドイツに移った作家であるが、ヴォルフガング・ヒルビッヒの『私』（一九九三年）も注目され、かつて自分も監視下にあった東ドイツの権力構造の迷宮性と人格解体を、シュタージの非公式協力者となった「私」の内面風景を軸に描いている。

再統一後の文学動向全般について特徴点を挙げるならそういうところだが、ここではその中からクリスタ・ヴォルフの『残るものは何か』、ギュンター・グラスの『果てしなき荒野』、ハイナー・ミュラーの『ゲルマニア3――死者にとりつく亡霊たち』の三作品を取り上げてみたい。

一　恐怖と同調と抵抗の万華鏡――クリスタ・ヴォルフの『残るものは何か』

一九六三年に『引き裂かれた空』で、東西ドイツ分裂の中の恋愛、女主人公の社会主義への決断を描いて彗星のように登場したクリスタ・ヴォルフも、七〇歳を越えた（二〇一一年に八二歳で他界）。ナチスが打倒された時に一六歳で、大いなる希望と憧れに満ちた社会主義建設の時代に多感な青春をすごしたことが彼女の人生を決定づけ、二〇歳で社会主義統一党に入党している。イェーナ大学、ライプチッヒ大学で学んだ後、出版社の理論部門で働き、『引き裂かれた空』がハインリッヒ・マン賞を受けたことで、作家生活にはいる。

しかしやがて、東ドイツの「社会主義的現実」との格闘を余儀なくされてしまう。『クリスタ・Tの追想』は、主観主義的な偏向を批判された作品であるが、それは新しい社会における若い感性のアイデンティティー探しであったし、過去から浸透しているファシズム的思考を解明した『幼年期の構図』は、既にファシズムは克服されたという公式見解に逆らったものだったが、しかしいずれの作品も、社会主義の真の内実を、生活の次元でいかに豊かに形成していくかという、切実な課題にそったものだった。

ビアマン事件、そして監視と無視

一九七六年、東ドイツ政府がシンガーソングライターのヴォルフ・ビアマンの市民権剥脱を決定し、西ドイツへ追放する事件が起こった。クリスタ・ヴォルフはハイナー・ミュラーら一一人の作家・詩人たちと共に、公開書簡で追放の撤回を求めた。それが原因となって彼女は、国家保安省（シュタージ）の監視下におかれることになる。一九七九年に執筆して篋底に置かれ、一九九〇年に出版されて論争の的となった『残るものは何か』は、この監視された経験を描いたものである。

三月のある朝、うなされるように目が醒めた「私」が、カーテン越しに窓から通りの向こうの駐車場を見ると、昨夜まで停まっていた車がいない。既に二年前からこの駐車場には白い色をした国家秘密警察シュタージの車が止まり、三人の若い男が乗って監視していたのだ。いなければいないで別の不安に襲われる。そうした連続の日々。平凡な一日か、重大になる一日か、とにかく始まった一日。『残るものは何か』は、その一日の物語である。

監視される不気味さ、恐怖、怒りの反面で、見張るシュタージの青年たちに対して「なぜ彼らに熱い紅茶を運んでやらなかったのか」、「対話が生まれたかもしれない。彼らに合図を送るとヘッドライトを三度つけた。ユーモアを知っている」とも思ってしまう。身についている連帯と共同への志向が、つい弾圧者にすら同調する気持を生み、しかし「恥ずかしいことだ」と思い返す。

信頼した社会主義の国家から監視される逆説的状況は「私」を引き裂いていく。夢と理想を抱いて奮闘した、かつての喜びや幸せの記憶に、今はもう堪えられない。「かつて私も信奉していた、あの希望を描いた映画がテレビで放映されると、たちまちどっと涙があふれ出る」。いつも自分自身に逆らって行動しているような自己分裂の中で「わたしの内部から、嘘が現れ、へつらいと毒突きと中傷が生まれた。そして服従と享楽を追い求めた」。こうした深い屈折状態の中で「激しい真の苦痛がわたしを占領し、私の内部に巣喰い、私を別の存在にしてしまった」。

ここから抜け出る唯一の道は、新しい基準、新しい言葉を獲得することである。今の現実を相対化できる言葉、一部でなく全体を表現できる言葉への切迫した希求が語られる。

友人からの電話で話す。買物に外出する。郵便局で知人に会うが、無視される。その知人のことを回想する。帰宅して郵便物を見ると、開封の跡が歴然とある。若い詩人からの置き手紙を読み、己れの内部に形成された「自己検閲官」と対話する。退学や刑務所を経験して尋ねてきた少女の原稿を読む。

こうした事柄に触発されながら語られる内語によって、事柄の当不当が腑分けされ、己れを規制する内と外のくびきが分析され、連想、回想が日常の中の隠れた構造を浮かび上らせていく。

夕方、文化会館での作品の朗読会に出かける。聴衆の逸脱を懸念する女の担当者は、休憩を利用して打ち切ろうとするが、「未来」をめぐって議論が起こって、充実した集まりになる。終わった後で、参加希望者が警察に排除され、開会前から警察の導入が考えられていたことを知る。二三時に帰宅。

この社会に一体何が残るのか、根底にある衰亡の原因は、「生きていないという不幸をのぞけば何の不幸も存在しないこと、生きていなかったという絶望を除けば何の絶望も存在しないこと」と締め括られる。

操作された空虚な生

ソルジェニーツィンは、スターリン治下のラーゲリの生活を『イワン・デニーソヴィッチの一日』で描いたが、クリスタ・ヴォルフは「私」の葛藤を通じて、民主の実現も共和の理想も失い、指令、操作、お仕着せ社会へと硬直化した「ドイツ民主共和国」の一日を描いた。ただソルジェニーツィンとは違って、彼女のこの批判的眼差しは、民主の思想に真に根ざそうとした、東ドイツの蘇生への願いを込めたものであったことは、一九八九年の東ドイツ民主化運動の中で「革命的な運動は、言葉をも解放します。この国に留まって、新しい民主主義的な社会主義をつくっていきましょう」と国民に呼び掛けたことからも明らかである。

この小説の魅力は、恐怖と不確かさの中の切迫した探りと自己省察にあり、また「私」の内語の表白が観念の自己増殖にならず、思考、連想、回想を驚くほど厳しく冷静に現実的基盤に置く、その強靭なリアリズムにあろう。出口なしの状況にいながら、不条理と迷宮の世界には陥ちてはいかない。逆に、外界の矛盾に対する感受性、質を見分けるセンスが不条理を切り裂いていく。

「より人間にふさわしい世界の出現という希望」が消えて、激しくなった「私」の葛藤を描いたのがこの小説である、と彼女は語っている。だがこの小説は、こうした歴史的証言以上の普遍的響きをもっていよう。操作された空虚な生、意味喪失ということでいうなら、私たちの日常も例外ではないからだ。硬構造と柔構造の違いや、自覚するしないの差こそあれ、市場原理社会のマニプレーションの徹底もまた、大規模な画一的支配を生み出している。「歴史もヴィジョンも魔力もなくなった町」という厳しい認識のなかに、逆に確固として現われてくる自己意識と歴史意識は、実は私たちの日常にもまた、求められているものであろう。

二　ドイツ帝国統一とドイツ再統一の絨毯織り
――ギュンター・グラスの『果てしなき荒野』

一九九九年度のノーベル文学賞を受賞したギュンター・グラスは、西のドイツを代表する作家であるが、一九二七年にポーランドのダンチッヒに生まれた。そこを舞台にナチスの時代から現代まで描いた『ブリキの太鼓』は、映画化もされ、世界的なヒット作となった。冷戦時の一九八〇年代には『女ねずみ』で核戦争の脅威を警告し、一九九二年には『鈴蛙の鳴き声』で「和解の墓地」つくりに奔走する男女を通じてドイツ・ポーランド問題を描いた。

グラスはドイツ再統一に対して、一貫して反対の姿勢をとったことでも知られている。ドイツの統一国家は、ドイツ帝国、ワイマール共和国、ナチス第三帝国と合わせても七五年間存在したにすぎない。未統一のドイツは「歴史の中で一度たりと恐怖をいだかせる悪評を取ったことはない」が、統一国家のドイツは「どれほどの悲しみの原因になったか」とグラスはいう。ドイツは西ドイツと東ドイツの二つの国家の連合でい い、これがEUの在り方にも見合い、国民国家のはらむ問題をも解決するというのがグラスの主張だった。統一後に直面している問題の重さを思えば、グラスの主張は、ひとつの見識であったというべきだろう。

フォンターネを軸に

一九九五年の『果てしなき荒野』は、原書で八〇〇ページ、邦訳では一〇〇〇ページを越える大作であるが、この再統一の問題を、一八七一年のドイツ統一に重ねつつ、作家フォンターネを軸に、一五〇年のスパンで俎上《そじょう》に載せたものである。

テオドール・フォンターネ（一八一九〜一八九八）は、マルクスとほぼ同世代人で、三月革命とプロイセンによるドイツ帝国統一の時代を生き、様々な社会の辛酸をなめた後に、六〇歳になって初めて小説を書き始め、ベルリンのプロイセン気質を、愛着と批判をこめて描いた社会派作家である。「果てしなき荒野」という表題は、ドイツの『ボヴァリー夫人』といわれるフォンターネの『エフィ・ブリースト』のなかで、老ブリーストが最後にいう述懐で、「どうにも手におえない領域」を指し、これにグラスは様々な意味をこめる。

この物語の主人公テオ・ヴトケは、東ドイツの合同庁舎に務め、「文化同盟」の所員でもある。西ドイツのグラスがこの物語で東ドイツを舞台にしたのは、そこ抜きでは現代の問題を扱えないと考えたからだろう。別名フォンティとも呼ばれる彼は、フォンターネの研究家にしてその再来でもあり、しばしば各地を講演して回る。フォンターネの生地に丁度一〇〇年後の同じ誕生日に生まれ、ユグノーの末裔という点でも、家族構成、友人関係、イングランドへの憧れ、神経症で寝込むところなどもフォンターネと同じである。そのフォンティに「つきまとう影の男」ホーフタラーは、東ドイツのシュタージ（秘密警察）で、フォンターネと同時代のスパイだったタルホーファーの化身でもある。そして全体の語り手は「我々フォンターネ文書館の仲間」という仕掛けになっている。

フォンティ一家の動向、それに影のようにつきまとうホーフタラーを物語の中心に、一九八九年から二年間ほどの出来事が五部構成で語られる。かつてコミュニストだったフォンティの娘マルタは、西の資産家で東の不動産ビジネスを狙うグルントマンと結婚する。東ドイツと西ドイツの人たちの齟齬、グルントマンの事故死、事業を引き継いだマルタの資本主義的な脱皮などがひとつの筋を構成し、ユダヤ人のフロイントリッヒ教授とのフォンティの交友も、フォンターネのユダヤ人たちとの交友と重なってひとつの筋を構成し、ユダヤ問題を浮かびあがらせていく。そしてこの小説の至る所で、フォンティがフォンターネ作品の登場人物を、臨場感豊かに語ることによって、一九世紀ベルリンも、生き生きとよみがえり、それが二〇世紀ベルリンに重ね合わされる。

フォンターネのドレスデンでの恋に対応するのが、ホーフタラーによって暴露されたフォンティのリヨンでの秘密である。フランス駐在のおり、マデリーヌ・ブロダンと愛し合い、その兄の対独レジスタンスに協力。組織が見つかり、兄は殺され、フォンティは行方不明になった事件である。ドイツ人と付き合って対独協力の汚名を着せられたマデリーヌは、故郷のセヴェンヌ地方の村に帰り、子供をうむ。娘はドイツを嫌ったが、孫娘はドイツ好きで、ドイツ文学を専攻し、フォンターネ研究家として同じマデリーヌという名前で登場する。ベルリンを訪問した彼女は、ホーフタラーの仲立ちで、初めて祖父に会う。端正で古風なドイツ語を話す彼女は、フォンティの妻にも、フォンターネ文書館の人たちにも愛され、受け入れられる。体制転換後のフォンティの再就職、そして解雇の後、フォンティもホーフタラーも、ベルリンを去る。フォンティとマデリーヌは、故郷のセヴェンヌ地方へ、ホーフタラーにはキューバ関係の同じ仕事が暗示されて、この小説は終わっている。

フォンティとホーフタラー

それにしても、フォンティとホーフタラーの組合せは何を意味しているのだろう。ファウストとメフィストフェレスの関係とは違う。メフィストとは逆にホーフタラーは、フォンティの文人らしい逸脱を常に警戒し、彼に枠組みと秩序を与える役をしているからだ。気紛れなイングランド行きを止め、職の斡旋をし、不利になるフロイントリッヒ教授との交際を中断させ、最後には家族の分散を阻止しようとする、等々というように。「俺にはたったひとつ、治安が肝腎な問題なんだ」とホーフタラーは信念を語る。

対してフォンティの方は、飄々と生きている。問題の本質はよく判っていて、批判的発言で懲罰、左遷をくらったこともあるのだが、権力の虎の尾を踏んだような、踏まないような立ち居振る舞いは、東ドイツ知識人の生き方の象徴ともいえようか。それだけに、生き抜き、生き残る悲しみも知っている。

グラスはこの二人に、相互に監視体制を張り巡らした、東ドイツの人間関係を象徴させようとしているのだろうか。いやむしろ、シュタージ問題を逆手にとり、ドイツ人の秩序指向の心性を一般化して、目的に献身、規則に忠実、権力に従順な臣民根性を、日常性の中の「シュタージ」としてパロディー化しようとしたのだろうか。トーマス・マンは『ドイツとドイツ人』のなかで、ドイツ農民戦争のとき農民の側に立った温和でリベラルな彫刻家リーメンシュナイダーと、立ち上がった農民を狂犬と呼んだ権力的なルターを比較しているが、フォンティとホーフタラーの人物造形には、そんな対照も思い浮かぶ。

語りの新しいスタイル

面白いのは、フォンティがホーフタラーに監視され、それが「我々フォンターネ資料館の仲間」に監視され、そして物語が展開していく構造であろう。見たい、聞きたい、知りたい、調べたいという作家のインテリジェンスは、物語る知性であると同時に、観察、監視する知性でもある。作家はスパイと同じ心性なのだろうか。クリスタ・ヴォルフも彼女の情報収拾をしているらしい旧友に作家との類似性を見ているし、ヒルビッヒもシュタージの協力者になった「私」を作家に模している。これは何を意味するのか。インテリジェンスは、スパイ諜報の総本山アメリカ中央情報局「ＣＩＡ」のＩでもある。グラスはこの小説で、現代知性のこうしたアンビバレントな機能を、あるいは、見る見られるの徹底した情報化社会を、共にパロディー化しているのだろうか。こうした新しい語りの形式も様々なことを考えさせる。

フォンティをめぐる人々以外は、ほぼ実名で登場し、フォンターネの時代に関しても、作品人物以外はこれも実名で登場する。ここではフィクションとドキュメントが交錯し、タイムスリップする時間軸と時代軸が交錯する。こうして重層化され、絨毯のように織られたテクスチャーからは、それぞれの時代の姿と人間像が、対比の中で、よりクリアーに浮かび上がり、歴史の中の可能性、そして現在の可能性を、ありえたかもしれないもう一つの選択肢を共に検討する素材として豊富に示される。

記憶の深い町、懐かしさと哀惜の町ベルリン。フォンターネが見た一八三〇年代の紙芝居や新聞の描写、フォンティが一九三〇年代に観た映画や舞台の描写、それらはさながら子供部屋の懐かしさを湛えながらよみがえり、近代化の中のプロイセン、ワイマール共和国、第三帝国、東西ドイツ、そして再統一ドイツと、ベルリンの記憶を幾重にも映し出し、現代を様々に読み解く鍵をなげかける。

グラスは、最後に主人公フォンティを、ユグノーの父祖の地、マデリーヌの故郷、そして自らが反ファシズム活動を行なった地フランスに落ち着かせることで、そこに再度ドイツの歴史を透見する地点を置いた。グラスの啓蒙主義的理性に裏付けされた歴史意識がここに垣間見れよう。『果てしなき荒野』は、「ドイツ現代史物語」「ベルリン物語」としても、反復・反芻して読まれるロングセラーとなる小説だろう。

三　ファシズムとスターリニズムを想起させる女神ムネモシュネー
――ハイナー・ミュラーの『ゲルマニア3――死者にとりつく亡霊たち』

東ドイツのフランケンブルク市長であった父は、社会民主党系であったため西ドイツに亡命せざるをえなくなり、彼ひとりが東ドイツに残ったという経歴をもつハイナー・ミュラーは、東ドイツ建国期の労働現場をあつかった生産劇から、古典改作劇と作風を変化させながら、注目すべき劇作品を次々に発表してブレヒトの後継者と目されるようになるが、『移住者』をめぐって上演禁止にあい、作家同盟も除名され、彼自身も東ドイツで長期間、排斥されることになる。しかし、一九九〇年のドイツ統一によって東ドイツが吸収合併されたあとは、旧東ドイツ科学アカデミーの総裁、ブレヒトの創設したベルリーナー・アンサンブルの総監督を引受け、東ドイツの遺産管理執行人の役をつとめるという破天荒な人生を歩んでいる。一九九五年末に六六歳で他界したが、遺作として残されたのが、戯曲『ゲルマニア3――死者にとりつく亡霊たち』である。

ドイツ現代史への問い

ゲルマニアは、盾と槍を持ったドイツの守護女神である。ドイツ史のテーマを扱ったミュラーの前作『戦い――ドイツの光景』、『ゲルマニア　ベルリンの死』と共に、この遺作は「ドイツ史三部作」と考えられる。冒頭の第一景は「夜の閲兵」。ベルリンの壁でテールマンとウルブリヒトが歩哨に立っている。テールマンはブーヘンヴァルト強制収容所で殺されたドイツ共産党の書記長、つまり亡霊である。対してウルブリヒトは、ベルリンの壁を築いた東ドイツの最高指導者。「これがブーヘンヴァルトやスペインで思い描いていたものか」とテールマン。それに対してウルブリヒトは「もっとましなものを知っているというのか」と反論。「われわれはどこで間違ってしまったのか」とつぶやくテールマンの横を、ローザ・ルクセンブルクが連行されて通り過ぎる。これが全体のプロローグとなる。

第二景「戦車戦」は、クレムリンで酒をあおっているスターリンの独白。そこに現れるトロツキーはマクベスに酒宴で頭蓋に斧を突き立てられて亡霊として現れるバンコーに比せられ、ブハーリンは拷問台の上にいる。「どんな人間も自分の書類より軽いのだ。インクは血を吸い上げる。タイプライターがモーゼル銃の代理人だ」とつぶやくスターリンと亡霊たちとの対話。

レーニンに対してスターリンは「我らが播いた種が芽を出さなかったらどうする。俺はこの国に血の肥料を播いたのだ。人間たちの身体を骨粉製造機で砕いて、産業を起こしたのだ」、「どうやって俺に、ロシアの怠惰な大衆の首ったまを摑んで、新しい人間を創れというのか。まだ古い人間が清算されてもいないのに」と主張する。そして「君は君の死者の数を数えたのかい。俺は君の死神だ。俺にはもう死者の数は数えられない。なぜなら死者は、君の明るい未来の道で、われわれが踏みしめる地面だからだ」とつけ加える。

さらに、チャーチルやヒトラーも想念の中に登場し、ヒトラーにスターリンは「俺の昨日の友、弟ヒトラーよ」と呼び掛ける。そして「君が嫌われれば、俺が愛されるというわけだ。君の血の痕跡が俺の名前を白く洗ってくれる」と。

小説ではなく、しかし戯曲というよりテクストというにふさわしい、ミュラーが死の床で書いた戦争・革命・殺人の二〇世紀の歴史のエッセンスが、このような表現で次々と繰り出され、その一句一句が鋭い喚起力とともに、本質的表現として心に食い込んでくる。

以下、「ジークフリード　ポーランドのユダヤ女」「上手に狩人がラッパを吹いた」「第二の顕現」「処置一九五六」「パーティー」「薔薇の巨人」とユニークなタイトルの場面設定によって、スターリングラードにおけるソ連軍とドイツ軍の相対する戦場の場面、ヒトラーの最期、敗戦直後のドイツ、ブレヒトの死と三人の愛人たち、ベルリーナー・アンサンブルの演出家たちの議論、市長だった父親と共にミュラー自身も登場するパーティー、スターリン批判のニュース、と場面は展開し、エピローグ的な最終景には大量強姦殺人犯・薔薇の巨人が登場する。

合わせて九景で構成される、いわばモンタージュ劇、コラージュ劇といえるものだが、その中にはシェイクスピア、ヘルダーリン、カフカ、ブレヒト、グリム童話、ギリシャ悲劇などのテキストからの引用もちりばめられている。史実、フィクション、引用が縦横に鏤められて、まさに時空を超え、シーンの重ね合わせの中での独特の歴史分析と評価が、さまざまな想念をかきたてる。

捨て去った道の奪還

ミュラーはかねて「スターリングラードに始まり、壁の崩壊で終わる劇を書きたい。作品は五部から七部構成。毎年、各一部が上演され、二〇〇〇年には全部を通し上演できるといい」と語っていた。しかし一九九四年にガンの手術を受け、万が一のことを考えてその構想を一気にこのテクストにこめたと考えられる。

ウルブリヒトとテールマンの架空の会話、影のように通り過ぎるローザ・ルクセンブルク。ここには、ファシズムとスターリニズムの狭間に生まれた不幸な国家・東ドイツの実像が、レントゲン写真のように映し出されていよう。ローザの有名な言葉「自由とは、異なった考えを持った者の自由」は、壁崩壊の一年半前、直ちに全員逮捕された東ドイツで起こったデモのスローガンにもなったものだが、東ドイツ出生当時の狭い枠組みを超えるローザのこの思想が、何故この国にビルトインされなかったのか。そこには闘争と排除と粛清の光と闇が交錯する。

社会主義国家の継続と防衛から生まれたスターリニズム。ヒトラー軍の侵入の報に「これが君の愛するドイツのプロレタリアートだ」と、待望論に終わったレーニンのドイツ革命を皮肉るスターリン。ソ連包囲網がスターリニズムを生んだのか、その逆なのか。

一九八六年の歴史家論争を契機に、文学の領域でもボート・シュトラウスを中心に展開された戦争責任ぬきのドイツのアイデンティティーの主張をみれば、「ゲルマニア」は依然として健在といえよう。ミュラーのこの遺作の最後は「暗い、同志たちよ、宇宙はとても暗い」という人類初の宇宙飛行士ガガーリンの言葉で締め括られている。

「私はハムレットだった」で始まる一〇数ページの極小テクストで、かつて世界の演劇界を挑発した『ハムレットマシーン』と同様、このテクストも、様々な読み解きの可能性を秘めているが、何よりもそれは、二〇世紀の悲劇、痛恨事、傷痕を現前させることによって、闇と可能性の深さを読み取ることを促す。多義的解釈が可能なテクストは、一人一人がどれだけ事柄に介入してその歴史を引き受けるのかという、極めて主体的な問いを提起していると言えるだろう。この作品はミュラー自身の演出でベルリーナー・アンサンブルで初演されるはずだったが、没後さまざまな劇場で上演されて話題となった。

ミュラーは言う、「死んだものは歴史の中では死んではいない。ドラマの機能の一つは死者の召喚—死者たちとの対話は、彼らが彼らの未来において葬られてしまったものを取り返すまでは、途切れてはならない」と。捨て去った方向、見えなかった道をどう取り返していくのか。

ここにはまた、徹底した過去の現在化にしか、全面的に展開する消費資本主義の現在性を打ち破る道はないことも、示唆されている。

おわりに

ベルリンの壁の崩壊は、冷戦の終結をも象徴し、大方の感動をもって迎えられた。しかし壁の建設に対しても、壁の崩壊に対しても、アンビバレントな気持ちで見続けた人もいたのではなかろうか。

ベルリンの壁の問題は、二〇世紀における重い問題のひとつを象徴している。崩壊と失敗の実例は「芸術と文化と認識の最良の前提条件」とハイナー・ミュラーはいったが、真に肯定的なものは、肯定の積み重ねからではなく、否定的なものを否定することによって生まれるのだとするならば、ベルリンの壁も、繰り返し考えられるべき重要な問題だろう。

たとえば、基本的生活必需品は安いままで、一度も値上げがない。医療も教育も無料。職場における男女の平等や産休も十分保障され、まじめに働けば、地味だが、老後の心配もなく暮らせる。これが東ドイツの日常でもあったのだ。

しかし、東西マルクの交換率が一対一でなく四対一であったことが、東ドイツの経済に決定的打撃を与えていた。西ベルリンで一マルクを東のマルクに交換すると四マルクになる。それを持って東ベルリンに入れば、四倍の買物ができる。基本的生活必需品の値段が西の半分に押さえられている場合には、八倍の買物ができるのだ。

こうして建国以来、壁構築までの一二年間に東ドイツは、一二八〇億マルクの損害を被ったという。西の換算で一年で一兆円に近い。物資の不足した戦後だっただけに、東ドイツにおける労働生産の成果が大きく西ドイツに流れ、東ドイツの国民の打撃は測り知れないものだったろう。それ故、一九六一年に壁を作った後は、東ドイツの経済は見る見る立ち直ったのである。それ故にまた、壁崩壊の直後に一対二〇にまでに下がったマルク格差は、徹底的に利用され、東ドイツのめぼしい財は買いあらされて経済は一挙に崩壊した。

確かにベルリンの壁は、余りにもプリミティブで乱暴な対抗手段だったろう。「残念ながら、わが国の境界線に沿ってやむをえず打ち出された対抗策によって、確かに階級の敵からわれわれは守られたようでいて、しかしまた逆に、まるで封じ込まれたかのような気分にもなった」が、「よりよい未来への希望を、より自由な言論への期待、そして重圧がゆるむことへの切望感を」もって生きていたと、『果てしなき荒野』のフォンティにギュンター・グラスは語らせている。

西ドイツと対等の経済力に成ったとき、壁は自然に不必要になるだろう――東ドイツの人々は、そう考えていた。しかし、開発独裁型の一元化社会、中央指令経済を覆う官僚主義は、ある時点から社会と経済の発展と飛躍を全く不可能にしてしまった。その時からすでに、東ドイツの崩壊は予告されていたといえよう。

しかしベルリンの壁の問題は、実はそのまま、今日の発展途上国の問題、南北問題にもスライドされるものなのだ。為替の格差を利用した国際的な金融資本の発展途上国への介入。資本の引いた後は、根こそぎにされて草一本生えない、果てしなき荒野となる現実。あるいは関税障壁によってかろうじて守られている工業や農業の切実な現状と障壁撤廃を求める国際金融資本の強力な圧力。壁をつくる経済的・心理的根拠は、依然としてなくなってはいないだろう。

「果てしなき荒野」――それはフォンターネ（＝グラス）のいうように、手におえるものではないかもしれない。冷戦終結後の世界の不透明を象徴した言葉としてもふさわしい。しかしまた、可能性を残した広野の意味にもとれる。フォンターネ＝ヴォルフ＝グラス＝ミュラーと重ね合わせたとき、その作品群は、「私」と、歴史的現実の網の目の中に生きる「我々」のもつ可能性を、様々に問いかけていよう。

「ユートピアはまた輝き出すかもしれない。共産主義の亡霊をはがしとる市場経済の幻影が、新しい客を冷たくあしらうとき、解放された人々に鉄の顔を見せるときに」と語ったミュラーの地点は、おそらくこれからの文学的・思想的な想像力の出発点になるものだろう。フォンティのように「遥か遠方まで眺められる、果てまでも」といい得る晴れやかな眼差しをどうしたら獲得できるのか。ここで取り上げた三つの作品は、二一世紀を生きる私たちひとりひとりに、その課題への取り組みを要請しているのではなかろうか。

（『民主文学』四一〇号、一九九九年）

［翻訳］

クリスタ・ヴォルフ『残るものは何か？』保坂一夫訳（『クリスタ・ヴォルフ選集』第一巻）恒文社、一九九七年
ギュンター・グラス『果てしなき荒野』林睦實／市川明／石井正人訳、大月書店、一九九九年
ハイナー・ミュラー「ゲルマニア3――死にとりつく亡霊たち」谷川道子訳、『H・ミュラーは可能かⅣ』HMP編・発行、一九九六年

［参考文献］

斎藤瑛子『幸せってなんだろう』大月書店、一九八三年
市川明「政治演劇の季節――壁開放前後のドイツ演劇――」『民主文学』一九九四年三月号
藤井啓司「子供と老人たちの国――マルティン・ヴァルザーとギュンター・グラスにおける啓蒙の黄昏――」（『世界文学』八七号）、一九九八年
恒川隆男・根本萌騰子他『文学に現れた現代ドイツ』三修社、一九九七年
W・エメリッヒ『東ドイツ文学小史』津村正樹監訳、鳥影社、一九九九年

あとがき

一〇年越しの出版ということになってしまった。「ベルリンの壁崩壊から一〇年」が本書の最終章にあるが、当時この論考を読んだ共栄書房の平田勝さんから、これまで書いた文学関係のものをまとめてみないか、とお話しをいただいた。集めたものをゲラにし始めたのだが、国立大学が法人化される時期とぶつかって、何かの拍子で大学行政の長になってしまい、慣れない仕事で忙殺される日々が続き、ゲラを見るどころではなくなってしまった。

任期を終えてしばらくぶりに読み返した時には、もうベルリンの壁が崩壊して二〇年以上も経っていたし、全体が出し遅れの証文のようで、出版する気が失せてしまった。平田勝さん、柴田章さん、近藤志乃さん、杉浦真知子さんはずっと気にしていてくれたが、今年になって編集に入った新卒の山口侑紀さんから、面白いから出しましょう、と強く背中を押されたのが踏ん切りとなった。長い間、心に掛けて下さった皆さんのおかげで、今回の出版となった次第である。カバーの装丁は学生時代からの友人の澤井洋紀さんにお願いした。みなさんの友情に厚くお礼申しあげます。

ゲーテからクリスタ・ヴォルフまで、問題の視角はそれぞれ異なるが、どの論も歴史との関連が強く意識されているのは、親しんだハンガリーの文芸理論家ルカーチの影響であろうか。そうした中で、クリスタ・ヴォルフが一昨年の暮れ、二〇一一年一二月一日に他界した。八二歳だった。追悼の念と共に、本書の締めくくりとして、個人的な出会いと想いもある彼女について、最後に少しだけ触れておこう。

チェルノブイリ原発事故に材を取った『故障事故』が刊行されたのは一九八七年である。たまたまベルリンに研究滞在していた時で、出版記念のサイン会があって、彼女と言葉を交わした思い出がある。それから丁度四半世紀後、今度は二〇一一年三月一一日に福島原発事故が起った。

そして二〇一一年三月一七日の『ツァイト』誌に、彼女へのインタビューが載った。「取材に応ずるのは気が進まなかった」という。チェルノブイリ原発事故の時、多くのことが論じられたが、しかし事態は一向に変わらなかった。発言すれば「何らかの影響を与えられるのではないかという私の希望は、消えてしまった」からだという。

福島原発事故から、わずか一週間後の発言である。二年後の今の私たちの現況と心境を的確に言い当ててもいよう。彼女の指摘通り、原発事故直後の驚愕と危機の議論はどこへやら、日本は一億総認知症になったのか、経済と景気に魂を奪われ、事態の深刻さを忘却したまま、原発再稼働と原発輸出に走っている。

放射性核廃棄物の技術的コントロールが不可能だということは、「原子力エネルギーを使ってはならない十分な根拠になる」と彼女は言う。そして「いつになったら私たちは、自分をコントロールするのを学ぶのだろうか。エネルギーを費やす我々の無限の欲望を」と問う。問題は、「私たちが存在している目的は何か」ということである。現代のユートピアは怪物を呼び出して、競争と利潤の中で「進歩のハムスター回転車」から逃れることは、不可能になっている。大量生産と大量消費によって快適さを追えば、我々の世界の破滅は目に見えている。しかし「他の道へと誘うファンタジーが、私にはない」という。

「文学に人々を覚醒させる役割を期待できないというのか」と問うインタビュアーに、「ほとんど不可能でしょう。何を言っても、ナイーブに響くだけ」だと答えている。競争の代わりに連帯の社会を、と主張しても、例えば、権力に影響力のある原子力関係のロビーイストたちが現実的な大きな力をもっており、彼らはこうした考えを「笑止千万」、「病的だ」と笑い飛ばすだけでしょうからと語る。

「批判的知性は重要な役割を果たしてきた。ドイツでは市民の抗議運動も起こっている」とインタビュアーが重ねて問うと、「全く希望がないという私の断言は、少しゆるめなければね」とやや軟化して、「確かに東ドイツの終わりの頃、歴史は全く思いがけないことを可能にすることを学びました」と思い返している。そして「多くの人々は理性よりも、欲求と本能によって動いている」が、「そこにユートピア的な方向を与えることが大切」で、「そこに文学が何らかの働きかけが出来たらね」と、気を取り直すように語ってもいる。

日本では壊滅的な被害の地域に入って奮闘するたくさんの人々がいるが、そういう人物像を描くことはないのか、という質問に対して、そこで奮闘している人たちには驚嘆するし、何が起こっているかも知りたい、しかし、「それはレポーターの仕事であって、文学の仕事ではない」と述べている。

『故障事故』の冒頭には、「白い雲」や「輝く自然」という詩のポエジーが、見えない放射能によって暗転する描写があるが、日本からの報道に詩を思い浮かべるようなことはなく、「眠りに追いやられるような不気味な意気消沈」だけがあったという。そして今あるのは「不安」や「怒り」ではなく、「不幸な人間と深く傷を負った地球への悲しみ」だと締めくくっている。

このインタビューの後しばらくして、ドイツの女性首相メルケルは、原発廃止を打ち出した。歴史の「全く思いがけない」決断として、彼女の愁眉を開かせただろうか。

挫折したカッサンドラやメデイアやギュンダーローデに、確固とした自分を生きて崩折れない姿を見て勇気づけられるという、いかにもクリスタ・ヴォルフらしい言及はあったものの、このインタビューは全体に、深い諦念が流れているように感じた。

文学としての仕事はすでに『故障事故』に込められている、とクリスタ・ヴォルフは語った。それではこの作品から、何を汲み取るべきなのだろうか。日常生活における等身大の思考と感性から一切を捉え直す思想も、その一つだろう。この作品には、こうした観点から「私」自身が「私」を超えて、生活も、科学も、芸術も、歴史も含めて、すべてを新しく、等身大の自分の頭で検討し直す強い志向が伺われる。それはまた、ルカーチが晩年の『美学』において、日常的反映を基盤に芸術や科学を考察しようとしていることとも通底していようか。

私たちが日常を生きているこの現代世界とは、一体何なのだろう。近代世界から現代世界へと移ったが、近代化には目指す理念があり、目標があり、希望があった。しかし現代化された世界は、グローバル化にみられるように、人がただ巻き込まれるだけの世界である。それだけに逆に、ひとりひとりの主体性が、今ほど問われている時代はないともいえる。

そこにおいて、屹立する等身大の個性的個人が対峙するのは、競争するグローバルな世界であり、同調を強制する世界であり、現実追従の世界であり、その奥には巨大な科学技術があり、商業資本や産業資本を超えた国際金融資本の世界がある。クリスタ・ヴォルフが無力感を感じたこの世界に、私たちはむき出しの形で、しかし直接には実態が目に見えない形で、対峙している。

自由競争と弱肉強食の資本主義は、システムであって主義ではないだろう。それに対して、人が人を助け合う社会を掲げた社会主義は主義であった。エートス（人倫）の理想であった。私たちは今、現代の社会に対峙するために、一人一人がそれぞれの主義とエートスを持つことが求められているのではないか。今日の社会を客観化して見る眼差し、どのような歴史段階にいるかを見通す眼差し、どこに向って進むべきかを洞察し構想する眼差し、対抗思想を創造する眼差し、そこでは一人一人の歴史意識が、厳しく問われ、試されていよう。

本書において扱った作家たちの営為と考察は、こうした要請にどれだけ応えているだろうか。

二〇一三年一一月

鷲山恭彦

鷲山恭彦（わしやま・やすひこ）

1943年2月27日、静岡県小笠郡土方村（現・掛川市）生まれ。県立掛川西高校、東京大学文学部卒業。同大学人文科学研究科独語独文修士課程修了。専攻はドイツ文学・ドイツ社会思想。日比谷高校講師、新潟大学講師、東京学芸大学講師、助教授、教授を経て、2003年11月から2010年3月まで東京学芸大学学長。現在、奈良教育大学理事、国立青少年教育振興機構監事。著書に『知識基盤社会における教員養成と人間形成』（2011年、学文社）がある。

文学に映る歴史意識——現代ドイツ文学考

2013年11月23日　　初版第1刷発行

著者—— 鷲山恭彦
発行者—平田　勝
発行—— 共栄書房
〒101-0065　東京都千代田区西神田2-5-11 出版輸送ビル2F
電話　03-3234-6948
FAX　03-3239-8272
E-mail　master@kyoeishobo.net
URL　http://www.kyoeishobo.net
振替　00130-4-118277
装幀—— 澤井洋紀
印刷・製本－シナノ印刷株式会社

ISBN978-4-7634-1058-0　C3090